新　乡　人

史国新　著

天津出版传媒集团
百花文艺出版社

图书在版编目（CIP）数据

新乡人 / 史国新著. -- 天津 : 百花文艺出版社，
2024. 10. -- ISBN 978-7-5306-8951-6
Ⅰ. I267
中国国家版本馆 CIP 数据核字第 20241M21R6 号

新乡人
XINXIANG REN
史国新 著

出 版 人:薛印胜
责任编辑:李 爽
装帧设计:吴梦涵
出版发行:百花文艺出版社
地址:天津市和平区西康路 35 号 **邮编**:300051
电话传真:+86-22-23332651（发行部）
+86-22-23332656（总编室）
+86-22-23332478（邮购部）
网址:http://www.baihuawenyi.com
印刷:三河市华东印刷有限公司
开本:880 毫米×1230 毫米 1/16
字数:203 千字
印张:17.25
版次:2024 年 10 月第 1 版
印次:2024 年 10 月第 1 次印刷
定价:78.00 元

如有印装质量问题，请与三河市华东印刷有限公司联系调换
地址：三河市燕郊冶金路口南马起乏村西
电话：19931677990 邮编：065201

作者简介

史国新，男，河南省新乡市人，1957年生人。1982年元月毕业于郑州大学中文系，同年2月，被分配到新乡日报社，先后任记者、编辑、主任、《新乡日报》副总编、《平原晚报》总编辑，2017年退休。曾获新乡市首届“名记者”称号，被评为新乡市第一批新闻拔尖人才，获河南省首届“五个一工程”新闻奖。在报社工作期间获国家级、省级、市级新闻作品奖20多篇，发表中短篇小说60多篇，曾获河南省报告文学奖、《奔流》中篇小说奖。现任新乡市作家协会名誉主席。

序

真实，是新闻人的另一种骨气

张　哲

能在史老师的新书付梓之际写几句话，实在是我的荣幸。

前几天接到史国新老师的电话，嘱我作序，顿觉惶恐。迟迟无法下笔，或者说不敢下笔。身为晚生，为老师写序，愧不敢当。

（一）

在新乡，但凡和新闻和文学沾上边者，对史国新这个名字，莫不熟悉。从高中时代，我便是史老师的粉丝和拥趸，剪报本上占幅最多的便是史老师的文章。那时在街头林立的报刊亭可以买到当日的《新乡晚报》，急不可耐地翻开墨香扑鼻的报纸，为的就是找这个名字。除消息通讯外，印象尤为深刻的是史老师的言论，文笔辛辣又充满理性，篇幅不算长但让你瞬间醍醐灌顶。诸如《不能给官僚主义以仁慈》《积贮乃天下之大命》《让会议走出宾馆》等文章，至今在我“历史悠久”的剪报簿上依然夺目。

从高中到大学，《新乡晚报》始终陪伴着我，史国新这个名字也便始终陪伴着我和我的新闻梦。虽同处一城，那时尚为学生的我，觉得距离这个名字好远，甚或时时涌出遥不可及的惆怅。直到我终于作为新闻宣传队伍中的一员，真的走近史老师，已是时隔多年。当时我刚刚大学毕业分到市广电系统，而《新乡晚报》也刚刚更名为《新乡日报》。在我市的一个文化活动上，他热情地向我点头微笑，甚至还和我握了手。尽管我报上了姓名，但我暗忖不会被史老师记住。彼贵为方家名记，我仅是入职新人，但他的谦和友善给我留下了深刻的印象。

和“须仰视才见”的史老师真正成为同事，是在2004年11月，我所供职的广电报并入《新乡日报》之后。初来乍到，如果说还曾耽于广电情结而心有不甘的话，那么令我释然的是——当我发现这里精英荟萃，当我发现一众“史国新们”正是厮守于斯激扬文字的业内“大咖”，当我意识到我居然和史国新、刘德亮、尚建军等业内大咖成为同事。这份创始于20世纪50年代的党报，以其厚重和包容让我的心一下子有了归宿。是年，记者节创刊的《平原晚报》脱胎于之前的《日报晨刊》，彼时雄姿英发，势头正劲，启航伊始我有幸加入其中，也有幸近距离和次年身兼晚报总编辑的史国新老师同舟共济。在晚报工作的那段日子，是和蔼可亲的史老师，是敦厚善良的史老师，让我的忐忑不安化作激情澎湃，也是史老师，让我平添了生命中最温柔的记忆。此后经年，相交相知，感情日笃，终成莫逆。我之为文处事，既深得史老师言传身教，又频承史老师不吝点拨。倘若说这些年虚度之余，思想上尚有顿悟，业务上尚可圈点，那么这一切在很大程度上要归功于史老师。其襟怀，其善根，其才情，使我坚定新闻，受益终身。

（二）

创刊之初的《平原晚报》是个年轻的大家庭，而史老师，则是这个大家庭不折不扣的家长。作为曾经就职于广电报的我们懵懵懂懂地踏入《平原晚报》这个大家庭时，总生出颇多刘姥姥般的不解。须知这是一支不同寻常的新闻队伍，这是一种别出机杼的管理模式。这里尊重个性，强调和谐。在这里，既有编辑部浑然忘我的埋首工作，也有篮球场你争我抢的活力碰撞；在这里，你看不到上下尊卑，看不到颐指气使。我从来没见过史老师声色俱厉地训斥过任何人，仿佛对这世界的一切，他都能够理解且原谅。事实证明，他的“人性化管理”也并未助长任何一名编辑记者的任何散漫习性。20 年后的今天，我们仍对当年那个其乐融融又佳作连连的大家庭怀念不已，我们仍然认为那个大家庭堪称《新乡日报》的“黄埔军校”。最初的晚报人谁都不会否认，史老师过去是、现在是、将来依然是他们心目中的精神领袖。曾有一位年轻同事问我，怎样才算一名合格的记者，我答，只要史国新认可，便是。

史国新老师于我，亦师亦友亦兄，但他的谦逊每每令我不安。凡遇史老师新作出炉，墨汁未干时，我总一求先睹，而史老师则总是不忘在初稿醒目处工工整整地写下：“请斧正。”许多时候，和史老师共一茶台，手执一缕，海阔天空。一日，与史老师、李辉老师湖畔畅聊，因一话题竟争执不休，面红耳赤，然其间惬意外莫能知。同史老师每年要聚几次，而每每一众学生辈落座时，因为史老师坚辞“主座”，总不免要经过几番推让。

2005 年 10 月，我结婚了。思来想去之后，我去请史老师做婚礼的主婚人，他很爽快地应允了。前往主婚时，他特意换上一身久违的西服， 待到拿出领带时，却犯了难——他不会扎领带。几名男女记者好一阵子忙乎，才算是将他打扮停当，奔赴现场。婚礼有了史老师的加持，自是档次飙升，不同凡响。细节不表，感恩永存！

史老师学养深厚，温文尔雅；更皆薄己厚人，笃行至善，宛如邻家大哥。在新乡宣传文化系统，可谓德隆望尊。史老师身为各级作协的会员，能小说，能散文，偶尔也弄弄诗歌，均落笔不凡，气象万千。但他总异常认真地表明，他不是作家，只是一名新闻从业者。说这话时，史老师的脸上会现出鲜有的严肃。那一刻，我们才深深地体会到，寄情感于新闻，寄一生于新闻的史老师，或许只有新闻才是他的一切，才是他生命中最大的使命。我们知道，论才情，凭人品，若步仕途，史老师或许早已是锦衣冠盖，但他偏不。他无意做官，也不想发财。他讲政治，但做不了政客。有一年市委主要领导惜其才华，将史老师调去市委。可他三天后竟自顾自地不辞而别，硬生生将常人眼中天上掉下来的“大馅饼”给扔了。

（三）

我们面前的这部集子，为读者呈现了史国新老师自20世纪90年代以来的27篇新闻作品，其中人物通讯居多，以扣合书名《新乡人》。书中的人物，或为某个时代的佼佼者，或为普普通通的奉献者，身份涵盖工人、教师、医生、企业家、艺术家……读毕掩卷，我认为这部集子至少拥有三个显著的特点。

其一，情怀。“欧洲最后一位文人”沃尔特·本杰明有一句话：“眼镜架在鼻子上，秋天装在心里”。我一直认为，史国新老师看似波澜不惊的外表下，藏着一枚枚落叶一度度花开。这么多年，我领教过一些人物通讯，有应景而作，有应诏而作，虽亦洋洋洒洒，挪风搬月，然终归于平淡，无涟无漪。而史老师每每面对一个即将出现在他笔下的人物时，他首先要感动到自己，方才动笔。记得一次席间，他和我们聊他笔下的“心连心”，讲他眼中的刘兴旭时，竟数度唏嘘，停箸落泪。我始终认为，一个不易感动的记者不是好记者。当什么都打动不了你时，你拿什么去打动读者，打动社会？因此，迎俗和麻木方为新闻记者之大忌。而这本书的字里行间，无不充满着温暖和同情，充满着理解和会意。娓娓道来，不事雕琢，如一汪清澈的甘泉，一滴滴地浸润你的心田。当一个个现实中的人物跃然纸上时，你一定能感受到，史老师正和文中主人公共悲喜、同呼吸。他的《新工人》则将一名普通的汽车修理工的登顶历程，进行了逻辑清晰而细致入微的总结描述。大量专业技术术语贯涌全文，如数家珍，让我为之折服的同时，甚至怀疑史老师一定从事过汽车修理。1995年3月，他几经深入采访之后，含泪写就长篇通讯《一千零一十九人为你拭泪》，在社会各界引起极大反响，被《河南日报》破天荒全文转载。

文中主人公的感人事迹被广为传颂，其主人公也第一时间得到组织关切。情怀是史老师人格的前提，也是这本书精神的前提。顺着书中的每一篇章，当我们逆流而上，沿着“情怀”的主脉，一路探寻源头时，我们会毫无隔阻地读出真我、读出责任，读出家国、读出悲天悯人，读出月是故乡明、家和万事兴。

其二，真实。我相信这部集子中每一个字的真实性，正如我相信史老师本身。真实是新闻的生命，也是史国新老师本真不渝的鲜明写照。他从不将大道理挂在嘴边，脸上却永远泛着真诚的光芒。我总觉得，他从不忍说一句假话，绝不会面对权贵而摧眉折腰。史老师说：“真实，是新闻人的另一种骨气。”说得真好！作为新闻人，更需要人格的真实和文字的真实，诚如史老师般，或者不说话，或者说真话。我们崇尚的真实有时很残酷，有时可望却不可即，而真实也未必是每一位新闻人的座右铭。恪守真实和捍卫真理同样需要勇气和骨气，布鲁诺为求真而遭火刑，张志新为求真浩气长存。越真实，往往付出便越大；越真实，或许风险便越大。常备茗茶邀禅友，懒持花酒奉王侯。在追求真我的路上，活得通透而真实的史老师并不容易，但也正是他一生坦然之所在。在我看来，他其实脆弱而敏感，又真实得让人心疼。

其三，责任。余秋雨说：“若没有一大批富有良知的优秀的记者，我不知道，中国将何以走向真正意义的现代。”正是缘于良知和责任，本书中的许多篇章，既真实得令人呼吸急促，感慨万千；又理性得令人无所适从，屡屡汗颜。在通讯《清贫的胜利》中，他说：“河南人缺钱但不缺智慧，缺宠爱但不缺骨气。中国的文明很大一部分是河南孕育的，看不起河南人的人多少有点数典忘祖的味道。”读之潸然时，作为河南人的我，又觉不乏快意。同样在本文中，他为教育尤其是教育之于河南而奋笔直言：“说得最好做得最差，社会之于教育往往如此。”他从来认为，作为新闻人，基于良知之下的真话，没有什么不敢说不能说的，既为新闻则无须讳言，无须搽脂抹粉、遮遮掩掩。新闻作品绝不存在“此处删去……字”，因为它既是今天的现实，又是明天的历史；它既要对读者负责，更要对历史负责。从踏入新闻门槛的第一天起，他便从未间断地试图用文字从不同的路径表达不为人知的个体，诉说发自肺腑的呼喊，昭示这个世界的需要。他的文笔洗净朴实，不疾不徐，既有珠零锦粲之美，又具晨钟暮鼓之力。看似从容漫意的笔触，却时时如利剑直戳你的心灵深处，逼你不安，逼你思考，逼你去正视自己，去想你应该做什么不应该做什么。他传递给你的，除了阅读的享受，和至纯至真的阳春白雪，更有付诸文字的——他的深邃思考，他的家国之重。

新乡人杰地灵，英才辈出。作为土生土长的新乡人，史国新老师对家乡的爱是刻在骨子里的、是不可救药的、是深沉到小心翼翼的、是和着泪水的。朝斯夕斯，念兹在兹，便有了我们面前这本《新乡人》。“新闻同好闲时翻翻，便已知足了。”关于编印本书的初衷，一生淡泊，疏名远利的史老师如是说。

事实上，这部集子中的每篇作品皆堪称新闻范文，同时又可视作当下我们所倡导的“脚力眼力脑力笔力”的综合实践体现。许多篇章，因其广泛的现实意义和力透纸背的深度洞察，新鲜如昨，亦应今时。其写作手法和表达技巧，即使放在今天来看，仍被业界沿用和举崇。所以说，生命力是新闻作品的界定标准。

史国新老师常自谦为“新闻布衣”，他几次告诉我，在报社干了一辈子，他愿做最后一名纸媒的坚守者，做最后一名纸媒的圣徒。这话，我信！

2024年1月

（本序作者系现新乡日报社总编辑）

目录

重读札记

大概2014年的时候，我第一次采写河南心连心化肥厂刘兴旭总经理，写了一万多字的人物通讯，刘总看了说，还是多写写我们的工厂和工人。刘总的谦逊和低调业内共知，到了2018年，心连心即将迎来建厂50周年和刘总入厂25周年。心连心的有关领导对我说，全厂上下都迫切要求我们写写刘总，不然感情上过不去。我们先一边采写，一边做刘总的工作。采访大约进行了两三个月的时间，在九江的长江工地，在新疆玛纳斯的深井煤矿，等等。有时采访是公开的，有时采访是随意而隐秘的，比如在小冀镇心连心社区里，我几次和早晨锻炼的老人们聊刘总，比如在飞往乌鲁木齐的飞机上，我和一拨穿着心连心绿色工装的工人说刘总。但不管在什么地方什么场合，被采访的人都说刘总好，没有一个人对他有微词，这是我四十多年新闻采访史从没有遇到过的。人无完人，我也琢磨刘总是不是也应该有点小毛病，但这个我还真没有找到，后来这个话题和许多人讨论，不少人和我同感。

稿子写好想让刘总看，因为稿子是配合厂庆的一个项目，也有部分是心连心的历史，刘总同意了，但还是把关于他个人和家庭的两章删去了，让我心疼不已。

大地之恋

——心连心建厂50年暨刘兴旭25年征程记

生于激情岁月传承奋斗精神

1969年，中国土地贫瘠的历史和现状依然如故，亩产粮食只有三四百斤，“丰衣足食”成了人们对美好生活的最大期盼，“缺吃少穿”的民族饥饿感，仍在中华大地很多地方游荡。

不要埋怨土地的无能，土地也是要吃饭的，那就是化肥。饥饿给人们上了生动一课，只有大量生产化肥才是保证肚子饱腹的唯一途径。国家在紧巴巴地建了几个稍大的化肥厂之后，敞开门户，要在全国建2000个县级小化肥厂，以解燃眉之急。

心连心就在这个时候呱呱坠地了。

它初始的名字叫“新乡县七里营化肥厂”，以图借毛主席曾视察这里和第一个人民公社的历史作为自己的坚强“后盾”。但它的孕育和出生是那么的艰难和悲壮，让今天的人唏嘘不已又荡气回肠。

1969年，新乡县全县财政收入仅为604万元，而建一个小化肥厂至少需要320万元，财政捉襟见肘显然力不能支。怎么办？50年前，政府和人们的思维方式与今天不可同日而语，党和政府有了困难，最好的办法就是：找人民。

人民以博大的胸怀张开了双臂。全县的老百姓开始为化肥厂的诞生捐款，那是一个挣工分的年代，即使一个壮劳力一年也难有一百元收入。据史料记载，新乡县小冀公社西寺大队党支部书记刘长忠捐出建房款200多元，王湾大队一位老大娘捐出卖鸡蛋所得的20元，保安堤大队一妇女捐出私房钱40多元。分分角角，全县在很短时间内共捐出现金200多万元。

每一分钱都是如此珍贵，每一分钱都要花得尽善尽美。新乡县为了建化肥厂打了一场“人民战争”。大块公社组织马车、架子车、独轮车共800辆，从北站运石子、水泥，全县木工、瓦工、铁匠200余名齐聚工地。石灰组的民工在没有配发胶鞋的情况下，为了赶工期，跳到灰池里劳动，许多人的脚被石灰水烧满燎泡。今天的心连心董事长刘兴旭当时还在县中学读书，他清晰地记得，那段时间的星期天，学校组织他们从县砖瓦厂往化肥厂工地运砖。

与此同时，化肥厂设计组和设备购置组的人员正奔波在全国各有关单位。那是计划经济年代，即使一个螺丝钉也要有国家计划，也要一年两年地排队等待。韩保林，当时的工程设计人员，受命前往南京化工设计院索求图纸，两眼一抹黑，一个人也不认，就拿了一张七里营公社的介绍信。

南京设计院的同志说，我们省的设计还搞不完呢，再说，你们也没有计划。韩保林什么哀求话都说了，比如七里营是毛主席视察过的地方，是全国第一个人民公社，等等，均无效果。韩保林不说了，只是天天到设计院，比人家还正常地上下班，打水、扫地、抹桌子、晒图，凡是会干的、能干的他都干。直到有一天人家拉住他的手说，别干了，我们同意了，可你还是要到省化工厅找熊总签个字。韩保林又到化工厅，又把毛主席和七里营的事说了一遍，熊总摇头，韩保林又开始给熊总抹桌子扫地，熊总还是不同意，韩保林干脆把旅馆也退了，扛着行李跟着熊总上下班，也不说话，也不影响人家吃喝拉撒睡，跟了一整天。熊总受不了了，说，把你的表拿过来吧。那一刻，韩保林直想哭。

当南京设计院把七里营化肥厂 7 套共 100 多斤的图纸全部做好的时候，韩保林已经在南京整整待了 3 个多月。那一天，南京下大雨，韩保林用雨衣包着图纸和设计院的同志告别。设计院的同志看着这个扫了 3 个多月地的工人师傅，竟有了一种留恋，他们把晒图机上的塑料罩取下来披在韩保林身上说，别让雨淋着，有事还来南京。

许许多多用钱也办不到的事情，心连心的前辈用忠诚、智慧、信念、执着办到了。在创业的那段日子里，那些前辈想尽办法节省每一分钱，有很多故事今天听来像天方夜谭，充满离奇又让人感动和悲怜。出差住澡堂、住茶社，甚至住火车站都是司空见惯的事情。1984 年，厂里的条件已好了许多，但艰苦奋斗的精神一直流传下来。那一年，厂里的庞俊彦、陈克武、常继勇、王延增、王新堂到河北正定县学习一项新技术，临行前，他们打了半编织袋烧饼带上。在石家庄一个街边的小饭馆吃饭时，大厅里没有位置，几个人只好硬着头皮进了雅间，点了几个凉菜，服务员说热菜呢？没人说话。酒呢？还是没人说话。主食呢？这时有人从编织袋里掏烧饼，服务员一挑门帘生气地说，就没见过坐雅间带烧饼的。

这些故事像是很久远，又像是昨天刚刚发生，心连心的前辈在最短的时间、最困难的条件下，建起了一个年产 3000 吨合成氨的小型氮肥厂。他们勇于奉献、大公无私、艰苦奋斗、坚韧不拔、革命乐观主义精神，如一种基因注入一代代心连心人的血脉里。这是一笔巨大的精神财富，给心连心的发展和崛起奠定了坚实基础。

向新乡县人民致敬！

向心连心老一辈奋斗者致敬！

于平凡处崛起在竞争中领先

1994 年，中国的改革方兴未艾，已更名为新乡县化肥总厂的领导班子再度调整。刘兴旭，这位年届四十、身高一米八的大个子走马上任。当了 12 年汽车兵，官至汽车连指导员，当过副乡长、镇长、乡党委副书记。他的履历告诉他，化肥厂，这是一片陌生的世界。

肯定有怀疑和不信任的目光，一个不懂企业管理、不懂化肥生产和技术的乡干部理所当然要浸泡在这样的氛围中。祥和的、黑黑的大个子知道自己时下的斤两，他谦逊地向每一位干部和工人微笑，尽可能地不讲话、少讲话，偶尔不得已说起生产，常常紧张出一头汗。一有空闲，他就下到车间里，看工人劳动。没有人知道，这个大个子正在利用一切空余时间恶补化肥知识和生产管理知识。

这个时候，化肥厂在碳酸氢铵产品上已经原地踏步了 25 年，全国所有的县化肥厂几乎都在生产碳酸氢铵，市场一片凋零。而另一种化肥尿素却成了土地的“宠儿”，但中国的尿素产量极少，对于广袤的土地来说无疑是杯水车薪。为了粮食的需要，国家不得不每年拿出宝贵的外汇进口日本尿素，一时间，日本的尿素和中国农民用日本化纤尿素袋制成的裤子奔跑在中国的田野上。刘兴旭之前的化肥厂领导和县领导知道，尿素是所有化肥和化工产品的基础，它的产量上去了工厂就上去了，上不去工厂就像秋天的红叶，早晚会零落成泥。他们不知道熬过了多少不眠之夜，碳铵改尿素的方案修了又修、改了又改。总工程师娄源章领着尿改队伍一次次外出考察学习，一次次反复论证，几乎跑坏了一辆新车，但仍然决心难下。连续5年，县长在县人大会上向全县人民表达要生产尿素的决心，但连续5年，尿素就像夜里的梦一样，始终是一场虚幻。全国化肥厂做生产尿素梦的不计其数，但大多倒在了前进的路上。

“宁可在冲锋的路上倒下，也不在畏缩中失败”。新上任的刘兴旭带着军人的钢铁气质和无所畏惧的勇猛，在一片期待和质疑的眼光中向县领导表态：化肥厂一定要上尿素。

资金、人才、技术是阻拦尿素发展的关键因素，多少先前改革的各地英杰在它们面前铩羽而归。化肥厂的前任领导前赴后继跑了无数次各种各级银行，结果都是一样：没钱。银行是专业打算盘的，一向谨慎有余，“嫌贫爱富”是完全可以理解的职业操守。

从来没有贷过款的刘兴旭来了。知难而进，不进则亡。刘兴旭先去了市里的一家银行，对方一句话就给封死了：今年没有指标了。他再去省里，去的时候省里这家银行的门朝哪儿开都不知道，这一去就是多半个月。每天早上坐汽车去郑州，晚上万家灯火的时候人困马乏地回新乡，一个小小的县化肥厂要两眼一抹黑地说服省、市、县各级银行，关隘重重，知情人都觉得刘兴旭有些堂·吉诃德大战风车的意思。然而，半个月之后，刘兴旭居然带着省行批的2000万元的贷款班师回朝。全厂惊喜后都有一个疑问，刘厂长是如何说服省行的大员们的？这里面的玄机奥妙是什么？

刘兴旭一笑了之。他治厂的员工行为准则有一句话：讲自己不讲别人，讲主观不讲客观，讲效果不讲过程。20多年后，刘兴旭的母亲有次偶然说，那么高的大个子给人家一直鞠躬。当时给他开车的司机20多年后说，刘厂长有次从省银行出来对我说，今天我又掉了两次眼泪。

从刘兴旭走进心连心，没有人看见他掉过眼泪，听也很少听过，这一次母亲的“失言”是多少情绪的宣泄？ 2000万元的贷款里，有多少这位男子汉的屈辱和眼泪呢？天知地知，刘兴旭知道。

刘兴旭清楚，钱有了，人还是原来的人，低端向高端产品的转变首先是理念的转变。在尿素工程展开之际，许多意想不到的小问题接踵而至。技术人员发现锅炉鼓风机的地脚螺栓松了，原因很简单，就是水泥没有凝固。后来生产系统开起来运行很短的时间突然停车，一查，原来是电机电线接头不牢。刘兴旭深有感触地说，一把水泥，一根线头，暴露出我们多少问题，只有高端的人才能驾驭高端的设备，只有不断地学习才能把农民工人变成职业工人。为此，刘兴旭向全厂领导和工人正式提出并确定了化肥厂的企业精神："笃信好学，执事敬业"。

有了钱，有了学习的自觉和动力，心连心憋了多少年的干劲陡然释放，碳铵改尿素工程正常需要 18 个月，但心连心人仅仅用了 14 个月就建成投产，并且创造了"一次投产成功，一次质量达标，一次超过设计能力"的 3 个全国第一。投产当年，尿素产量超过了设计能力的 50%，原化工部、省政府、省化工厅都把眼光投向这个名不见经传的小化肥厂，3 家的奖牌赫然挂在这个后来叫作"心连心"的化肥厂墙上。

后来业内有人说，1994 年是心连心大发展的元年，这个评价应该是中肯的。刘兴旭的到来，尿素的上马，让心连心一下驶入发展的快车道。刘兴旭对此评价不以为然，他认为，企业本身有很好的素质，尤其是原有的干部和工人，其学习精神之高、作风之硬无人可比，不然，仅凭钱怎么能买来罕见的速度和优异的质量呢？

刘兴旭开始拼命地学习，努力寻找一切学习的机会，在北京、武汉、杭州、郑州等地，他参加了许多学习班。坦白说，许多企业老板的求学是想买一个北大、清华的光环，但刘兴旭是一个另类学生，他上课的时候背着书包来了，下课的时候背着书包走了，和同学笑脸相迎，又不参加同学组织的各类娱乐活动。这个年龄偏大、个子偏高、被称为"大哥"的班长，总是把自己关在宿舍里，像虫子一样在书里不知疲倦地爬。他不在学习的城市多待一天，下课了就掐点儿赶火车，马不停蹄地往家走。在厂里，他永远没有星期天，只要不出差，他的节假日就是在办公室里读书。即使心连心股票在新加坡上市的那个晚上，大家都说出去散散步，看看新加坡的夜景，他也执意不去，等大家回到宾馆的时候，却看到了他在 11 张宾馆便笺纸上写下的读德鲁克《卓有成效的管理者》读书笔记。不管他回家多晚，半个小时的读书时间必不可少，家里的书柜、办公室的书柜盈筐倒箧，一捆一捆的书是他几次办公室迁徙的财富。

刘兴旭算不得聪明，但架不住这样的学习态度，他可以给你讲西方的管理模式，给你讲中国精英的成功经验，他常常在公司的刊物上讲一本书或一篇文章的心得体会，他更可以沿着心连心厂区向每一个人讲大到一片管网的作用，小到一个螺丝的功能。

学习不是作秀，书柜不是门面，学以致用是刘兴旭学习的动力和源泉。毛主席是刘兴旭从小至今的偶像，毛主席没上过一天的军事院校，但他指挥的无数经典战役让过去和今天的军事专家们津津乐道。学习毛主席，用好辩证法，是刘兴旭一生的追求和方向。

有了年产 4 万吨尿素的经验积累，有了不断学习的基础和底气，有了一群机智骁勇的可爱伙伴，又有了改革开放的春风化雨，天高海阔，刘兴旭和心连心，还等什么?

2006 年，心连心的尿素年产量已达 70 万吨，复合肥产量已达 30 万吨。

小冀镇那个老厂已经盛不下心连心饱胀的创业激情。2004 年，还在春节的假期里，鞭炮烟火还没有散尽，刘兴旭就拉着总工程师李玉顺出去“散步”。距老厂东北 3 公里的一片沃野上，麦苗新绿，泥土即酥，春的气息让人惴惴不安。

“这里怎么样？”刘兴旭掐腰原野之上，喜悦之情无以言表。

一片大平原，一片大战场，一片大发展的雄心和壮志已经升腾。

数年之后，二分厂、三分厂、四分厂像雨后春笋在这里茁壮成长，拉起手来绵延几公里，远远望去，白天管塔林立，夜里灯火辉煌，有一种勃勃生机溢满大地。

四分厂是踩着三分厂投产成功的脚步开始孕育的。它天生比前几个分厂的基因优秀，它选用了当时行业最先进的水煤浆气化技术，新技术像球队里来了一个球星，一下子把心连心引领到化肥技术的制高点。新技术、新工艺、新设备，大家办喜事一样考察、学习，忙得不亦乐乎。2011 年的时候，四分厂初见雏形，正是人马和资金较劲时刻，正是漂亮新娘揭盖头时分，恰恰在这个时候，刘兴旭却带着一拨人马，先内蒙古后新疆的大考察去了。

许多人不理解，小日子已经过得不错了，还千里迢迢跑到被冰雪覆盖的新疆干什么?

中原已关不住这个大个子的野心，一个锅里的饭还没盛到碗里的时候，他已经开始为另一锅饭搭台建灶了。他不满足于小富即安，不赞成休养生息，不打算见好就收，不乐意英雄迟暮。他的野心其实就挂在心连心的每一个角落里，印在每一个心连心人的心里，那就是——做中国化肥的领跑者。

仅仅一个中原，能让他的信念信马由缰吗?

建化肥厂需要两个硬条件，化肥的“粮食”：煤炭，化肥的去向：土地。新疆正是全国生产化肥最理想的地方，它有沃土千里的原野，天山丰厚质优的煤层。但像阿里巴巴的宝藏一样，你要耐心寻找。这是张骞出使西域的地方，不要怕路途遥远；这是唐僧西天取经的地方，不能怕关隘重重。刘兴旭带着一拨人从国界上的霍尔果斯往回走，几乎人困马乏，在大家都觉得理想的新厂址如海市蜃楼可望而不可即的时候，玛纳斯县迎面来了，正是“山重水复疑无路，柳暗花明又一村”。当地政府正在求贤若渴地招商。此外，玛纳斯还有两个天山脚下的煤矿，储量 1.8 亿吨。双方一拍即合，玛纳斯不仅提供了建设工厂的土地，而且答应把两个煤矿的开采权转让给心连心。

于是，新疆厂的脚手架和新乡四分厂的脚手架遥相呼应，两个设备领先、技术一流的现代化化肥厂即将进入心连心队伍之中。

2013 年和 2015 年，四分厂和新疆公司先后一次试车成功，像航母加入编队，心连心在全国化肥业的位次一下子名列前三，在全国民营化肥企业里，心连心已经站在旗手位置。

天山还是白雪皑皑，长江正在大河奔流。当新疆心连心的优质化肥初吻南疆大地的时候，毫无倦怠之意的刘兴旭带着心连心的拓疆者又挥师东进，站在了九江彭泽一线。江水波涛，百舸争流，这又是一片可以大展身手的好地方。在陶渊明“采菊东篱下，悠然见南山”的南山之下，山水簇拥之中，心连心建设的塔吊又林立而起。两年之后，又一座现代化的化肥企业将拔地而起。这几乎是一首诗一般的奋斗之歌，是一个传说一样的创业壮举。

从 1994 年年产 4 万吨尿素的小厂一直到今天九江彭泽的壮阔工地，25 年，征程未洗又扬鞭，一次次大项目建设首尾相连，一回回大硬仗接踵而至，考验一个接着一个，胜利一环连着一环。25 年，刘兴旭和心连心如一群埋头向前的攀登者，脚步扎实，躬身前行，执着、专注，勇敢、坚韧。今天心连心已站在化肥企业的群山高处，回望曾经走过的风景，自豪和感叹油然而生：从年产 8 万吨碳铵的小化肥厂一直做到今天年产超过 500 万吨的国家大型化肥生产企业，拥有世界一流的煤制尿素生产线。25 年来，心连心销售收入由 9400 万元增长到 98 亿元；化肥总产能增长了 100 多倍；总资产由 8890 万元增加到 132 亿元；利税由 1200 多万元增加到 9 亿多元；员工由 600 多人增加到 6000 多人。

25 年来，心连心从一个县级化肥小厂，脱胎换骨，凤凰涅槃，逐渐从 2000 多家化肥企业中脱颖而出，终于跻身为行业的佼佼者。

世界多彩迷离我只注目土地

刘兴旭的老家在辉县市太行山腹地，小时候父亲把他送到山里，一方面是因为工作忙，更重要的是要锻炼他的意志。那时候山里很穷，玉米面都吃不饱，汤汤菜菜能灌饱肚子就不错了。山里人没见过化肥，听也没听过，种庄稼就靠农家肥，老人们出门多背个箩筐，见了山道上有牛骡粪便就宝贝一样捡到筐里，方便都要方便到自家的茅厕里，真正的“肥水不流外人田”。

刘兴旭从山里不仅根深蒂固地学到了以奶奶为代表的山里人的善良和坚韧，更体会到肥料对于农民和土地的作用及魅力，这种感觉如影随形，一直跟他到现在。

刘兴旭对今天社会对企业家的定义耿耿于怀，追求利润的最大化曾是衡量企业家最主要或唯一的标准，但他绝不苟同。他坚定地认为，道德和良心，责任和操守，应该放在利益的前边，企业和企业家绝对是两个概念，企业好做，企业家难得。所以有一次政府开会，主持人说，企业家都往前坐，别的大小厂长哗啦啦都去前面了，而他却自觉尚未跻身企业家之列，坐在了后面。

20多年来心连心的利润高歌猛进，但没有一分钱产生于政策的投机取巧，没有一分钱有农民的唾沫和诅咒。

刘兴旭骨子里依然是农民，他总觉得全国的农民都是他的父老乡亲，开始的时候，他用最简单的方法让利给农民，比如一袋50公斤的化肥他让装多一点，他怕因为运输或装卸折了秤；比如化肥涨价的时候他不给经销商涨，经销商也不能给农民涨，等等。有一年一位山东的农民用心连心的化肥，庄稼却近乎绝收，心连心的技术人员跑了三趟，最后确定不是化肥所致。没了收成就有了眼泪，农民的女人和孩子哭个不停，刘兴旭知道了就说，用了咱的化肥，是不是咱的责任咱都要管，于是，就叫人拿了4000块钱送去。农民千恩万谢，说心连心人的心真好。其实，当初县化肥厂改名，刘兴旭提议“心连心”时，有人觉得这名儿土气点。那时候洋名字正走红，名字就是厂子的面子和文化，要么洋气点，要么高雅点，要么有点哲理。刘兴旭却说，土气没什么不好，化肥就是依土生存，心连心就是表达我们和农民心连心、和经销商心连心、和工人心连心。

有两件事情深深触动了刘兴旭，让他矢志于化肥的情结更加刻骨铭心。在东北的一家化肥销售商店，老两口赶着牛车来买化肥，他们拿出手绢包裹着的零碎钱，踌躇了很长时间，最后买了最便宜的一种劣质化肥；而在浙江的茶山，挪威产的化肥高达5000元一吨，却有很多人购买，中国产的化肥被放在角落里几乎无人问津。一方面劣质化肥因价格低廉充斥市场，必然造成土地的损坏，另一方面我们还没有高档的化肥来满足顾客的各种需要，这让生产化肥的刘兴旭心情沉重。

“一米宽，一千米深”的“钻井精神”，是刘兴旭执着于化肥事业而提出的理念。他要带领心连心的人心无旁骛地做好化肥，让农民用得起用得好自己的化肥，让中国的化肥效果也像发达国家一样高效而精准。所以，后来心连心开始有点儿资产，房地产生意好得像拾钱一样的时候，就有很多朋友献言说，房地产行业比化肥行业来钱快得多，也有人献计去做互联网行业的，反正社会各界纷纷游说，都认为自己说的营生比生产化肥来钱快。刘兴旭和心连心不为所动。越是五彩缤纷时刻，保持本色越弥足珍贵。

坚持做化肥，做好化肥，不仅是心连心得心应手的传承，也包含了心连心经营者对做精做大做强主业的向往，其中更有一份对土地、对农民的深情。在2018年全国氮肥工业发展60周年纪念大会上，刘兴旭站在人民大会堂向全国的化肥同行和专家、领导再次重申：“不忘初心，方得始终。坚持做好氮肥是历史赋予我们的使命，也是我们必须承担的社会责任。”

让农民受益，让土地舒畅，是刘兴旭和心连心的终极梦想。刘兴旭把他的梦想浓缩成一句话：用最少的社会资源创造最大的社会价值。如何把梦想变成现实，如何不仅仅让农民在斤两上或细枝末节处受益，而是从根本上、从产品本身得到实惠？近年来心连心通过探索、总结、升华，提出了“低成本 + 差异化”的战略目标，并在实践中初尝胜果。

刘兴旭用辩证法的观点来诠释心连心的低成本战略。所谓的“低”，既不是指固定资产投资最少，也不是指系统成本最低，更不是指原辅材料价格最便宜，而是当选用原辅材料最优质，设备装备最先进，工艺深化到最圆润，管理做到最极致，即每一个链条都是高精尖的时候，所有的运转都会变得流畅而和谐，生产也会变得秩序而有规律。长期的整体运营成本最低，长期的安全稳定是生产的最高境界。

所以心连心不赞成在选材上坚持“物美价廉”的观点，不主张一味地讨价还价，反对凑合、将就的工作方法。在行业内它率先提出“总成本领先”的战略思想，2013—2017年，心连心共投资4亿元完成1500多项技术改造，装置运行效率大幅提升。在四分厂和新疆化肥厂建设中，心连心生产系统采用了国际先进的水煤浆加压气化工艺，集合了行业所有的前沿技术。

对技术人员实行的专利制度是心连心低成本战略的又一创举。心连心规定凡是发明或引进的技术都属于自己的专利，都可以得到厂里的重奖。新疆公司常务副总经理姚元亭本来是数学专业的，但到了心连心之后苦攻煤化工，现在成了厂里的专家。在引进第一套变压吸附提氢装置时，大家心里都没底，许多人担心不能投运，姚元亭和他的团队通过刻苦学习，一次次攻关，终于使装置顺利投运，开了业界的先河。在新疆空分项目开车过程中，整个项目安装完毕，但管道振动问题一直解决不了。从国外请来了专家，研究调试了一两个月，仍然毫无进展。姚元亭只好又带领自己的团队，跳出常规思维模式，苦思冥想，一点点摸索前进，最终获得了成功，使新疆项目如期开工。

因果相应，心连心的低成本在独特的认识中得到收获。心连心利用传统工艺生产1吨合成氨消耗标准煤1073公斤，比国家限额低28%，利用新工艺生产1吨合成氨消耗标准煤1216公斤，比国家定值低27%，2011—2018年，累计节煤27.68万吨，生产实现了长周期稳定高效运行，连续8年被国家工信部、中国石油和化学工业联合会评为“能效领跑者（合成氨）

标杆企业”。

化肥是对农家肥的“革命”，但初级的传统化肥在完成对植物营养补充的过程中产生了许多后遗症，如资源浪费、土壤板结、环境污染等。人在饥饿的时候是不计后果的，但肚子饱了，剔牙打嗝的时候又对化肥有了嫌隙之心，以至于今天，不吃施用化肥的食物成为人们的目标。

这种误解是对化肥最大的不公，化肥只能增加作物产量，而绝不会改变作物结构的道理又有几人能懂呢?

即使是化肥的生产者也对化肥有一个逐步认识的过程。今天，改变化肥品性，完善化肥功能，成为化肥企业的共识和生存之道。自主研发，技术合作，收购企业，购买专利等都是心连心在化肥革命中使用的策略。2009 年，心连心是全国首家投入巨资从中国科学院购买控失肥技术专利的化肥企业，2018 年，心连心并购了新疆的腐殖酸龙头企业，让心连心化肥在与世界接轨的道路上越走越近。刘兴旭率领的心连心团队对化肥革命“蓄谋已久”，刘兴旭在各个时期提出的口号和目标都有让化肥产品“洗心革面”的意思，比如“标杆引领，绿色发展”，“最受尊重的化肥企业集团”，“一米宽，一千米深”，而“差异化”战略思想的提出，更是把化肥功能化、化肥绿色化落到了实处。

食物是人类生存的基本保障，但人类对食物的要求是形形色色的。不论老幼少壮，地处东南西北，不同民族、不同信仰的人们对食物都有自己的要求。植物对于化肥也是如此，只用共性的化肥不仅浪费资源而且常常事倍功半。心连心倡导的差异化就是给作物开“小灶”，有的放矢，对症下药，也就是靶向施策。朝着这个方向，心连心人矢志不渝，聚心聚力，终于开发出了三大系列高效肥产品：腐殖酸化肥改良土壤长期板结顽症，提高作物品质；控失肥锁住养分，有效减少流失；聚能网破除土壤板结，促进根系生长。三种高效肥产品合理搭配，科学施用，使氮肥利用率提升了近 20%，提升作物产量 10% 左右，既能高产优产，又能使地力恢复。这三种产品的诞生，让心连心从化肥生产队伍中脱颖而出，从同行者一跃而成行业引领者。

农民在大地上用丰收为心连心的化肥革命鼓掌。陕西省延长县果农许安军使用心连心化肥种植苹果，2018 年春天受到天灾，当地许多果农种植的苹果都被冻坏了。本来许安军也自认丰收无望了，但谁知后期苹果长势突起，个头大、颜色鲜、口感甜，这让许安军大喜过望。那一年，他种植的苹果还没下树，就被采购商订购一空，其中个头最大的苹果达 776.5 克，夺了全县“苹果大王”的称号；山西省应县农民用心连心的化肥种植青椒，单个重量平均 350 克，单个最大重量达 400 克；广东徐闻县的农民用心连心化肥种菠萝大丰收，2018 年 5 月份他们跨越千里送菠萝到新乡感谢心连心；新疆昌吉农民用心连心化肥种植的西瓜，单个平均重量 15 公斤以上，含糖量比一般西瓜高两度。为了表达对心连心的感激之情，他们跨越 3000 多公里送 30 吨西瓜到新乡，农民还在送瓜车上贴上对联：“施肥就用心连心，瓜甜个大喜人心”。心连心化肥大受农民的喜爱，只要用过就会“矢志不渝”，新疆伊犁有的农民不识汉字，就拿着心连心的化肥袋子去买化肥，说就要这个牌子的。

利润永远紧跟着好产品，没有利润就没有企业的发展，但好的企业发展到一定时候，社会责任却比利润更重要。刘兴旭和心连心渐渐进入了一种境界，化肥生产的发展和进步成了他们的一种追求，农民的希冀和富裕变成了他们为之奋斗的事业。心连心在全国组织了 100 多个服务队，走乡串户，田间地头，给农民普及化肥知识，给土地测量土壤结构，然后量体裁衣，精准施肥。刘兴旭还牵头建立了一个全国性的心连心肥料协作网，农民可以随时随地为土地“求诊问药”。

事业之感是一个发动机，65 岁的刘兴旭每天都不休息，最喜欢的事情就是在田里和农民看庄稼、搓土壤、聊收成。一位新华社记者形象地比喻说，刘兴旭和他的心连心团队，就是一只脚在工厂，绞尽脑汁控成本，让 1

吨煤炭多生产了 10% 的肥料，另一只脚踏在田间地头，指导代理商和农民科学种田，使 1 吨高效肥帮助农民多打了 10% 的粮食。

最理解刘兴旭、最信任刘兴旭、最放心刘兴旭的人，是一位 70 多岁的老太太，她是全国知名的化肥专家，曾任中国氮肥工业协会副理事长孔祥琳。她 2018 年到九江彭泽看在建的心连心化肥厂，一看那宏伟的场面激动得说着说着就流了泪，握着刘兴旭的手就像抓住了小氮肥。老人家一生致力于中国的化肥事业，殚精竭虑，把中国化肥生产的过程、问题、思考整理了几大本子，并将其奉为至宝。现在她决定把她的至宝传给刘兴旭。刘兴旭郑重地接过了老前辈的希望和重托，国宝一样将其收藏在公司的文化展厅里。

心有多大舞台就有多大

刘兴旭来到心连心，已整整 25 年。

这 25 年，心连心 6000 多名员工庆幸有了刘兴旭这样一个好带头人。刘兴旭也常常沉浸在幸福之中，这是他一生中最舒畅、最值得、最不可忘怀的日子，每一天他都被身边的人感动着、鼓舞着、兴奋着。他来的第一年，老干部李步文的承包合同到期了，按合同李步文应该得到 72 万元的承包金。在那个年代，72 万元是一笔巨款，但李步文坚决不要，他自己给自己找了一个不要的理由，说是今年化肥涨价了，他要把这笔钱用到厂里生产上。这一年，厂里要推行减员增效改革，劝退一批 45 岁以上的女工，符合条件的许多人不想走，还是李步文和公司副总茹正涛率先把自己的爱人劝退了。老工程师娄源章 1974 年参加合成氨项目时，为了勘探水质多次跳入冰冷的水中，由于浸泡时间过长，他年纪轻轻就患上了风湿性关节炎。1995 年厂里上尿素的生产线缺人，已经病退的娄源章拖着病腿又披挂上阵，全程负责改造项目。20 多米高的合成塔，他一次次站在施工的吊篮里往返检查，为了确认防腐质量，他忍受着关节疼痛，每天爬上 90 米的造粒塔。总会计师侯长有掌管着全厂千万元资金，但每次出差，总找10块钱一晚的地下室住，而且不管出差回来再晚，第二天一定准时出现在办公室。副总工程师顾朝晖私下资助两个贫困学生十几年无人知晓，直到县民政局找来大家才知道。

把工人从600人发展到6000人；产值从500万元到今天的超100亿元；一个曾名不见经传的县化肥小厂到现在全国化肥行业名列前茅，这“老板”不可谓不大。

星期天刘兴旭是永远不休息的，天气好的时候他肯定是骑着自行车往厂里去，十几里的庄稼路相陪毫无寂寞之感。新乡县的人没有不知道心连心的，刘兴旭的大名更是如雷贯耳，但很少有人知道这个骑车的老头，就是刘兴旭。

不管是25年前开会还是今天开会，刘兴旭都保持了一个习惯，就是倾听。一个问题让大家讨论，大家就畅所欲言，有人嘴皮子利索、有人词不达意，刘兴旭从来不打断任何人，倾听不仅是工作方法，更是一种尊重。

退了休的公司老干部李步文讲了一个故事：刘总刚来时有一次开会，他们两个的意见不大一致，其他的领导也不好表态，会散了以后，李步文觉得不该在会上那么尖锐，正想着呢，刘总就进了他的办公室，一上来就向他道歉，说这事都怨自己，事先应该跟他沟通一下，下次一定要注意改正。李步文耿直豪爽，见刘总如此礼贤下士，就感动地说，刘总，这样的事儿没有下次了。李步文说，他一生没有怎么佩服过谁，但对刘总是真的从心里敬佩，没见刘总跟谁急过，再大的事情没见过他拍桌子踢板凳。茹正涛是从工人一步步当上厂干部的，他是抓生产的一把好手，说话快人快语，在各种会议上口无遮拦，难免有些话和刘兴旭意见相左，刘兴旭从来都是平静地倾听。刘兴旭说，正涛他们说的都是为了工作，如果开会一言堂，他说什么大家都附和说是，那这个企业就完了，敢于讲实话讲心里话说明大家是一条心，没有这帮推心置腹的如兄弟一样的同事，心连心就不会进步。

没有谁见过喜怒无常的刘兴旭，微笑永远挂在他的脸上。干部工人这么说，厂里厂外都这么说。

正人先正己，纪律是定给每一个人的，老总的工作独立性很强，有时群众监督起来很难，老总要自己监督自己。心连心要求工作必须穿绿工装、深蓝或黑色裤子，刘兴旭只要进了心连心，不管是在工作，还是迎来送往都是按规定着装。厂里要求禁烟，“烟鬼”刘兴旭马上戒了烟。有一个客人来找他，在楼道里吸了烟，刘兴旭知道后按规定自罚了100元。大家劝阻说，他是客人，又不知道咱厂的规定，不该罚的。刘兴旭说，厂里有烟火就要罚，没有不罚款的理由。

有一年春节前夕，刘兴旭从新加坡回来说，今年的年不安生了！原来他的一个亲戚在公司干部考评中垫了底，按当时规定要转岗的，一个干部说，是不是再看看，刘兴旭说别看了，该转就转吧，一视同仁最好。化肥厂是用煤大户，送煤的人络绎不绝，刘兴旭又是土生土长的新乡人，亲朋好友一大堆，都知道刘兴旭是大老板，介绍生意的很多，内举不避亲，外举不避仇，也就有亲戚送煤的。有一次，一个亲戚气呼呼地来找刘兴旭说，他送的煤被那个质检员评得价格太低了，说是你的亲戚也不行。刘兴旭说人家是内行，说几级就是几级。几年过后，当年的那个煤炭质检员退休了，当退休表送到刘兴旭手里的时候，刘兴旭破天荒地批了一行字：请奖励两万元。质检员一头雾水，不知奖从何来，他去找一个厂领导问，厂领导想想说，大概表扬你多年来的铁面无私吧！质检员想起了刘兴旭亲戚的事儿，当时他还怕领导给自己穿小鞋呢！想着想着眼泪就出来了，多少年了刘总还记着这事儿呢。

1996年，为了规范经营，厂里制订招投标制度，制度的最后一项规定，厂长有最后的决定权。但直到如今，刘兴旭没有使用过一次这样的权力。在提拔各类干部时，刘兴旭坚持谁分管谁举荐的原则，从来不干涉分管领导的权力。

换位思考，替别人着想是刘兴旭工作的习惯，如果总站在自己的位置看问题，强调自己的理由，不仅不利于解决问题，还会使问题更加复杂化。心连心二分厂、三分厂、四分厂征了朗公庙镇的地，一开始时，偶尔有人在水、电等方面给心连心找麻烦，大家说咱不能老吃这个亏，不行就告诉乡里，告诉派出所，整整这些人。刘兴旭说，想一想，咱用了人家祖祖辈辈的地，用了人家地下的水，人家有点情绪也正常，我们要多给周边的乡亲办好事，感谢人家给我们的土地之恩啊。从此，心连心用工尽力照顾周边的乡亲，给周边的村民用化肥的价格比经销商还要低，替乡亲们建水闸、缴水费。每年春节前夕，刘兴旭一定要到各乡村走访拜年，感谢乡亲的担待和厚爱。百姓都说，那么大的老板没一点架子，老哥老嫂的不住嘴地叫，跟这样的领导过不去的一定不是好人。因此，心连心和周边乡亲处得像一家人。

刘兴旭每次去新疆和江西就告诫那里的心连心干部，一定要和当地政府、群众搞好关系，咱用人家的土地，人家给咱提供了好的条件，就要从心里感谢人家，服从当地政府的领导，多参加当地的公益活动，给周边百姓多做好事。那年去山西煤矿拜访，走到煤矿了也没见对方及时接待，大家就在路边等，心里不满意。好不容易等来人了，却是一个小干部，大家就脸上不高兴，心说我们大老板都来了，你们负责接待的人怎么也该基本对等吧。刘兴旭却没有一点怨言，跟人家寒暄，谈工作。事后刘兴旭做大家的工作说："也许人家的领导不在家，也许我们不是人家的大客户。我们来是说工作的，工作说完了就是圆满，又不是国际关系要什么对等呢？"有一次刘兴旭带一拨公司高管开会，会议室的椅子前两天刚刚洗过，罩子干了里面的海绵垫却是湿的。大家坐下不久屁股就觉得不舒服，起来一看，裤子都湿了一片。有领导的脸上就挂不住了，怒气冲冲地要叫办公室的人过来。刘兴旭却哈哈一笑说，你们尿裤就说尿裤了，少找事啊！大家哈哈大笑起来。

每年春节，刘兴旭拜年的第一拨对象就是心连心的老干部、老工人，刘兴旭去北京谁都不看也要先去看原化工部退休的老干部。滴水之恩当涌泉相报，化肥行业里公认老刘是最厚道、最老实、最实在的人。在小冀镇里的心连心社区随便找一位老人问问，刘兴旭怎么样？没说不好的。问孩子们刘兴旭好不好，孩子们也说好。问谁说的，孩子说，俺爷俺奶说的。

心连心要做中国化肥的领跑者，中国高效肥的倡导者，没有科技和创新是不可能的，而人才是科技和创新的基础。说句实话，新乡和小冀镇在今天的中国没有地利之优，心连心想要吸引和留住人才，一靠企业的实力，二靠领导的胸襟和魅力。早年毕业于大连理工大学的研究生孙洪，一开始就职于新飞电器。由于在企业管理上出类拔萃，3 年后就被提拔为新飞电器副总。2012 年，孙洪被市里抽调当“市长质量奖”的评委来到心连心。第一次见到刘兴旭，孙洪就觉得这个老总和其他老总不一样。说话低调、实在，既说企业的好，也说企业的困惑。没有一句说自己怎么做的，一说就是团队和工人。再就是谦虚，一直问企业管理的问题。评完奖孙洪就走了，后来她接到心连心让她讲企业管理课的邀请。刘兴旭像小学生一样在前排听得很认真，再后来刘兴旭代表心连心诚挚地希望她能来心连心工作。孙洪做了很久的思想斗争，毕竟在新飞十几年，而心连心处于是个陌生的化肥行业，离城十几里。但刘兴旭的低调、实在、谦逊和热情真挚，让她最终选择了心连心。她的到来，让心连心在企业管理上向规范化、科学化又迈了一大步。心连心的高管全都是各个方面的高手，人人独当一面，几乎都有别家企业高薪邀请的机会。但几十年来心连心的高管一个都没有走，因为心连心，因为刘兴旭。

2013 年，刚刚 30 岁的黄建利还在福建莆田市惨淡经营车用尿素，之所以惨淡就是因为本小利薄，原材料尿素不好做。黄建利不想自己做了，在网上查了 100 多个化肥企业，用短信向各家老板毛遂自荐。仅仅在给心连心发送信息两分钟之后，心连心刘兴旭给他回了短信，欢迎他到心连心谈谈。这是黄建利接到的第一条短信，也是100多条自荐短信的唯一回音。2014年，黄建利从福建来到心连心，刘兴旭和他谈了一次话后就说，欢迎你来心连心一起工作。黄建利没想到心连心是一个厂房绵延几公里，如此大的一个企业，没想到这么大的老板会和他实实在在地谈了这么长时间。2015年，黄建利注销了自己在福建的公司来到了心连心。公司为他成立了车用尿素科，给了他5个人。车用尿素是减少柴油车污染的添加剂，在要求“绿水青山”的今天，有极大的应用市场。有人出钱，黄建利如鱼得水，第一年生产车用尿素5612吨，第二年已达44026吨。这一年，车用尿素科开年会，刘兴旭来参加，黄建利有些意外。他知道车用尿素科在偌大的心连心还是一个“小弟弟”，知道刘总在心连心的威望和地位。刘兴旭还没有讲话先站起来，规规矩矩向黄建利先鞠了一躬。黄建利受宠若惊，连连相谢。刘兴旭说，感谢小黄的到来，为心连心的事业共同奋斗。

2017年，心连心车用尿素连续3年保持高速增长和行业销量第一，年产车用尿素原料80万吨、车用尿素溶液20万吨，产品出口欧美、日本、韩国、澳大利亚等20多个国家和地区。心连心已成为中国最大的优质高纯车用尿素原料供应商之一、行业内第一批实现超高纯原料规模量产的企业，并成为国内制订车用尿素原料企业标准企业、车用尿素原料行业标准牵头制订单位。一个短信，一个人，一个产品，一个行业纪录。这就是一个伯乐和千里马的故事。

心连心用人的宗旨是把合适的人放到最合适的位置上。什么是最合适的位置呢？人是可塑的，有时候人自己都不知道自己的优势和潜力，需要发现、锻造、成型。

2009年年初，心连心进来了20多个研究生，来得快走得也快，有的就是骑驴找马，有的不适应心连心铁的纪律，有的向往大城市等。但终究有留下的，北京服装学院材料学硕士赵亚洲就是一个。北京的硕士在心连心很金贵，但刘兴旭对赵亚洲说，你要沉下去。沉下去就是一竿子到底当工人。赵亚洲老老实实去车间里当操作工，和工人天天轮班倒，下班了睡觉、睡醒了上班，对工人的生产生活摸得一清二楚。整整两年，赵亚洲心无旁骛、专心致志当工人。后来他当了分厂的工艺科长，2014 年到新疆做副厂长，很快又被提拔为五分厂的厂长。9 年工夫他从一个嫩学生成长为一个产值几十亿元的厂长。赵亚洲说，感谢刘总“沉下去”的教诲，没有沉下去，我就不会走上来，就不会了解工人。不了解工人就不会做好工厂，不管学问多高，想做好工厂必先做工人。今天赵亚洲已经沉醉于化肥行业，新疆公司两套领先全国的三聚氰胺设备，常常让他在梦中喜笑颜开。他说，他一定要干到全国最好，不负心连心，不负刘兴旭。

为事业和使命而奋斗是他的幸福观

少年时的刘兴旭，被父亲送到了辉县山里的老家，那是最饥饿的时代。驼背、小脚、没有名字，被唤作“刘白氏”的奶奶影响了刘兴旭一生。他记得当时家里最好的饭，就是用玉米面捏成红枣大的疙瘩放到锅里煮，然后放上野菜。这样的好饭不是每个人都能吃到嘴里的，要先让壮劳力的爷爷吃，然后盛出几碗，奶奶用颤抖的手端给几家邻居。奶奶说谁家都有孩子老人，经不住饿啊。后来当新乡县法院院长的父亲也常往家乡去，20 世纪 60 年代，父亲用自己的节余给家乡买了一台变压器，肩扛手抬让村里通了电。听说村里要修路，父亲让刘兴旭兄妹都兑钱，硬是凑了十几万元，圆了乡亲们村里通汽车的梦。乡亲们要打井，父亲又号令大家解囊相助。记忆里父亲兜里从来都是两种烟，自己抽便宜的，好的让给人家抽。刘兴旭是在父亲的背影里长大的。

这个世界有为钱奋斗的，也有为使命奋斗的，后者的钱，只是为了使命而存在。

每年心连心都设有年终奖，心连心的飞速发展使各级的年终奖水涨船高。前几年，董事长兼总经理的刘兴旭，每年也都有几十万元到 100 多万元的奖励。每年刘兴旭都要求拦腰砍断，只要一半。新乡县2012年奖励刘兴旭个人50万元，刘兴旭说给大家分了吧。2005年，刘兴旭被评为“河南省优秀民营企业家”，省政府奖励他个人一辆帕拉丁越野车。刘兴旭说，放到厂办公室用吧。这辆车在厂里一直用到报废。

刘兴旭的工资卡一直由办公室的人拿着。刘兴旭说，厂里干部、工人家有白事，只要他在家一定要去的。红事只要喜糖送到，不管干部还是群众，不管他在不在家，都要把红包送到。

经常有朋友、同事、战友、同学、亲戚家里磨不开的时候来找刘兴旭，刘兴旭都尽力而为，不让人家空着手回去。公益事业，救灾救难，刘兴旭更是责无旁贷。

受到奶奶和父亲的言传身教，刘兴旭在自己的衣食住行方面，一切以节俭为宗旨，不管是什么时候，艰苦朴素、适可而止，都是他生活的最惬意状态。

2007年，心连心在新加坡上市，刘兴旭要去敲锣定音。临行的前几天，家人才想起他还没有好一点的西装。不管怎么说，规矩还是要讲的，置一身上档次的“行头”合情合理。但刘兴旭坚决不同意买名牌衣服，一身好西装要几万元，平时他也从不穿西装。家人说不过他，最后花1000多块钱买了一套西装。

刘兴旭坐的车，已经跑了12年，60多万公里，总出毛病，半道上已经抛了两次锚，不管出于形象、安全、工作，他都该换一辆汽车了，而且要换就换好一点的，毕竟心连心的规模放在那儿，百十万元一点都不过分。刘兴旭却坚决不让换，理由就是厂里用钱的地方多着呢，何况车没大毛病。说得多了，刘兴旭有一次郑重地说，换车的事儿从此不要再提了，他坐的车他心里有数。

外出住宿刘兴旭同样有规矩，以前跟他的人都受过教训。一次去上海学习，人家集体安排住在附近的一个大宾馆，刘兴旭嫌贵，自己找了家小旅社，每天多跑不少路去上课。有一次他在大连住了一个小宾馆，房小床短，刘兴旭个子大，脚都没地方放。大家都说这不行，怎么也要伸开腿吧，再换一家吧。刘兴旭说不用，他有办法，就搬把椅子放到床尾说，这回脚可以伸开了。后来大家有了默契，只要是和刘总出来，就住快捷酒店，这样可以少打许多“嘴官司”。刘兴旭说，就睡一夜，要那么豪华干什么，要里外间干什么，花那个冤枉钱还真是睡不踏实呢。

外出吃饭只要没有客人，刘兴旭最高兴吃小饭馆儿，一盘饺子，一碗烩面，一碗捞面条都行，吸吸溜溜吃得津津有味。刘兴旭爱吃花生米，配二两白酒一喝，就像做了神仙。那次去山西煤矿，大家在路边喝羊肉汤，几辆拉煤的大车一过，大碗的羊肉汤漂了一层黑色。大家面面相觑，觉得这汤没法喝了。刘兴旭端起碗用力一吹，黑汤都溢了出来。刘兴旭有些得意地说，咋样？照喝不误。于是大家都跟着吹，把羊肉汤喝了。

轻装简从是刘兴旭出门的习惯，他从没有专职秘书，去外地上学出差时都是独来独往。他最烦别人跟在他屁股后边端水杯，因此，他吃饭从不会端着水杯去。他最烦别人给他开车门，总觉得给他开车门起码说明他身体不行。在服务区吃饭他不让司机给他端饭，司机一路最辛苦，最应该多休息。2018 年上半年，去新疆和江西，他就是只身前往的。但从新疆往江西九江去的时候，他坚持要给九江的同志们带些新疆的土特产。九江几百号人，少了分不过来，核桃大枣整整装了 5 个大纸箱。新疆机场要求很严格，别人进不去，63 岁的刘兴旭一箱一箱去托运。到了武汉机场，九江的司机进不来，刘兴旭又一箱一箱搬到行李车上。往外推的时候因为箱子摞得高又沉，几乎埋住了这个躬身推车的大高个子。当焦急等在外面的九江司机看到他们亲爱的刘总推着 5 个大纸箱出来时，眼泪都要掉出来了。

刘兴旭是一个现代化化肥企业的大老板，几十年的学习历练让他已经通晓社会百态，但奶奶和父辈的血液始终在他周身流淌。他肯定比父辈们有钱，也有名正言顺、冠冕堂皇的花钱理由，可“血液”告诉他，多枉花一分钱就是一种罪过，因为这个世界还有人需要这一分钱，因为浪费了一分钱就是毁了一分自然或社会资源。理解了这一点，我们就更加理解了刘兴旭“用最少的资源创造最大的社会价值”的理想了。

诚信是人和社会与自然共生共存的基本保障

心连心历史上最大的两个事件，永远跟心连心的员工们讲着诚信的故事。

1997年6月24日，心连心销往安徽滁州的5.5吨尿素因为粉尘超标被退货。刘兴旭知道这个消息时正在食堂吃饭，闻讯碗一丢，就率领公司领导班子赶往滁州。他不仅当面给人家赔礼道歉，而且又用3倍同样的产品补偿客户。在调查完事故的真相后，刘兴旭自己首先在全厂公开做检查，对包括自己在内的24名责任人进行严肃处理，并将生产这批尿素的6月12日定为“厂耻日”。自此以后，每年的“6·12”，厂里都过这个“节日”，以敲响诚信的警钟。凤凰涅槃，浴火重生，心连心品牌很快赢得了亿万客户的青睐和尊重。今天在新疆，心连心鼓励种田大户去化验心连心化肥的产品含量，并且他们给报销化验费用。他们对自己的产品有信心，也希望有更多的农民去化验产品含量，减少吃亏上当的概率。他们说，我们多卖1吨，假化肥、劣质化肥就会少卖1吨。

2001年1月26日凌晨5时21分，心连心前身的新乡化肥总厂发生了爆炸事故，事故造成合成车间260平方米厂房炸塌，直接经济损失40万元，这场事故也被称为“1·26”事故。寒流跟着爆炸吹来，连续3场大雪遮掩了一片废墟。社会上传言很多，说化肥厂这次不行了，行业内也有专家预言，厂子重建起来至少要半年以上。心连心的人被此次事故震惊了，也被此次事故唤醒了，从来没见过的齐心，从来没见过的干劲，从来没见过的拼命。那次事故恢复生产的过程感动了行业内外，也感动了心连心人自己。但最让心连心人感动的是心连心的合作伙伴。河南省安装公司听到了消息，当天下午就把施工队拉到了事故现场，根本没说抢修要多少钱；阀门供销商用最快的速度把新阀门送到抢修工地，也不计数，也不说价格，只管随便用；更多的化肥经销商当年的化肥还没有定，就先把钱付了；还有周边的村民，谁也没有动员，第二天就开过来四五十辆拖拉机用于工厂救灾。听到了许多大难临头各自飞的故事，听到了许多一家有难百家讨债的新闻。心连心过去用太多的诚信挽起了合作商家的手，现在自己落难了，朋友都一个个站出来了。

1995 年心连心生产尿素的时候，虽然有了 2000 万元的贷款，但资金依然紧张。心连心的供销商联合起来，一个星期募集资金 1000 多万元；2013 年，心连心上新疆项目，资金有了困难，山西的大宁煤矿、皇城煤矿、河南焦煤集团、王坡煤矿等都主动赊煤给心连心。他们说，跟心连心做生意，我们一万个放心。

所以，刘兴旭代表心连心写下了题为《诚信》的铭文，并把它浇铸成鼎，置放在每个工厂中央大道的十字路口，告诉今天和明天的心连心人，这是心连心为工、为商、为人的根。

铭文有曰："心连心传承仁、义、礼、智、信文化之精髓，以博爱、诚信为做人、立业、兴企之本。"

因为诚信，心连心没有拖欠各银行一分钱贷款和利息。所以，当刘兴旭从新加坡上市回来，省内一家银行的领导带领员工捧着鲜花、打着横幅到机场迎接心连心的队伍凯旋。第一期投资 60 亿元的心连心九江基地建设，江西省一家银行给贷款 15 亿元，没有诚信为基，一向谨慎稳重的银行怎能有如此大的胆略和手笔？

因为诚信，心连心没有拖欠过各商家、合作单位一分钱的货款和工程款，所以，河南省安装公司从 1994 年跟随心连心搞建设，从河南到新疆，从新疆到江西，20 多年合作默契而愉快；所以，河南蓝天防腐公司也紧跟心连心的脚步，走到哪里就把心连心的防腐做到哪里。蓝天防腐公司的领导说，干心连心的活只管好好干，从来不操心工程付款问题。

因为诚信，心连心从来没有拖欠过工人一分钱的工资。“1·26”事故的时候，厂里干部工人没日没夜地抢修设备，工人心疼工厂，理解领导，即使几个月不开工资甚至给工厂捐款都愿意。工厂资金最紧张的时候，刘兴旭红着眼睛说，再勒脖子，工人的工资一天一分都不能欠。

心连心的诚信绝不是狭隘的、局限于经济往来的范畴。心连心人认为诚信囊括了人与人、人与社会、人与自然的约束、和谐、理解、共存。只要是人为的大小灾难，都是诚信缺失的必然结果。

心连心的工人下班之前一定要把工具摆放好，为下一班工友创造好的工作条件；当天的工作一定要当天完成，日清日结；有什么问题都在当面或会议上说，没有背后的蝇营狗苟，没有谁和谁的小团伙。在社会上，心连心人首先是遵纪守法，遵守社会公德；即使是没有车，也不能闯红灯；即使是没有警察，骑摩托车、电动车也要戴头盔。

心连心的环保工作绝不仅仅为了应付检查，绝不是为了能多生产化肥而不得不做的牺牲。在确保人类生存的前提下，和自然和谐共存是心连心最终的梦想。现阶段，心连心力争用最少的自然资源创造最大的社会价值。所以，在国家没有标准、全国都没有先例的情况下，心连心先后投资 4000 多万元对 4 个造粒塔进行无烟尘改造；国家规定颗粒物排放标准 <20 毫克每立方米，心连心执行的内控标准为 10 毫克每立方米，实际排放数值在 5 毫克左右；国家二氧化硫排放标准 <50 毫克每立方米，心连心执行的内控标准为 35 毫克，实际排放数值为 10 毫克 / 立方米左右；国家规定氮氧化物排放标准 <100 毫克每立方米，心连心内控标准为 50 毫克每立方米，实际排放数值在 40 毫克每立方米左右。2011 年至 2018 年，心连心共投资环保资金 5 亿多元，成为国内合成氨污水零排放企业，实现锅炉超低排放。心连心循环经济产业园获得企业环境行为最高 5A 等级。所以，心连心敢于在污水净化池中饲养金鱼。在 2018 年全省“三大改造”推进会上，时任省长陈

润儿对心连心公司绿色化改造的成果给予了充分肯定。省长说：“去年到心连心调研时，看到心连心经过绿色化改造后的花园式工厂环境，我非常欣慰，颠覆了我对合成氨行业的认识！”

在新疆，心连心的环保工作仍然坚持高标准进行，得到了自治区和所在地市的高度评价。2018 年 9 月，自治区地矿厅厅长来到心连心天欣煤矿视察，下到矿井后对心连心煤矿的设施和环保大加赞扬。在同年 10 月召开的全区煤矿工作会议上，厅长 5 次提到心连心天欣煤矿，并号召全区学习心连心，全区煤矿的现场会也要在心连心天欣煤矿开。在九江，面对万里长江，心连心的环保工作更是高投入、高起点、高标准。江西省领导多次到工地考察，对心连心的环保设计、投入水准给予充分肯定。

“低成本 + 差异化”的追求和实践，就是心连心对社会和自然的诚信宣言。

团队发酵个人能力　纪律舒展内心自由

刘兴旭当了 12 年兵，这 12 年，矫正了他的生活习惯，培养了他顽强的斗志，铸就了他一往无前的精神，形成了他永不言败的战斗作风。刘兴旭至今深信，军营文化是心连心在逆境中一次次崛起的精神法宝，是心连心有别于其他企业的一道文化风景。

这绝不是作秀，胜利者首先是精神和意志上的胜利。

河南、新疆、江西，心连心的三大基地，虽然作息时间因地域不同而不同，但嘹亮的军号声是员工们上下班永远的音符。久而久之，军号声都成了当地的一道风景。军号响起，人们说，心连心的工人上班了。

每周一早晨，太阳在三大基地的不同时间升起，相同的是心连心所有员工都会聚集在各自基地一起升国旗、唱国歌。在新疆玛纳斯心连心基地，在新乡麦苗如茵的田野上，也有路人闻国歌声停车驻足同唱国歌的动人场景。九江基地还是初建工地，一切尚未就绪，最早可以投入使用的设施就是升国旗的广场、旗杆和LED大屏幕。心连心每次升国旗都不是一个过程，每次都如初次，庄严神圣。男士不准吸烟，不准染彩发，不准戴墨镜，女士不准浓妆艳抹。对国旗的尊重，就是对党、对国家、对人民的忠诚。

每年9月是心连心的军事队列会操时节，提前半个月，3个基地就会有响亮的口号声和整齐的脚步紧凑合鸣。其中当然是新乡基地的最为壮观和磅礴，30多个方块队依次从主席台前正步走过，用最强的身姿表达理想、心情和收获。这是最能体现团队力量的时候，这也是最能体现一个人在团队中作用的时候。会操和工作其实同理，军营文化演绎的不仅仅是一种形式，在心连心的工作和一次次攻坚克难中，你都可以看到会操的影子。

笔直而颀长的心连心厂区道路上有两条步行线，两人成排、三人成列是厂区走路的规定；班前会、班后会站立讲评；新员工一个月封闭军事化训练；新来大学生要求叠成方块被子；职工宿舍内务的管理，等等，军营的氛围弥漫在工厂的每一个角落。

肯定有不适应心连心军营文化的人，尤其在今天。社会上的许多年轻人甚至大学生、研究生都成了“蜗居”一族，日上三竿，依然在卧；也有年轻“巨婴”，不懂衣食，长到头顶门框了，依然离不开妈妈的“襁褓”；还有痴迷名牌、精心秀色的摩登靓女帅男。接受不了心连心纪律的人，即使才高八斗，心连心也同样不能容纳他们。大浪淘沙，许多进入心连心的大学生、研究生最后因融入不了心连心军营文化而离开了，而坚持下来的，首先是意志坚强和执行力优秀者，团队和纪律让他们脱胎换骨、焕发青春。

曾经有一位从农民成为心连心员工的青年工人说，来心连心之前，都是睡到阳光灿烂而依旧睡眼蒙眬，无所事事又不愿下地干活；成了心连心工人之后，起初极不适应，咬牙坚持下来一段时间以后，生活节奏变得快捷而又充满活力。每天早晨黎明即起，洗漱吃饭利落而干净，家中一切内务像工厂干活一样井井有条，上下楼梯像在工厂一样必须手扶扶手。看见父母上楼不扶扶手，他会说一定要注意安全，在厂里这样是要受批评的。父母提起就感慨说，心连心把懒人都练得这么精神。

心连心的第一批尿素工人去山东学习的时候，穿着统一的灰布衣服，80 多个年轻人吃饭、上下班都是排着整齐的队伍，唱着铿锵有力的歌曲。上班尊重师傅，下班主动打扫卫生，把山东的化肥厂也弄得朝气蓬勃。有位老工人说，新乡来的这拨小青年真像过去的八路军。

2013 年，8 个人的小分队前往新疆建厂，天上火辣辣的太阳，地下一片不毛之地，风中裹着沙砾。他们在这样的环境下干了一天又一天，自己埋锅做饭，晚上睡在铁皮房里，热如蒸笼，蚊大如蝇，但是没有一个人喊冤叫苦，没有一个人要求调回新乡，直到新疆分厂试车生产。新疆心连心的天欣煤矿离县城 30 多公里，还都是泥泞的天山土路。初创时期，大家吃不上新鲜菜，看不到电视，连理发都是一两个月到县城公务借机理一理。初建的煤矿设施简陋，下矿都是扶绳就势，坡度超过 30 度，寂寞危险时时弥漫在大家身边，但是仍然没有一个人提出离开，这才创造出新疆设施最好、环境最好的煤矿。九江的心连心工地，依然传承着心连心艰苦奋斗、特别能战斗的精神，没有星期天的概念，没有节假日，没有加班费，也没有一个人说受不了要离开。天天紧张的工作、和谐的配合，乐观主义的情绪推动着巨大的工程像长江一样向前奔涌。

2016 年 7 月 9 日凌晨 3 点，新乡突遭暴雨。当天上午，新乡县境内的大泉排河堤发生决口，滚滚洪流涌进千亩良田，周边村民的生命财产受到威胁，当地政府寻求心连心紧急支援。刘兴旭火速带 60 人的抢险队开赴决口处。暴雨如注，一片汪洋，决口处像撕开了一道裂痕愈演愈烈。一个个沙袋在水里稍纵即逝，“扑通通”，有人跳下去了，“扑通通”，又有人跳下去了。没人号召，几十个心连心青年跳进激流中，手挽着手铸成一道人墙，洪水终于止于勇敢和坚强。仅仅十几天后，洪水又卷水重来，威胁着百万市民的安全，心连心的队伍又火速赶到。漆黑的雨夜中，一个大个子穿着雨衣、背着沙袋，一次次往来于大堤上。半夜来大堤巡视的市领导发现了头上滴着雨水的刘兴旭，市领导感动地说，刘总，你60多岁的人来大堤就不容易了，不能这样背沙袋了。刘兴旭说，没事的，说完就又消失在大堤的风雨中。市领导知道这个少言寡语但作风顽强的老总是个退伍老兵，退伍30多年了，但部队的作风如影随形。可是许多人都不知道，这个60多岁的老总还是一个把军人残疾证压在箱底的伤残军人，至今，他的后背脊骨还伤痕累累。

心连心所处县乡的领导和百姓，都觉得心连心就像一个不用穿军装的部队。在遇到重大事件时，人们第一个想到的就是心连心。他们铁的纪律和高昂斗志让他们拉得出、顶得上、打得赢，是一个让人放心的威武之师、文明之师、胜利之师。

纪律、作风和团队，是需要约束个性和牺牲自由的，懦弱和懒散的人总是退避三舍。追求不同，对幸福的理解肯定不同。在心连心时间长了，你会有一种由纪律严明而萌发的幸福感和自豪感。当别人懒懒散散无所事事的时候，你在军号声中集结，你在国旗下注目，你在团队整齐威武中不可或缺。许多还在乡村集镇居住的心连心员工，当他们风风火火急着上班时，当他们不得不每天穿着要求穿的绿色工装走出家门时，当他们或在出操或在培训或远在江西、新疆的时候，他们的身上已经聚集着本村本镇多少青年男女艳羡的目光。

刘兴旭认为军营文化的核心就是人民的利益高于一切，就是对党、对事业、对人民的忠诚。只要一声令下，就要有坚定不移、排山倒海的执行力。

一个曾经受不了心连心军营文化而出走的大学生后来给心连心同事来信说，走出心连心又去了很多单位，钱挣多挣少，但总打不起精神。除了干活没人管你，你随便睡觉随便喝酒随便穿衣随便流浪。你不重要，你和单位的关系就是用钱来维系的，没有团队，没有力量。他常常想起在心连心的日子，军号、口号、列队、国旗、讲评、条例、标语，甚至加班，都觉得热血沸腾，那是一段难忘的岁月，离开心连心以后才感觉，那真是一种自信和幸福。

工人伟大劳动光荣

几乎每天早上，刘兴旭都是 7 点 20 分之前就来到厂里，换上绿色的工装，然后站在工厂的大门口。这个时候是 7 点 30 分，工人们开始乘坐各种交通工具上班，更多的是乘坐厂里的大巴，工人们从车窗里日复一日、年复一年地看着他们的董事长在这里望着他们。他像钟表一样准确，像雕塑一样笔挺，直到 7 点 50 分，厂里上班的军号声响起，刘兴旭才转身回办公室。

这样的站立，刘兴旭从进厂初期一直坚持到离开工厂办公室到心连心的科研大楼。大概 20 年的时间，新来的工人们也从刚开始充满好奇，到渐渐读懂了董事长站立的含义。很少有人去打扰他，即使有事情要找他，也不会在这个时候。

他在用他独特的方式向工人行注目礼，向工人表达他的尊重和致敬。

他太爱他的工人，无以言表，工人的平凡和伟大常常让这个钢铁一样的男人在背后有泪。

“1・26”事故发生的一刹那，女工张荣正在事故现场。面对火光和爆炸，面对流血和死亡，张荣没有往外跑，而是冒着生命危险冲向硝烟。她一个个关闭了通往氨库的阀门，使事故没有扩大。事后别人问她勇气何来，她说，我完全是下意识的举动，厂是我们共同的家，厂没了，我们也就没希望了。

有一年，厂里的一台锅炉严重结疤，等冷却了再修肯定会延缓开车时间，热电车间副主任荆夏泉要进去除疤。炉温如火，荆夏泉穿上大棉袄、棉鞋，一盆冷水从头浇到脚，一头钻进锅炉里，一干就是 3 个多小时，直到任务完成。

于之良，坚守维修岗位40年，是一位与心连心风雨同舟、一路坎坷走来的老劳模、老维修工，“河南省五一劳动奖章”获得者，累计22次被推选为公司劳动模范。在一次次建设大会战中，老于身先士卒，和年轻人一样甩开膀子干。2012年的一天，他突然接到80多岁母亲病重的通知，他的母亲需要有人形影不离地照顾，但原料结构调整项目的培训学习到了关键时刻，他踌躇于工作责任与孝道的抉择之间。看着他皱起的眉头，于师傅的妻子说：“你安心地上班吧，家里有我呢！”就这样，于师傅奔波于公司与医院之间。亲人的眷恋没能留住母亲离去的脚步，当听到母亲去世的消息时，于师傅的泪水在眼眶打转。但他没有直奔家中，而是强忍痛楚把手边的工作仔细地交代给其他维修工，千叮万嘱各个细节，这才回家。

新疆天欣煤矿地处大山深处，吃菜很困难。炊事员路素婷为了能让大家吃上菜，总主动在大雪封山的几个月前就跑到山上采摘野菜，晒干保存好，让大家在冬天也能吃上可口的饭菜。

有一年冬天，寒风刺骨，厂里有一批化肥要运往山东。但车皮上的篷布紧张，如不跟车押运，化肥就有丢失和被盗的可能。厂里的销售人员主动请缨，人跟车皮走。天寒地冻，寒风如刀，人蜷缩在化肥筑就的巢穴里瑟瑟发抖。矿泉水都冻成了冰棒，喝水要先用棉袄暖化，每到一个货车站才能下来跺跺麻木的腿脚。6天6夜的坚守，4200公里的距离，是对企业忠诚的精神让他们坚持到了最后。

从工人走到领导岗位的原一分厂厂长张传奇，外号“拼命三郎”，当工人的时候就干活不分上下班，曾有两天两夜不合眼的加班记录。有个冬天的夜里，下大雨，厂里生产遇到了问题。心急如焚的张传奇等不到天亮，从20多里地的家里往厂里赶，天黑路滑掉进了水沟，衣服也破了，手机也摔坏了。但他顾不了那些，穿着湿漉漉的衣服继续往厂里跑。他太爱工厂，太熟悉机器。他在职期间完成了160项技术改造，实现了中国造气工艺的巨大进步。53 岁时，罹患癌症的他在“我还想回厂里看看”的不舍之情中走了。心连心把他的一生浓缩成“传奇精神”，这成了心连心发展的精神财富。

茹正涛，另一个从工人走上干部岗位的模范，他一生别无他求，只钟爱工厂和化肥事业，他用 45 年的勤劳和智慧总结出了许多生产和技术的条例和规律。在河南、新疆、江西的工厂和工地里，他用对工厂和化肥的忠诚凝结而成的口号和标语挂在车间里、路道上，他制订的“4211”开车法，让心连心的一次开车成功率达到 100%，创造了全国开车最优秀的纪录。他每年领导 1000 多人为设备检修，从停车到恢复生产，只用 7 天时间，完成几十个工作面，每次开车时间和预计时间相差绝不会超过一个小时。

现任心连心总经理的张庆金以心连心实干家著称，在心连心历次大工程中功勋卓著。为了确保第一个异地项目新疆项目建设成功，张总亲自挂帅，常年驻守新疆主持项目建设工作。他不仅运筹帷幄，还一有机会就上工地、跑市场，顶严寒、冒酷暑地和大家一身泥一身水地干。工厂建成初期，工作千头万绪，张庆金早出晚归，常常在深夜才能回到宿舍，有时后半夜起来一骨碌又去了现场。

军人出身的刘兴旭写过两首长诗，感情所至，饱蘸泪水，直抒胸臆。第一首是写给一位起重老工人王本正的。他本本分分，工作积极，月月满勤，他起重的哨子声是心连心成长的最好配音。在“1·26”事故中，他唯一的儿子不幸殉职。当厂里问他有什么要求时，他说，还是省几个钱吧，现在是厂里最困难的时候。在最悲伤的日子里，他还一次次询问工厂事故抢修的进度，直到起重的哨子终于又开始了回响。刘兴旭在长诗《起重的哨子》中这样赞美：

嘟，嘟嘟……

哨声在天空蔓延，

它见证着昨天，记录着今天，召唤着明天。

苦水、曲折、悲歌、沉痛，
鲜花、阳光、掌声、鞭炮，
心连心人，听得懂每一声哨子的倾诉，
读得出每一声哨音的渴望。

另一首诗歌是刘兴旭在视察新疆初建工地时一气呵成的。他看见了一位老锅炉工的面庞，这一刻他感受到奋斗的汗水从新乡的每一个工地一直绽放到新疆天山脚下。唯一和新乡不同的是他脸颊上留下了两条对称的白痕，那是新疆长期强烈的紫外线在安全帽带遮挡下留下的印记。不仅老锅炉工有，新疆的每一位工人和领导脸上都有这样的一道白痕。从白痕中，刘兴旭读出了工人的拼搏艰辛和无怨无悔。他情不自禁，夜不能寐，写出了《致敬，脸颊的白痕》——

那条白痕，清晰明显，
分明经过汗水的洗礼。
那条白痕，清晰明显，
分明写着忠心一片。
那条白痕，清晰明显，
分明是用希望绘成。
那条白痕，清晰明显，
它，似剑，铭刻出心连心的精神，
它，似鞭，抽在我们管理者的双肩！
致敬，脸颊的白痕！
…………

老实说，刘兴旭写诗的技巧不一定完美，但没有人可以怀疑他写诗的语言和感情。不是诗人的人写诗，往往都是感情无法排遣时所为，相信他的诗一定也是和着眼泪奔涌出来的。

相比同地同期民营或是国有的工人，心连心的工人就幸福感来说一定是优越的。工人要养家糊口，所以第一诉求就是收入。心连心的工人敢拍着胸脯说，他们的工资是当地最高的，中层的工资在本行业也是最高的。

除了工资，工人需要尊重，他挣的钱里不能有屈辱，不能有眼泪。在心连心只有职务的差别，没有地位的等级。心连心评选“感动心连心人物”，第一个入选的是清洁女工贾爱琴，因为她把最简单的工作做到了最不简单，即使是星期天，她负责的卫生区域仍是干干净净的。地面有凸凹不平，她拿来自家的小铲一点点弄平；地上有水锈，她拿着钢丝球蹲下来一点点抹去；走廊的扶手、窗户的条棱永远不会有灰尘驻足。因此，她获得了心连心最高的荣誉，这使她有机会可以低价购买心连心的住房，她的孩子因为她而有机会在心连心工作。每年大年初一一大早，刘兴旭都要带领高管团队给坚守在岗位的一线工人拜年。心连心的工人从来没有见过板着脸的刘兴旭，即使是“1·26”事故发生的那一刻，他的脸上依旧是除了坚毅和沉重，找不到一点怒气和乖戾。

让每一个工人都发挥潜能，让每一个工人都看到企业的希望和愿景，是企业兴旺的最大动力。一个人操心和1000个人操心绝不是一种结果。过去，化肥的编织袋都很难拆开，农民找不到线头在哪里。许多农民急了就用镰刀割开编织袋，又费时间又危险。年轻工人杜新明提了个小建议，说在线头处标出“拆口”两字，农民就可以轻而易举解开编织袋。此举果然可行，并一直沿用到今天。年轻工人姚庆伟过去拆卸压力表很困难，于是他自己发明了一种新的拆卸压力表工具，不仅方便，而且不容易毁坏压力表。为此，车间和公司不但给了他奖金，而且还将这种工具命名为“庆伟式夹持工具”。这让姚庆伟兴奋不已。工人都把工厂当成自己家，觉得能用的就不扔掉、能修的就不换新的。工人的小发明创造层出不穷，以工人名字命名的工具和方法多得不得不出一本书来记录。书出来的时候，刘兴旭高兴无比，给书起名为《工人伟大劳动光荣》，并亲自为书撰写序言。

“主人翁精神”是一个很早的词，专指国有企业的工人大公无私、以厂为家的行为。从生产创造和精神意志上，心连心的工人和这个工厂共同生存和发展着，一荣俱荣，一损俱损。

党心我心亘古不变，厂内厂外都做好人

在心连心行走，不管是河南、新疆、江西，都可以看到佩戴着党员党徽的共产党党员，心连心 600 多名党员每天都把党徽佩戴在胸前，时刻告诫着自己的责任和行为。

共产党员在作为民营企业的心连心，有很高的威信和魅力，成为一名共产党员是许多心连心人尤其是年轻人的向往和追求。每年公司的 15 个党支部都会收到大量年轻人的入党申请书，但名额有限，每年被批准入党的只能是十几分之一。让核心成员成为党员，让党员成为核心成员，是心连心吸收党员的重要原则。

刘兴旭既是公司的董事长又是党委书记，党委成员和经营领导双向交叉任职，保证了“围绕经营抓党建，抓好党建促发展”的实实在在的党建新路子。党员活动有时间，党员活动有经费，党员活动有内容，可以让心连心的党建工作有规划、有影响、有效果。从 1994 年起，领导班子每年一次党的民主生活会从未间断。从 2010 年起，民主生活会被推广到各个分厂。每年“七一”，都要评选先进支部和个人，举行新党员宣誓仪式。每年各党支部都会做党员培训计划，组织党员及积极分子听党课、看教材，并接受党的传统教育。不搞形式主义，不搞花拳绣腿，不哗众取宠，让心连心的思想政治工作和生产经营有了深度契合。

心干净了手就干净了，充满阳光的人就不会猥琐。几十年来，心连心培养出来的党员干部鲜有违法乱纪者，手中数以千万的资金流过，却依然

心如止水，不被诱惑；社会复杂多变，而心连心的党员却坚定如山；常在河边走，就是不湿鞋，心连心营造出一片圣洁的净土。

紧而疏的政商关系，是心连心处理和政府及有关职能部门事务的一条法则。再小的政府也是政府，刘兴旭对各级地方领导都尊重有加，认为他们是心连心经营工作之外的领导，应该配合和服从。每年春节，刘兴旭都要到所在乡村去拜访，感谢乡村百姓对企业的支持和包容，征求乡村群众对心连心的意见，为周边社区敬老院发放米、面、油等物资，为社区群众修桥、铺路、建水闸，尽力为乡村百姓干点事情。近十几年来，心连心累计投入公益资金 5000 多万元。

只要政府有号召，心连心召之即来。2010 年 7 月，新乡县境内人民胜利渠突发决口，心连心人以最快的速度赶赴现场，九天八夜，成为抗洪的主力军；2016 年 7 月特大暴雨袭击新乡，心连心 500 人的精兵强将奋战七天七夜，主动无偿捐助 10 万条编织袋。尽管心连心给地方各级人民政府捐出许多资金，却从来没有一次要求照顾或法外开恩。心连心没少缴过国家一分钱税收。心连心人认为，税收是企业应当承担的责任和义务，绝不是和政府讨价还价的砝码。心连心人从没有，也绝不会与政府或有关部门的人有私下之交。

持续不断认认真真地抓党建，对一个民营企业而言绝不是作秀和多余之事，心连心尝到了党建对经济发展的巨大推动力，对人心光明磊落、对环境风清气正的决定作用。在党的旗帜下，公司领导班子真诚而团结，和政府的关系紧密而清廉，和周边的村民和谐而互助，和员工的关系尊重而爱护，和商家的关系信任而共赢。

厂内做一个好工人，厂外做一个好公民。好工人和好公民是互相促进和影响的，一个有正能量的人，在哪里都会释放正气。见义勇为，扶危解困，遵守公德在心连心蔚然成风。2010 年 3 月，刘兴旭带几个人开车去咸阳考察，当他们到达福银高速陕西永寿段时，大雾弥漫，道路湿滑，前方不远处刚刚发生了重大交通事故，20 多辆车连环相撞，整个事故现场火光冲天，血流满地，5 人当场死亡，伤者危在旦夕。刘兴旭当机立断，率领心连心的几个人投入抢救中去。大火灼热了汽车，地上汽油流淌，新的爆炸和燃烧随时可能发生，刘兴旭带人砸车窗、撬车门，从变形和发烫的车厢里拖出一位又一位受伤者，然后，又把伤者抬到远处的 120 急救车上，为 19 位伤员赢得了宝贵的救治时间。当最后一个伤员被救护车拉走的时候，刘兴旭他们早已一身血水、精疲力尽。离开现场的时候，他们见义勇为的壮举被路过的新华社记者用镜头记录了下来。

平凡的好人好事他们做得更多，很多都是后来被发现和寻找到的。2006 年 12 月，一位心连心的客户来新乡小冀镇开会，下车后不知道怎么走，正一脸茫然时，恰好问到一位心连心的员工。这位员工在了解了客户所遇的困难后立刻说："上车，我送你。"员工开车十几公里，一直把客人送到会场，客人问名字也不说，客人给加油费也不要，只说是心连心的人都会这样。客人在会上感动地说，心连心的人这么好，产品也一定好，我们就认定"心连心"化肥了。事后，在升旗仪式上，刘兴旭要求在全厂寻找这个做好事的员工，最终根据员工提供的线索，这个人终于被找到了，他是合成车间操作工人张江涛。

2006 年 9 月的一天，原阳县桥北乡一对夫妇给心连心送来感谢信，希望寻找两位对他们有救命之恩的心连心员工。那天，夫妇俩开着三轮车在 21 号桥北处因避险连人带车翻到深沟里，夫妇俩都被压在车下不能动弹。人命关天之际，两个穿心连心工装的人路过，他们丢下自行车下到沟里开始救援，经过两个多小时，终于救出夫妇二人。公司把夫妇俩的感谢信登在心连心的厂报上，并根据提供的线索，最后找到了两个救助者，他们是心连心公司的两位工人——张成新和王国喜。

这种发现和寻找很多，多得最后心连心办公室出了几本书。心连心就是要弘扬这种诚信做人、诚信做事的道德风尚。对于这样的员工心连心不仅要给予奖励，而且要出书立传，让他们成为大家学习的榜样。刘兴旭有一句治厂的格言说：“用身边的人教会身边的人如何做人；用身边的事教会身边的人如何做事”。后来，许多心连心人到了新疆和江西，很快又有了更多诚信故事在当地传为佳话。

大环境始于小环境。不要抱怨社会公德的流失，首先要问自己公德如何。心连心员工的主人翁意识很强，只要穿上心连心的工装，就像战士穿上了军装，对自己的一言一行要求很严，过马路绝不会闯红灯，公交车上给老人、孩子让座，即使在地摊上喝酒，也不会失态。偌大的心连心很少有治安案件发生，工人都按部就班上下班。在心连心工作的两代三代家庭很多，不仅仅因为心连心工资高，退下来的老工人几乎都这么说，把孩子放在心连心，起码能做个好人。

刘兴旭希望遵守公德能成为心连心人下意识的行为，穿上工装和不穿工装一个样。做一个 6000 多人的企业不容易，而他做到现在这样有口皆碑更是难上加难了。现在，穿心连心的衣裳，住心连心的房子，做心连心的工人，已是当地许多年轻人的梦想。

人生欢乐事扬鞭策马中

2018 年国庆节，刘兴旭得了一个大奖，这个奖是刘兴旭最看重的。为了领这个奖，他从国外赶飞机回来，晚上没有回家的动车，他就让北京的朋友连夜送，让新乡的司机迎头接，到了家里已经是凌晨 4 点。他轻轻推开母亲的房门，母亲已经熟睡，这是他几十年的坚守，不管多晚回到家，一定要推开母亲的房门看上一眼。这个奖就是 80 多岁的母亲发的，身为老革命的母亲每年生日都要给儿孙发奖，只要在单位获得县、市、省、国家获奖的儿孙，都可以得到这个奖项，奖金从 200 元到 5000 元不等。2018 年，刘兴旭获得了一个国家级奖励，母亲拿着大红包，当着全家 116 口人说：“今年我儿获得全国大奖，我高兴，奖 5000 块大红包！”刘兴旭向母亲深鞠一躬说："谢谢母亲，我还会好好干。"刘兴旭的妹妹们嗔怪母亲说："妈，你偏心眼儿，每回都是儿子得红包。"母亲却说："你们有本事也得奖，我的退休金都发了我才高兴呢！"

65 岁的刘兴旭身体依然很棒，能走路不骑车，能骑车不坐车。2018 年，他"老夫聊发少年狂"，独自骑车跑到了几十公里外的太行山附近。那是他的家乡，16 岁就扛枪打鬼子的父亲就埋在山上。没人知道他当时的所思所想。2018 年年初，在新疆赴江西九江的蓝天上，刘兴旭背负青天朝下看，想起了毛主席的词《十六字令·三首》："山，快马加鞭未下鞍。惊回首，离天三尺三。"伟人的豪情让他诗兴大发，一首《水调歌头》油然而生。

水调歌头·由新疆赴九江途中有感

刚沐天山雪，又揽九江风。
万里江山掠过，心潮再奔腾。
六十三载星月，多半世纪风雨，几时能消停？
前路曲折去，汗水洒征程。

撸起袖，不认命，再挺胸。
观商海激流，只在潮头行。
六千健儿一心，敢于直面挑战，未来更峥嵘。
人生欢乐事，扬鞭策马中！

刘兴旭，下一步棋落子何处，是否已成竹在胸？

（2019 年 9 月 19 日《新乡日报》）

这是36年前的一次采访和写作，那时我和李杰都是31岁，采访的初衷是为报社挣广告费，当然自己兜里也会有些许鼓胀。日子很快，转眼我们都成了老头。还有一个变化是，李杰的生意已经从街头用钳子、扳手维修潜水泵变成了经营广告、汽车、房地产、境外水产等产业。他现在已经不常住新乡，但他从外地回来的第一个电话常常会打给我说，出来吃饭吧。天气允许的情况下我俩都坐地摊：一盘花生，一盘毛豆，一瓶啤酒，两碗烩面。他不止一次在不同的场合说，老史是我在新乡最好的朋友。我说应该是“之一”。睡不着的时候我也会咀嚼这句话，得出的结论是之所以可以朋友半辈子，就是只做弟兄，不做合伙人。

绿地放歌者

从哪天起，我们有了戒备的心理呢？

据说，“同志”是人类间最美好、最亲切、最柔情的称谓，然而，在我们这个嘴唇上浮满了“同志”的国度里，人本来相互沟通的河流为何被人为地设置了那么多的屏障？同属一个年轮的你和我哪儿来的10分钟的客套，半小时的提防，继而才开始心与心欢呼地碰撞和缠绕呢？

陌生是因为我们不了解，了解了才会感到在陌生时挤出来的笑脸、瞥出来的柔情是多么的多余和可恶。

现在，他终于含含糊糊地让我写他了。

“狂妄”——极端的自高自大

我们的民族极不喜欢狂妄。不喜欢也罢，要命的是“狂妄”究竟有多么大的使用范畴呢？希特勒贪婪地转动地球仪和阿基米德“给我一个支点，我将撬动整个地球”难道能同日而语。

现在，我们回到这个小小的区域：新乡市北干道318号，潜水泵商店。

几乎我碰到的每一个知道这个商店的人都对我讲：说潜水泵商店，必须说李杰，说李杰，必须说潜水泵商店，奇了怪了！

大概是李杰孕育了这个商店在世上的第一声“啼哭”，大概除了聘来的老顾问外，属“鸡”的李杰为商店之长，大概因为李杰是商店的经理，大概是李杰把精力甚至命运都赋予了这个商店。

我见到李杰的时候，立刻觉得这是一个文字上不好描写的主儿。他不俊秀潇洒，也绝不魁梧伟岸，他有着北方人特有的黄、红、黑杂糅的肤色，中等个头，头发不乱但没有修饰的痕迹，不漂亮，也不难看。

褐色贫瘠的土地在给了他忠厚、朴实、善良的同时，也给了他聪颖、灵秀和时不时闪出的固执、倔强和一丝不易发现的狡黠。

1974年，这个浚县八中的高才生，因受老祖宗遗留下的历史问题影响，被高中拒之门外，从此少年心中，深深地打下了发奋向上的烙印。也许是对生命的抗衡吧，一个偶然的机会他走进了新乡市，得到了一般市民无法体会的幸福。在一家国营大厂里，他干过临时工，修过汽车，当过电工，最后竟又转行进厂帮助搞宣传，做电气焊、木工，凡是条件允许，他都认真去学习钻研，并且名列前茅。

这时候，他开始“狂妄”了，他当时是钳工五级，比他的同龄工友已整整高出两级。在又一次调级时，他觉得他应该进六级，但晋级不是儿戏，中国人很讲究论资排辈，所以不管晋级、评职称、分房子等，都要讲工龄，这么小的年龄进六级显然是如痴人说梦。他却很天真，他认为工龄和级别不能成正比例关系，关键是看技能和贡献，如果以工龄来判别一个人的技能大小，必然会助长懒惰，挫伤创新。

现在我们已无法判定他的技能是否够六级了，但判定他的“狂妄”却不会有错，毕竟这在当时是一个人或一个单位解决不了的问题。

眼看着自己的同学、好友，在大学、单位均已崭露头角，而自己还一事无成。事业的荒废，家庭的不幸，某些人的讥笑及同事的鼓励，使他在苦苦思索之后，作出了大胆的选择。大概是出于这个原因，也或许是许多因素的巧合，他离开了让许多青年扎着头想往里进的国营大厂，开始了他的又一次“狂妄”。

1984 年 5 月，北干道办事处所属的北干道 318 号的一家饭店让出了一间不满 15 平方米的小房。李杰开始在这里安营扎寨，拉起他事业的又一根纤绳。

他请新乡市最出类拔萃的书法家冯志福为自己写了一个店名，当他把这店名往坑洼不平的砖墙上挂的时候，招来了一道道眼光，软绵绵的话似小虫蠕动般地击他的耳鼓：这卵大的商店没几天蹦头。

这确不是恶语中伤，李杰当时的全部家当是从亲戚家拿来的一把钳子、一把螺丝刀、一把锤头、外带掏 36 元自己制作的招牌。

《一无所有》怎么唱来的？我脑海里下意识地响起了那首让青年人倾倒却和李杰无一点关联的流行歌曲。

诚实——经商者的首要素质

李杰拿出一盒“万宝路”，一上午，我抽了 5 支，另外 15 支静静地躺在烟盒里。

李杰不抽烟，也不沾酒，一个堂堂管辖二十多人的经理，总是半夜睡不着，早上不愿起，这和他的工作、身份格格不入。

后来李杰又认准了搞潜水泵，他当时主要出于三个动机：一是独门生意，当时新乡市还无一家经营此道；二是潜水泵必将随着水资源的缺乏逐渐占领农村市场；三是他本人在维修潜水泵上确有一技之长。

开业头一年，他仅仅限于维修潜水泵，月平均税利在千元左右。1985年4月，他开始了于他和他的商店的一次“革命”。这一年，全国农机会议在市豫北宾馆召开，不是会议代表的他畅游于会场的各个角落，比代表还正儿八经地关注着农机的每一个细微变化。他分别找到了江西电机厂、上海仪表厂、山西解州潜水泵厂、徐州水泵总厂、漯河潜水泵厂的代表，和他们签署了利益均沾的代销合同。从此，他的潜水泵商店开始从维修转向经营、维修并举。

这一年，他南下杭州水泵总厂，要求给人家代销产品，水泵总厂销售科的人看着这位不谙“行情”过于生硬的小伙子说，我们有规定，县农机公司以下单位统统是先付款后发货。李杰说，说实话，我不吹牛，我们店小钱少，你们可以少发勤发就是了。销售科的人觉得眼前的这个青年人跑生意简直是对生意人的亵渎，哪个买卖人不把自己吹着脚后跟都冒油呢？幸好这时从里间钻出来个人，后来他才知道那厂长。他对李杰说，看来你是老实人，跟你打交道，我们放心，第一批你们先付款，从第二批起，先发货后付款如何？李杰在生意上歪打正着，从西湖边高歌凯旋。

1986年上半年，生产潜水泵的厂家由于市场竞争激烈，加之这时农民需求骤减，一度出现滞销，许多厂家捉襟见肘，举步维艰，本来该享受人“恭维”滋味儿的李杰这时却突然改变主意，由原来的代销变为先付款后发货，让一个个生产厂家感激涕零。

湖南有个平江潜水泵厂，李杰曾想与之建立供销关系，然而平江厂嫌弃李杰的商店小，转而与另一家携手，结果人家收了货却久久不付款，这时平江厂才大呼上当，想和李杰的潜水泵商店“暗送秋波”，又怕李杰嫉恨前嫌，谁知李杰却像没事人似的又找到了平江厂，和人家搞起了生意。

投之于李，报之于桃，李杰的真诚和仗义不会付诸东流。

湖南湘南电机厂过去只和县以上的农机公司打交道，对于李杰的潜水泵商店始终不敢碰手。1986 年下半年开订货会，已经深知李杰为人的衡阳电机厂厂长拍着湘南电机厂厂长的肩膀说，你和李杰做生意吧！假如你的款收不回来我们厂直接给你拨就是。湘南电机厂从此成了潜水泵商店的朋友。

如今潜水泵成了俏货，生产潜水泵的厂家门前也车水马龙，许多公司、商店带着现款、开着汽车要求供货，多是失望而归，而李杰在家里一个长途电话打过去，潜水泵便源源而来。

李杰在农机销售行业悄悄有了名气。今年九月省农机会议在市豫北宾馆召开，在一间客房里，李杰正与几家生产厂闲谈，进来了某单位的一位供销人员，他对大伙说，我认识李杰，我们老朋友了，昨晚还在一起喝过酒呢！大家不禁开怀大笑。

扩张——萦绕在有志者心头的欲望

潜水泵商店——5 个 2 平方米见方的红色楷书大字被霓虹灯管蛇缠藤绕地镶嵌在棕色的装饰板上。

正像我们不能用 4 年前的眼光看李杰一样，潜水泵商店 4 年来也在扩张。

这 4 年，潜水泵商店的工作人员由过去的李杰单枪匹马发展到如今的 23 人，平均年龄不超过 25 岁，已经成为一支欲火正旺、思维狂放、争强好斗、充满无限生机和希望的鲜红队伍。

这 4 年，潜水泵商店的场地也在不断扩张。1985 年，商店由十几平方米扩充到一百多平方。1985 年下半年在市税务三分局领导的支持和扶植下在和平路新建了“潜水泵修理部”。今年 8 月，他在北干道东 435 号新成立了“北方潜水泵厂”，有房十几间，占地约 2 亩。现商店有“星光”双排座汽车、“东风”三轮各一辆。

这4年来，潜水泵商店的销售额和利润也是逐年递增，今年比去年同期增长20%，现已有固定资产30多万元，人均销售额在我市商业战线属佼佼者。

中华排灌公司的一位领导对此评说，全国单靠潜水泵能生存下来的，看来就是你们一家。

李杰丝毫没有觉得这么多人马这么多地盘就是他奋斗的极限，或者满足程度。我想他大概读过“丰田发家史”或“三口大锅闹革命”之类的文章，谈了一上午话，他给你的感觉总像是伸不开手脚、价值没有显示得淋漓尽致。

他现在怎么看怎么觉得那100平方的经营场地像小孩的背带裤一样让人难以忍受，前后左右，一寸寸土地都让他贪婪的眼光揉碎了几遍。“向空中发展”，他设想了一个计划，正在磋商，这是今年的梦，三年之后他将如何想呢？

假如扩大经营场地的愿望能如愿以偿，他将不仅仅只把潜水泵拥在怀中，其他商品只要合适，他都会请进来。天时地利人和、何乐而不为呢？

顺便一提，今年3月，距他的店铺不足百米之处又新开了一家潜水泵商店，店号一模一样。新乡市两家潜水泵商店就这么拥挤地并在一起。对此，李杰很乐观，两个店既是朋友，又是竞争对手，有竞争比没竞争要好得多，很像人们赛跑，一个人跑总没有两个人跑得上劲儿，他自信自己是强者。

生活——七彩阳光一样绚丽

李杰的办公桌像千千万万个办公桌一样压着玻璃板。唯一让人纳闷儿的是他办公桌的一端放了一个硕大笔筒，十几杆粗细毛笔相依相偎，他身后的书架上放有几叠宣纸，他唯一的报夹上夹着一叠《青少年书法报》。除了营业执照，他的墙上还挂着3幅装裱精美的隶书条幅，这陡然使我想起了他前面所说的找冯志福题店名的事儿，细一问才知，他称冯志福为老师的。

除了经营他的潜水泵商店外，他的精力几乎都用在了书法上。他说他书法功夫不深，就自己而言，楷书似乎强一些。我想，这看跟谁比了，作为一个商店一个工厂的经理，事必躬亲，但却有如此雅兴，在众多的经理当中就不多见，况观其笔法还有宗有派。他是红旗区书法研究会成员，他是他们《书苑》小报的编委，他以极大的热情参加了“中华杯全国书法大奖赛”并获奖。

他喜欢读文学作品，先前也写过小说和其他文章，谈话时会不时蹦跳出几句哲理名言，让你咀嚼良久。

他说，他也跳过舞，不过显得十分蠢笨，练习七八次了，竟还走不成趟。对此他解释道，人的智慧也许是分区域或线条的，彼时聪明，此时糊涂。真言戏言？不得而知。

他是一个地道的凡人，良莠共存、真伪杂糅，凡人的魅力对于广大读者来说更贴近，更实在。

凡人中诞生伟人，尽管是万不择一的，但还是应该说，也许是他，也许不是他，但不论是谁都要靠努力和机遇！

（1988年11月16日《新乡晚报》）

重读札记

20世纪八九十年代的时候我和阎正老兄来往频繁，也常常去他位于平原路上的一幢四层楼顶层总是漏雨的小房里吃饭。这是一篇有感而发的即时文章，他当时正为新乡电视台拍创新的室外春节晚会，我是撰稿人，他是导演。大概是前辈的基因或者是他灵性所致，他的多才多艺让许多人感叹，导演、写作、绘画、书法、说学逗唱等他样样精通。新乡的场子从意识和地界都局限了他才华的施展，后来他先去了海南后到了北京。有一段时间我在一些宣传口领导心里被认为有反骨，常常被要求在单位做检查，于是就去了阎正海南处居所小住。现在和阎正老兄见面很少了，常常在微信里看他鹤发童颜，唱豫剧《马二牛剃头》。几天前，他家里有喜事，我被邀喝喜酒，他搂着我拥抱，82岁的老人竟如此的有力，我深感震惊，他抽烟、喝酒、熬夜且不怎么锻炼身体，能有如此这般大概是心态和文化所为了。

玩命导演：阎正

我实在是出于一种冲动来写阎正的，阎正在新乡是个人物，褒贬自然很多。褒也有理，贬也有理，人就是好坏的结合体。也许有人骂我，但我实事求是，只写我眼里的阎正。

我很早就听说过阎正了，听说他干事儿爱玩命，但因工作关系，只听说没见过，直到我们一起合作《牧野人·新乡人》，我真正看到了他是如何玩命的。

那次在野地里拍农民敲大鼓，数九寒天，阴云笼罩，冷风飕飕地往怀里钻，镜头中需要农民裸着上身，但这天气穿着羽绒服还发抖呢！于是，人们面面相觑。只见阎正率先地把罗宋帽往地上一摔，接着就要脱上衣，众人一看，忙过来相劝。阎正说，我不脱怎么劝别人脱呢？最后各自争执不下又各自妥协，阎正只穿一件单毛衣上阵，农民兄弟们也便纷纷脱衣。后来我想：你凭什么呢？近 50 岁的年纪？心脏病？还有那两扇“搓板”一样的肋巴骨？

时间太紧，紧得像绷直了的钢丝绳，紧得像被谁掐住了喉咙。在播出前的一个星期，镜头刚拍完，要剪辑，还要跑到省里配音、打字幕，按常规，起码要 20 天以上才能完成。而阎正却豁出来了，他和摄影刘春明、场记张静一起连夜苦干，一天最多只睡三四个小时。小年夜那天傍晚我去看他们，见他们都坐在剪辑台前一晃一晃的，我心里一酸说，今天祭灶歇一歇吧！阎正迷糊着眼说，今天祭灶？我说怎么外面放炮呢。我从袋子里掏出一挂鞭炮和一把水果糖说，咱们也祭祭老灶爷吧。刘春明从座上站起来时打了一个踉跄，他把阎正搀扶起来，两人拿过鞭炮走出门放了起来。

不知道阎正什么时候有了心脏病，几年前他去市二院看病，医生说，你心脏不太好，住院吧。在那时，阎正才知道自己有了心脏病。心脏病发病常常很突然，患者连遗言还没说户口本便被迁到阎王爷那儿了。有心脏病的人都有急救盒，有心脏病的人都知道，万万不可劳累过度。但阎正却觉得这么干完全是给阎王爷献媚，他身边什么药也没有。那天他爱人安玲去看他（他爱人在市医院内一科住院），拿来了几盒速效救心丸和一个自动急救盒。阎正不会用，安玲便教他，怎样一按，就会在一秒之内弹出一粒硝酸甘油；怎样一压，就会挤破亚硝酸异戊酯的玻璃管，从那个孔中吸入药。阎正臆怔怔地乱点头，我和刘春明、张静心沉得想哭。安玲又教刘春明、张静如何使用。我知道，阎正真犯了病他是找不到急救盒的，他的脑子里都是镜头。阎正见大家心里挺闷，就笑着说，咱和阎王爷一家，真归了阴，你史国新起码要给我兑 20 块钱，刘春明当治丧委员会副主任，俺家还能发笔小财呢。大家苦涩一笑，眼泪却直在眼眶里转。

我有时候想，搞个这玩意干啥，这么多人疲于奔命。有时想，社会不公，有的人仗着有钱出了那么多本什么企业家之类的传记，阎正的事儿比他们强一百倍，却没人写，也没人出，这大概只是因为阎正没有钱。有时候想，大家都像阎正这么干，美国、德国、日本算老几？有时候想，人活一世，草木一秋，无贵无贱，同为骨灰，蹬腿是早晚的事儿，何必介意一天半宿的呢？

（1990年2月2日《新乡日报》）

重读札记

1993年7月10日早上，我正在报社食堂吃早饭，摄影记者张小兵急匆匆进来说，七里营发生火车相撞事故了。我马上意识到这是重大新闻，而且新闻线索稍纵即逝。我立刻放下饭碗，约上单位司机开赴事故现场。这是我有生以来看到的最惨烈最血腥的场面，一节车厢已经跃上了内燃机车头，铁道一边摆放着一排蒙着白布的遇难者遗体，空气中弥漫着难闻的气味，抢救仍在紧张进行着。我开始遵循着我的新闻意识迅速采访当事人、目击者、知情人及现场那些以后不可能再采访到的人物。这是一篇纯纪实的新闻通讯，时间、地点、人物、过程都要力图准确，让新乡市的历史没有偏差。这大概是新中国成立以来在新乡市发生的最大一起事故。由于当时采访新闻的手段落后，全国二十多家报纸向《新乡日报》求取电讯稿并及时发表。

七月悲歌

——7·10火车重大事故抢救纪实

那一夜，新乡人永远忘不了。

7月9日傍晚，狂风大作，大雨滂沱。

风雨使市内的许多街道溢满了水，使许多地区陡然停电，连续几天的暑气让风雨挥扫全无。市民大都早早歇息，在睡梦中享受这盛夏少有的清凉。

在7月夏夜少有的寂静中，日子悄悄地走进了10日凌晨。2时40分，由北京铁路局石家庄机务段北京型3168号内燃机车王新起、刘建立机班牵引的北京至成都的163次特快列车准时从新乡站开出。2时49分，列车从新乡南场通过，铁道前方亮起了黄灯（黄灯指示慢行），但列车没有减速；而后又亮起了红灯（红灯指示停车），列车依旧没有停车。列车经过两个闭塞分区，终于在2时55分在京广608公里+950米，即距七里营车站2公里+600米处与前行在七里营站机外的2011次货车尾部相撞（事故发生后，经检查机车上的自停装置处于关闭状态）。内燃机撞车的反作用力与后边车厢向前的巨大惯性把第一节卧铺车厢高高地掀了起来，卧铺车厢的铁皮车顶被内燃机狠狠撕裂开来，在被淹没了的惨叫和悲鸣声中冲上了内燃机车头，一场惨祸发生了。

上篇：兵贵神速

2时55分—3时，新乡铁路工务段巡道工孙启书正在此处巡道，当他听见一声巨响，循声而去，在黑暗中依稀看到这一副惨象时，他第一个念头就是赶快向外报告。离事故现场约100米处，是小冀公路的一个铁路道口，孙启书沿着路基踩着泥泞的路向道口跑去。大约3时，孙启书在道口与值班房向道口外勤值班的靳润国碰了情况。3时03分，靳润国通过电话迅速向七里营车站报告，七里营车站值班员刘发旺一面通知杨玉清站长，一面向主管单位新乡车务段报告。3时10分，新乡车务段副段长张万顺叫醒了段保卫股股长赵国民，急切地说，七里营区间发生客货列车追尾事故，你尽快设法找部队救援。

31岁的赵国民原是新乡铁路分局军事代表办事处的转业干部，对新乡驻军情况很熟悉，他马上想到，某部高炮团距事故地点只有五六公里，是离现场最近的部队。于是，他立刻上楼敲值班司机陈栋的门，大喊，快起来，火车出事了！3时25分，他和司机陈栋跑下楼开了一辆燕京面包车疾速驶向高炮团。

3时40分—3时50分，某部高炮团因风雨以致停电。赵国民来到炮团营门前，没等车停稳便跳了下来，在大门口，赵国民向部队值班室打电话报告情况。值班参谋徐健一听情况紧急，便一边通知部队首长，一边对赵国民说，你赶快来值班室。当赵国民跑到值班室时，团参谋长王新已在等候，马志荣政委、鲁长青副团长也在随后赶到。赵国民焦急地说，七里营站附近发生了追尾事故，人员伤亡惨重，请部队快点派人。听到情况紧急，3 位首长马上决定立刻组织先遣队出发，大部队随后就到。

一片漆黑中，3 辆卡车载着 16 名战士一部电台迅速集结，时间不过 5 分钟。

3 时 55 分，马志荣政委、鲁长青副团长跳上陈栋开来的燕京面包车，驶向事故现场。4 时 05 分，马志荣政委、鲁长青副团长就已率先头部队到达充满呻吟声的卧铺车厢前，这是这起事故中最早到达的救援部队。10 分钟之后，高炮团的 4 辆卡车载着近 200 名官兵也到达事故现场。

与此同时，七里营火车站相关人员在向主管部门报告完毕之后，也立即想到了解放军。3 时 40 分，车站汽车司机刘文功和驻站公安段德辉开了一辆松辽牌面包车也向高炮团救援。

163 次列车第 6 节卧铺车里有 3 名沈阳炮兵学院的学生，他们分别是樊怀钊、杨进成、刘国华，他们的行囊里放着学院的派遣证。2 时 55 分的一声巨响使樊怀钊险些从卧铺上摔下来，他一个打挺坐起来，心中闪过一个念头——火车出事了。与此同时，他的两个战友杨进成、刘国华也同时醒来，他们打开车窗，在确定了自己的判断之后，便从车窗上跳下，深一脚浅一脚地朝车头方向跑去。在内燃机旁，他们影影绰绰地看见车头上已有人在进行抢救，于是马上投入抢救队伍中。在隐隐约约的光线中，樊怀钊看到一位大校军官，这是他在这趟列车上见到的最高军衔，他马上向他报告自己的身份并请求命令。大校说，要赶快到附近找部队救援，并命令他和二炮营的李参谋与他同行。樊怀钊和李参谋看到铁路北边有一家工厂，便穿过铁路穿过泥泞的玉米田，向有灯光的地方奔去。离铁路几百米远的是乡镇企业新乡盐化总厂，一声巨响惊醒了正熟睡的门卫和工人，他们正在门口猜测和议论时，樊怀钊和李参谋跑来向工人们打听附近是否有驻军，工人们说，离此十几里有一部队通信团，然而厂里的电话已经坏了，打不出去。工人们献计说，厂里有一辆三峰车，可司机不在，会开车但没有执照的李参谋说，我开车。他在工人的帮助下打开车门，碰了几碰点火线，汽车马上发动起来，樊怀钊、李参谋和一位带队的工人开出三峰车向通信团方向驶去。

4时5分，通信团政委张山旺在熟睡中被电话惊醒，当他得知火车发生险情后，一边穿衣，一边通过电话向各单位下达集合命令，李参谋向他介绍了事故的情况，并说要带梯子和撬杠。

4时30分，张政委率9辆军车、150人、9台通信工具赶到了事故现场。

3时50分，新乡市政府值班室，28岁的徐振正在值夜班，桌上那部乳白色的外线电话铃声大作。他抄起电话，对方是新乡铁路南货场，在讲明事故之后，请求地方速派人支援。徐振第一个电话便拨向新乡市武警支队值班室，然后又向新乡市公安局指挥中心、新乡市急救中心、新乡市中心医院、新乡市二院请求支援。同时，徐振向代市长王富均、副市长胥昭福紧急报告。之后，徐振又接到了铁路上的第二个报告求援电话，对方是新乡车站值班室。

3时55分，新乡市武警支队支队长谷志英正在家休假，几天来他一直腹泻。值班室电话传来，谷志英袜子也没来得及穿掂起衣服就向外跑。3时57分，深夜刚从长垣返回的支队政委卞经建也接到值班室电话，他一骨碌从床上翻下来冲出门外。前后3分钟时间，武警机动中队50名战士已在操场集合完毕。卞经建政委率2辆卡车、1辆吉普车先走，谷志英队长在家迅速调集第二批战士50人、第三批战士100人随后赶赴现场。4时20分，卞政委在不知事故现场确切方位的情况下，机智地判断路上一辆疾驶的公安车必是同道而尾随至现场。

3时30分左右，新乡铁路医院总值班室，院纪委书记宋照庆正在值班，在接到郑州分局调度所打来报告事故电话后迅速将情况向上级汇报。3时40分院长张贵峰率第一辆救护车赶到现场。

4时—4时20分，新乡市人民医院急救中心两辆急救车闪着蓝光先后驶出医院，除集合起来的医护人员外，车上还有新乡市卫生局副局长刘祖耀、新乡市人民医院副院长乔留杰。

5时之前，到达现场的共有新乡市一院、二院、中心医院、解放军371医院、铁路医院、妇幼保健院、新乡县医院共8辆救护车，以及中心医院范玉刚副院长、妇幼保健院周尤华院长等医院领导。

5时15分，新乡市消防支队李芳和政委率50名官兵和5部消防车赶到现场。

5时40分，市公安局又从市特警队、交警队、新华公安分局、红旗公安分局、郊区公安分局调集兵力，对新乡到事故现场实行交通管制，确保抢救车辆畅通无阻。

下篇：生命·畅通

163次特快第一节卧铺车是乘务员宿营车，车厢内有约50名洛阳列车段京六组的值乘人员和20多名旅客。事故发生后，新乡市党政领导和部队、铁路各级有关领导马上取得共识，拼尽全力抢救生命，尽快疏通京广铁路下行线。两个临时指挥部在铁路旁的豆地里迅速组建并明确分工，铁路部门指挥部负责事故调查、处理车辆、疏通铁路，党政军指挥部负责现场抢救伤员，输送、保存现场伤亡人员和现场警戒等。

新乡市委副书记、代市长王富均和副市长胥昭福接到电话后于4时30分左右赶到事故现场，驻市某集团军部队长梁光烈在接到报告后也迅速赶赴现场。新乡市委常委、秘书长聂峻华，市委政法委书记郭润营及新乡县领导也都先后赶到现场。上午10时，副省长范钦臣、俞家骅及省公安厅、劳动厅、卫生厅等有关领导也到达现场，形成了一个强有力的指挥中心。

首批到达现场的高炮团鲁长青副团长查看列车时，列车还被一片夜色笼罩，但铁道旁的洼地里已有了许多被救出的伤员和十几具尸体。他见到那位两杠四星的大校时，立刻敬礼报告自己的身份和所带队员。已经组织15名解放军抢救多时的二炮某基地的张汝封大校一边迅速向鲁长青副团长介绍情况一边说要赶快抢救伤员，并注意警戒。这时高炮团第二批队伍已经到达，齐刷刷地站在豆地里，鲁长青副团长看不清战士们的脸，他只说了几句话：这里的情况大家都看到了，党和人民需要我们的时候到了。战士们便猛虎下山般地奔向各个岗位。

随着抢救的进行，鲁长青副团长发现只通过车头一个进出口抢救太慢，便和军务股长李栓紧等人登上第二节卧铺车厢，试图从列车车厢通道上再开一条路，但车厢门怎么也打不开。李栓紧不知什么时候手里已攥住一块石头，"咣"的一声车门玻璃被砸碎了，鲁长青副团长第一个从玻璃孔中钻进去，因为第一节车厢扭曲变形，车门已被紧紧地封死。鲁长青副团长退回来后命令砸车窗往里进，随后参谋长王新民中校带着几个战士从车窗里钻了进去。

鲁长青副团长回到豆地时，新乡市武警支队卞政委率领50名武警官兵已经赶到。鲁长青副团长和卞政委紧紧地握了握手，两个陌生又充满对彼此信赖的中校互相看了看军衔，鲁长青说，你们负责警戒和旅客，我们去抢救伤员怎么样？卞政委说，可以。然而，不等卞政委命令，已有12名勇猛的武警战士爬上了机车和车厢，投入抢救伤员的队伍中。

沈阳炮院学员樊怀钊带领通信团到达现场后又马上投入抢救中去，他在车厢的残骸中听到一个熟悉的声音，呻吟的是一位女列车员，叫赵艳丽，她曾经在樊怀钊所在的6号车厢服务。这位列车员今年才20岁，她被挤压在列车的废墟中一点也不能动，樊怀钊急忙跑过去呼唤，小赵，小赵！赵艳丽疲劳极了，痛苦极了，她只是无力地呻吟，精神已难以支撑。樊怀钊知道，越在这时伤员越不能丧失精神，他轻轻地呼喊，小赵，小赵，你千万不能昏过去，你马上就会得救的，你坚强些。小赵，我给你唱支歌吧！然而樊怀钊始终没把歌唱出来，小赵的痛苦使他如鲠在喉，赵艳丽最终没有昏过去，她的下巴被撞伤，说不出话，看着樊怀钊，她的眼泪不住地流淌。当赵艳丽被救出后，樊怀钊一路把她护送到 371 医院，说不出话的赵艳丽将一切的感激之情都溶化在了怎么也流不完的眼泪中。当樊怀钊从 371 医院回到现场时，没有找到他的战友，也没找到他的行装，他的身上唯有一个卧铺牌子。7 月 12 日凌晨，他在新乡车站人员的陪送下重回成都，离开新乡之前，他又一次去 371 医院看望了正在养伤的赵艳丽，他在商店里给赵艳丽买了一身漂亮的衣服，他知道，每一个受伤的乘务员的衣服都被吞噬在了那破碎的车厢里。

抢救出的伤员在机车上摆了长长一溜，在车顶上直接对伤员进行急救和诊断的是高炮团卫生队的 20 名军医。42 岁的中校军医梁罗玉当时正在家休假，他的家在七里营，他是在家听说火车出了事后便马上跑到事故现场的。他是团卫生队副队长，他爬上火车车顶的时候，高炮团的人都很意外，梁军医怎么来了？

往车下输送伤亡人员的工作既艰难又危险，需要用一副担架绑上四根绳子往下慢慢传递，四根绳子要保证担架平衡，不然伤亡人员就可能从担架上摔下来。站在车顶上的高炮团、通信团和武警战士们工作的地方很狭小，往下放绳子又必须站在车顶前沿边放边瞭望，战士们随时都有摔下的危险，战士们一个搂着一个的腰，像猴子捞月一样使前沿战士不被摔下来。下边人一直在喊，小心！小心！注意安全！

高炮团 26 岁的志愿兵杜学岭想了一个对伤员很有利但自己很危险的办法，他让人吊着他，他一只脚踩着列车的脚蹬，腾出双手托住一个个送下来的担架。

通信团到达现场之后，汽车排排长王继荣，班长张仁山，战士刘宁、刘玉峰便钻进车厢里，暴露在外部的尸体和伤员很快被抬了出来，越往里抢救工作越难。他们在车厢里仔细观察、辨听，两只手不停地摸索。班长张仁山曾摸着一个湿乎乎的东西，拿近一看，竟是一颗血肉模糊的心脏，他哇的一声呕吐了出来，但他没有退却，仍在里边摸索。呻吟声不时从底下传来，钢锯和斧头效果太慢，一个铁路工人搬进来了一台切割机，烟雾火光顿时四起。拿灭火器！不知谁在喊，一桶桶灭火器递过来，边切割边灭火，狭小的车体里充满了灭火器的烟雾，但进度却大大加快了。

雨后的气温逐渐升高，天气预报说最高气温已到37摄氏度，空气又潮又闷，外面的指挥员和战士们朝车厢里喊，出来换一换班，但通讯团的四个官兵谁也没出来。

水，水。车厢下面发出轻轻的呼喊，排长王继荣发现一个女同志正卡在下边，他大声向外喊“要水”。一壶水从外面递过来，王继荣顺着杂物的夹缝把水向下边倒。女伤员上面还有几具尸体，四个人迅速把尸体搬运出去，但一个卧铺的铺板紧紧卡住了女同志的腿，怎么也拉不出来，张继荣和另外三个战士或坐或卧，或用肩扛或用手托竟把铺板顶了起来，使女伤员最终被抬了出来。还有一个男伤员被压在下面，王继荣爬过去说，来，搂紧我的脖子。男伤员紧搂着王继荣的脖颈，王继荣一点一点往外移动，终于把这位男伤员救了出来。

从5时到10时多，王继荣在血迹斑斑、烟雾弥漫的车厢里待了5个多小时，当他和战友从车厢里爬出时，血水汗水在他们身上、脸上、手上无处不在。王继荣太疲惫了，一出车厢他便瘫软在地下，部队首长心疼地喊，快把排长抬到阴凉地方，给他喝汽水！汽水！

下午3时38分，一直坚持到最后的武警官兵在被压瘪的车体中找到了最后一具尸体。

乘务员和旅客遗失的各种物品包括手表、项链以及沾有血迹的现金，都被战士们交到了收集物品的地方。

西瓜、汽水、矿泉水、啤酒、面包，一堆堆放在豆地里，那是翟坡乡、七里营乡的老乡们送来的，也不知道送东西人的名和姓，也不知道有多少钱，也不知道送了多少。部队官兵在接受采访时都提到了附近群众，他们看到了被拦在警戒线以外群众那焦急、心疼的目光，但群众有秩序、守纪律，群众的支持给了他们无穷的力量。

车上自发组织抢救的 15 名解放军除了大校、李参谋和 3 名沈阳炮院的学生之外，记下名字的还有总参作战部上士陈祖富、52908 部队薛宽喜，其余的在抢救完毕之后又匆匆登程，成了无名英雄。

在整个事故抢救过程中，部队、地方、铁路部门全力奋战，还有许许多多无名英雄是我们不知道和无法采访到的。事故是不幸的，在这次事故中，共有 40 人死亡、48 人受伤。据铁路部门报告：事故使客车报废 3 辆、小破 3 辆，货车报废 1 辆、大破 2 辆，机车中破 1 台，直接经济损失 130 万元，事故使京广下行正线中断 11 小时 18 分钟，62 趟列车晚点，117 列货车保留。

这次事故也是给我们各个部门的一次考验，让我们在应对突发性事件中，看到了我们的团结、力量、机智勇敢、勇猛顽强，以及我们不怕苦不怕死的大无畏精神。在平时的工作中，我们各部门之间也许有磕磕碰碰，经济上的斤斤计较也常常使我们觉得这个社会的无私奉献精神正在消失，然而在这次抢救工作中，每一个人都真诚地说，自己受到了很大的教育，灵魂进行了一次大清洗，我们的社会依然无比光明。

7 月 10 日已成为历史，历史在时时提醒今天的人，历史也永远告诫我们的后来者。

（1993 年 7 月 13 日《新乡日报》）

（1993 年 7 月 16 日《中国青年报》）

（1993 年 8 月 6 日《解放日报》）

重读札记

30年前的某一天，我和罗全起总经理偶然一起在小冀镇一位老板的办公室做客，偶然说起了各自的年龄好认明兄弟，不想我二人竟是同年同月同日生，这便有了工作之外的另一种感情。曾经一个时期，我们的生日总是一起过。他应该是最早的新乡房地产业涉入者之一，也曾是我市房地产的领军人物。时光荏苒，商海波云诡谲，喜之忧之。今天的罗总除了继续自己的房地产事业外，拿出了更多的精力做慈善事业。晨钟暮鼓，许多老年人在罗总的食堂里免费吃饭，连续数年，不曾中断。罗总悟出了什么人生真谛？我们还没有像过去聊房地产一样好好谈过。

房地产真的四面楚歌吗？

——新乡县房地产开发公司总经理罗全起关于房地产的思辨

在我和新乡县房地产开发公司总经理、新乡全利房地产开发有限公司总经理罗全起谈话之后，我有一股强烈的欲望要写他，因为我觉得他在搞房地产生意时很有一种辩证思想。这种思想使他化不利为有利，步步为营，在房地产经营中变不可能为可能，演绎了一出活生生的“天方夜谭”。

400元撬起千百万的杠杆

罗全起在1992年4月挂起新乡县房地产开发公司的牌子时，“兜里”只有 400 块钱，在办了一个营业执照后，更是所剩无几，用这几个钱搞房地产，当时被讥为“一枕黄粱”。

公司当时的首要问题是在哪儿搞房地产，资金从哪儿来。许多搞房地产的人认为，搞房地产最好不要搞拆迁，在一马平川的土地上搞，少和群众打交道便少许多拆迁时的麻烦，施工时也能甩开膀子。但罗全起恰恰认为在稠密的居民区搞房产有许多潜在的优势：一是政府可以给予许多优惠政策，二是一般拆迁区都处于市中心或繁华地带，房子好卖。对于让许多房地产公司头疼的群众拆迁，罗全起反而认为这是一种动力。比如，公司兴建的新城小区，是在居民稠密的东大街新乡县老人委大院周围开发。罗全起知道，这里的房子已有几十年甚至上百年的历史，黑暗潮湿，虫蛀鼠侵，且杂乱无序，院子狭窄处推自行车都困难。房子没有卫生间，只靠院内唯一一个厕所如厕，紧张时人满为患，有时屎尿乱流。群众在此居住，不安全、不卫生、不方便，群众中有一股强烈要求拆迁改造的情绪。所以，公司在此搞拆迁时，尽管也有少许钉子户，但罗全起知道，他们都会在公司的诚心及周围群众情绪的压力下就范。所以，罗全起在 1992 年 5 月 8 日率 6 个人进大院搞拆迁时，尽管对最难的一户，公司人员跑了 74 趟，但全部拆迁工作 20 天就宣告完成，创造了新乡市旧城改造的最快纪录。

在资金上，罗全起没向国家要一分钱。在新乡县老人委大院的拆迁中，罗全起采用了有限产权的办法，即凡属拆迁公房住户，可以以每平方米286 元的订资购买新房，有使用权、继承权，房屋买卖时应优先卖给国家。这项政策创新乡市房地产的先例，得到了市房改办的热情支持。新乡县老人委院共有 165 户，共收集款项 180 多万元，在新城小区，这部分房产占整个开发房的三分之一。随后罗全起又将其余的住宅实行预售，收预售房款 1100 万元，预计全部售完为 1600 万元左右，而整个新城小区总投资也仅仅为 1100 万元。工程结束时，新乡县房地产开发公司可创 500 万元左右的毛利润。现在，集资户、购房户正高高兴兴地陆续迁入新居。公司的新城小区用 400 元钱启动，盖起了 5 幢共 320 户新房，集资户的住房面积由旧房改造前的人均 5 平方米增加到现在的人均 17.2 平方米，群众明显受益。城市也因为新城小区的兴建消除了一批危旧房屋，改善了城市环境，罗全起的房地产公司羽翼渐丰。截至去年底，罗全起的房地产公司已上交国家税 40.5 万元，真是国家、群众、个人三受益。

到底谁缺房？老板？还是群众？

搞房地产首先要想到卖房。房子的市场在哪儿？罗全起搞房地产一开始便一直思考观察这个问题。

罗全起 1992 年搞房地产时，兴建各种别墅、度假村、高档住宅之风方兴未艾。大家都感觉大老板们有钱，应该给他们盖房，挣他们的钱方便也痛快，一套房子从几十万到上百万，挣得很过瘾。于是，许多房地产公司对居民住宅不屑一顾，一门心思想搞别墅、挣大钱。

罗全起当时冷静地认为：一方面，尽管新乡市的大小老板很多，但买得起几十万上百万豪华住宅的老板还属凤毛麟角，况且，这些老板都有房子住，大多不准备或不急于买房子；另一方面，新乡市和沿海城市不一样，外来投资者相对较少，又由于新乡市各种环境的不配套，要在新乡市长期居住的外地老板也不多，所以，大家都搞别墅、度假村，其市场效益不一定好。此外，新乡市的广大群众住房十分紧张，根据现在形势的发展，企业将逐渐甩掉社会上的各种负担，依靠企业解决房子的希望变得越来越微弱，从市场上购房将成为市民解决住房问题的一个主要途径。

对形势的分析和估计，使罗全起决定新城小区的住宅要面向群众，一多半建二室一厅，一少半建三室一厅。在住房设计上，不盲目追求大面积、超标准，而遵循实惠方便的原则，搞大厨房、大客厅、大厕所、小居室。让群众经过努力对房价能够得着、攀得上，使买房不再是可望而不可即的事情。现实情况完全按罗全起的设想发展，新城小区的住宅房因适用性强、价公道被居民们争相抢购，在许多房地产公司住宅欲卖不能、欲降不忍。与它们门前冷落车马稀的情况不同，新城小区住宅房未完工之前，已售出95%，剩下的十几套房子也早已有人探听行情，预计不久也将售出。盖得快，卖得快，在取得巨大的社会效益的同时，新乡县房地产公司也取得了较好的经济效益，在四面楚歌的房地产开发业中，罗全起一骑绝尘。

现在，新乡县房地产开发公司和香港兴盛公司共同开发的劳动路城里十字附近旧城的计划已开始付诸实施，港方投资108万美元，新乡县房地产公司投资750万元人民币，计划开发约61000平方米的旧城，准备在此建造的住宅楼。这个项目还是以群众需求和群众购买力为依据，基本上是二室一厅和三室一厅模式。

罗全起的成功给了我们几点启示。

1. 长期搞房地产应把社会效益放在重要位置，只有有了较好的社会效益，才能有长期的经济效益结伴而来。

2. 搞房地产不能头脑发热，搞一窝蜂，要正确分析房地产市场，分析本地的实际情况，不盲目照搬外地经验。

3. 学习、利用好各项政策，调动利用一切可以调动利用的积极因素，不奢望一下子就赚大钱、出大名，要耐住寂寞。

眼下，房地产业有许多文章可做，有许多问题可以探讨，这里既可以造就英雄，也能兵困垓下。载舟覆舟，出自桨手。罗全起可算这方面的一个范例。

（1994年2月23日《新乡日报》）

重读札记

偶然听朋友讲到常老师的故事，我立刻有了要写新闻的冲动，一是觉得河南人很智慧，讲同样的课，他用最廉价甚至废品做的教具去参加全国的比赛并且获了大奖，这种反差极具故事性；二是我们自己对教育对老师的不重视，对如此清贫而伟大的胜利不仅没有奖励甚至连一个小小的表彰会都没有，学校的奖励就仅仅是“你歇两天吧”，让人不免心寒。文章发表后，一个自认为文化水平很低的酒店老板感慨万千，说领导不请常老师我请。他盛宴宴请常老师和其他有功之臣时的虔诚和崇敬之心让我感慨不已。

清贫的胜利

——常秀伟获全国奖的前前后后

上篇

3 月 27 日，新乡市十三中 28 岁的初中物理教师常秀伟就这样提着一个小皮箱在郑州上了火车，车站上没有人送她。尽管没人送她，但她总觉得身上背负了数不清的目光。此行是赴上海参加全国物理青年教师大赛，她已不仅仅属于新乡市十三中，属于新乡市，她还是河南省唯一的一名选手，从这个意义上说，她代表的是河南八千万人民。

她的小皮箱里装着她比赛时用的教具，除了很廉价的玻璃试管、简易的马德堡半球模型外，还有就是一个健力宝塑料桶的空壳、一个家用的小酒壶、一个孩子们玩的吸盘枪，以及两个在瓶盖上稍加改造的饮料罐。算起来皮箱里的东西还不如皮箱值钱，但她很珍视这些被称为“教具”的东西，一上车这些“教具”便被她锁在了车厢的行李架上。

在上海，共有来自省、自治区、直辖市的共计51名选手参赛。广州、北京等地的选手都是坐飞机来的。赛前各队为了取胜都拼命地保密战术，虽然大家讲的都是“大气的压强”，但如何讲，使用什么教具，谁都不摸谁的底。

尽管不说，但许多人都认为河南人没戏，不只是因为河南人带的皮箱最小，还因为人们一说河南便常常跳出“贫穷”“落后”“愚昧”等刻板字眼，河南人在文化教育上好像就是夜幕，人家才是星星。

常秀伟比赛的地方是上海晋元中学，她面对的是晋元中学的学生和来自全国教育界组成的专家评委。常秀伟把她的教具拿出来放到讲台上的时候，学生和评委都摸不着头脑。讲课大约3分钟的时候，前去上海助阵的市教育局教研室的几位老师便不禁喜上心头，因为很挑剔的上海的学生们已沿着常秀伟的思路完全进入了角色。

常秀伟在讲大气压产生的原因时做了4个实验：第一个是用“健力宝”塑料桶和砝码证实大气的质量；第二个是让学生分别从吸管中喝加塞和不加塞的饮料；第三个是用玩具吸盘枪把带有吸盘的子弹打在玻璃上；第四个是用钢笔吸墨水。后3个实验是证明大气压在生活中的无处不在。书上讲到此节时，只有第一个实验，而且用的是烧瓶。烧瓶要几块钱一个，而“健力宝”塑料桶是常秀伟一分钱不花很容易找到的。“健力宝”塑料桶虽然不花钱，但实验效果却比烧瓶要好得多，这让专家们饶有兴趣。

书上讲大气能产生压强时有一个实验，在盛满水的玻璃杯上盖一个纸片，当杯口向下时，水和纸片并不会掉下，以说明大气压的存在。常秀伟没用玻璃杯，而是用了一个比玻璃杯廉价得多的纸杯。她在纸杯底端打了一个孔，当她把孔堵住时就出现了书上实验的效果；把孔揭开时，水和纸片就统统落在了地上，从而又证明了大气压在各个方向都存在的定理。一个几分钱的教具证明了两个定理，专家们感到新奇的同时，又感到钱和教学质量有时并不成正比。

常秀伟的这些教具让评委们顿开茅塞，她所做的实验虽然并不在书上但效果并不比书上差，她讲课时神态及语言并不像在讲课而像是在讲故事，所以常秀伟最终得了个一等奖。在这次的比赛中，全国一等奖一共有 7 个，常秀伟总分排在第 4。

常秀伟知道在新乡市教育史上这样的大奖属于凤毛麟角，她上台领奖时很激动，那情形有点儿像体育健儿在国外看到五星红旗冉冉升起，她流出的泪水里甚至有种总算出了口气后的畅快。河南人很需要讨个公道，和其他大城市比，河南人缺钱但不缺智慧，缺宠爱但不缺骨气。常秀伟心想中国的文明很大一部分是河南孕育的，看不起河南人的人多少有点数典忘祖的味道。

奖品是一个证书、一支钢笔和一块手表。据行家们估算，手表也就值六七十元钱，教育界的大赛不敢跟企业赛，歌星、笑星大赛比，没人给赞助。说得最好做得最差，社会之于教育往往如此。

比赛结束之后，大家为了表达对晋元中学的谢意，决定把教具赠给学校以示纪念。其中，常秀伟的教具最低档、最奇特却也最引人注目，但晋元中学对河南人的礼品表示了深深的敬佩，因为他们实验室里有电脑和微机，但没有“健力宝”塑料桶、玩具枪、小酒壶，以及河南人捉襟见肘中的灵秀。

下篇

常秀伟从上海回来时没在从没去过但神往已久的苏州、无锡、南京下车游玩，上级只给挤出了 2000 块钱，常秀伟 3 人在上海过了 7 天，她不敢超支所以便不敢下车游玩。

与来时相同，回到新乡时同样没人去接她，她也不奢望有人去接。她已经迫不及待地想要回家抱她那未满 3 岁的儿子了。第二天，她去学校上班，学校早已知道她获了大奖，学校领导很高兴，也很痛快地对她说，不错，你歇两天吧。就这样常秀伟得到了两天的假期。

教育界各级领导零零碎碎地有专程、有顺便地去看她，握手然后是说一些祝贺或鼓励的话，也没为她开一个总结或表彰之类的会，更没有给她一分钱或物的奖励，教育界穷。

开 200 元左右工资的常秀伟把那块表看得很神圣，这也许是她工资之外的最大一笔财富，那块表很快便戴在她的腕上。

比赛结束了，但常秀伟觉得事情还没完，她不敢独享那神圣而清贫的胜利。她忘不了她的老师，她想在一个不贵但绝对说得过去的酒店里宴请她的老师，给他们敬一杯薄酒，请谁呢？

二中教导处主任刘忠森老师，50 多岁了，听常秀伟讲演示课有 20 多次，每次都是骑着一辆哗啦啦响的破自行车而来。有一次下大雪，常秀伟想路这么远刘老师不会来了，但到教室一看，刘老师竟提前半个小时到了。她有一次斗胆地问，刘老师，电影看两次还没味呢，你听我 20 多次课烦不烦？刘忠森说，你不是喊我老师吗？

本校的张体让校长，家住西高村，每次上班要骑车 40 分钟，他要路过八一路菜市场。张校长在市区没房子，回家有时还烧地锅。张校长教语文，但只要他知道常秀伟有物理演示课就必定去听。那次常秀伟傍晚在家做电流磁场实验，用有机玻璃板效果不明显，急得很。张校长和教导处杨新芳主任和常秀伟一起琢磨，最后张校长说用胶片，常秀伟豁然开朗，找来一试，效果果然很好。那天很冷，常秀伟的爱人拿出新大衣让校长穿着回家，张校长一推说，你快回去做饭吧！

还有市教育局教研室的孟凡胜、尚学培、陈玉伟、耿建新老师，常秀伟每次参赛，他们都前后奔忙，在业务上指导，在后勤上保障。

还有一个人特别重要，但请他行，不请他也行，这便是常秀伟的爱人——新乡市十二中的物理老师王世洪。他与常秀伟既是大学同学又是恩爱夫妻，他对常秀伟的支持很难用一两句话说清楚。最后常秀伟还是决定请他，但他必须从兜里掏钱“买单”。

我采访完常秀伟时，常秀伟说，到时喝酒你也来。我说，行，什么酒不喝也要喝你的酒。

（1994 年 5 月 8 日《新乡日报》）

我从小在铁路家属区长大，后来到《新乡日报》当记者的事情还成了家属区的一个小新闻，那时的报社在邻里之间是一个了不起的单位。当时关于李伯勇的1019人的申诉信在铁路部门各级领导处没有引起太多的关注，于是他们想起了我这个铁路子弟，找到了我的父亲。父亲引领着一大拨群众浩浩荡荡地进了报社。群众争先恐后地述说，眼泪哗哗地流，我也跟着大家流泪。这篇人物通讯没有过多的写作技巧，就是把大家的故事梳理成章。《新乡日报》头版头条加编者按隆重推出，《河南日报》也全文转载。很快，郑州铁路局局长彭开宙亲自来到新乡，看望了新闻的主人公和我。父亲很高兴，在铁路职工心目中，局长是比省长还要大的官。第二年这篇通讯获首届河南省“五个一工程”新闻奖。报社和我都喜出望外，报社给我开了表彰会，奖励给我6000块钱。那时这笔钱于我是天文数字，让我笑了好几天，也更加坚定了我新闻用事实说话的信念。

一千零一十九人为你拭泪

3月1日上午，我的办公室哗啦啦拥进了十几位群众，他们对我说，你写一写李伯勇的事儿吧，让报纸登一登，要多少钱我们掏。他们还问我认不认识电视台的人，他们要凑钱让电视台的人拍一拍李伯勇。

来的群众最小的46岁，最大的66岁，说着说着许多人就想哭，哽咽着说不下去，时不时拿手绢抹泪，后边的群众就很急，怕耽误时间。最后群众为了都能说到便达成一个临时协议，每人只能讲李伯勇的一个故事。尽管如此，不少人还是说了好几件，有说是家里婆婆交代的，有说是来时老伴交代的，不给记者说一说心里堵得慌。

十几位群众走时留下了一份几十页厚的报告，内容是说李伯勇如何好，李伯勇又如何难，报告下面是共 1019 人的签名。十几位群众都来自铁路西，最远的住在西高村附近，会骑车的大概骑了 40 多分钟过来，不会骑车的就自己掏钱打车过来。

据说，这份千人的签名是群众自发签起来的，仅用了两天，由于时间短，又由于铁路西工房的居民大部分已拆迁走，所以许多人未能赶上签名，要不签名的绝不止 1019 人。

据说，另一本签名报告的复印件已送至正在新乡领导春运的郑州铁路分局关副局长处。为了找到忙碌的关副局长，群众先后共往新乡铁路办事处跑了 6 趟。

我听这些老人们讲李伯勇的故事时，我一度想和他们一起掉泪，群众一直给我倒水给我点烟，我受宠若惊。我知道，我是沾了李伯勇的光，我心里一直在说，李伯勇，你究竟有什么魅力，竟让这么多群众这么虔诚地拥戴你呢？

上篇

李伯勇，47 岁，1968 年郑州铁路卫校毕业，现为新乡铁路医院西工房卫生所主管护师。

李伯勇的故事千头万绪，还要从 1977 年 7 月的一个深夜说起。这一天，李伯勇不会忘，铁路西李伯勇看过的病人也不会忘。那一夜，酷暑难耐，李伯勇在家照看着刚满 6 个月的儿子龙龙。龙龙患荨麻疹发高烧，李伯勇正给孩子喂药时有人突然敲门，进来的是一位陌生的妇女，怀里抱着一个孩子，孩子额头滚烫，四肢抽搐，已经不省人事。李伯勇立刻给人家的孩子扎针喂药，待病情稍有好转，她便告诉孩子的母亲这孩子必须马上送医院，而孩子的母亲却送来乞望的目光。李伯勇望望自己高烧 41℃的孩子，龙龙的爸爸当时在外地工作，但李伯勇狠了狠心还是跟着陌生的女人走了。

从新乡铁路医院回来时，李伯勇吓坏了，本该躺在床上的龙龙不见了。她在几个屋子里找，都没有，又敲开邻居的门问，也没有。她深夜里喊："龙龙，龙龙！"猛然，她看见床下露出一只小脚。她跑过去，把儿子从床下冰凉的水泥地上抱起来。6个月的儿子头被摔得黑青，她知道，孩子的头先栽到了地上。

后来，龙龙的烧慢慢退了，但龙龙的智力却从那一天起不再像常人一样生长，李伯勇不得不接受一个残酷的事实：孩子痴呆了。

一转眼，18年过去了，龙龙19岁了，长成了1.72米高57公斤重的大人。龙龙总是呆呆地望着他的母亲，有时冷不丁地亲她一口，有时狠狠地掐她的手，她很疼，但她不吭声。李伯勇也常常独自望着儿子出奇地想，假若那天夜里不陪那个不认识的妇女去医院，她的龙龙也许上大学了，也许当兵了，也许他会像现在许多娇滴滴的青年一样过早蹚入爱河给她领回一个漂亮的媳妇来。

她知道，那永远是一场梦。一种虽不后悔当初，但绝对对儿子充满内疚感的心情从那天起始终缠绕着李伯勇。龙龙爱吹口琴，李伯勇每带他进商店就给他买一把，现在龙龙的床头边已经放了30多把各种口琴；龙龙爱吹哨子，他的床头就有一盒子小哨儿；龙龙看电视里有人吃饺子便嚷着吃饺子，李伯勇就半夜起来给他包饺子；龙龙前面撕纸，李伯勇后面跟着扫地打扫屋子。李伯勇有时下班回家，又累又饿，可不懂事的龙龙把屋里搞得一团糟。有一次，李伯勇打了龙龙，但龙龙一哭，李伯勇便心酸至极，抱着儿子眼泪刷刷地往下掉。她心里说，可怜的孩子，不要埋怨妈妈，妈妈是搞医的，病人找我，我不能不管。从此以后，李伯勇不再打龙龙，真急了，李伯勇捶自己胸，打自己的脸。

龙龙痴呆以后，组织上为了照顾李伯勇，便把她爱人，同样搞医的袁大夫调回了新乡。从那以后，为了日夜有人照看龙龙，袁大夫一直上白班，李伯勇一直上夜班。

李伯勇没有因为龙龙的悲剧而削弱自己身为医护人员的职责，她以更热情更周到的态度奔波于病人中间。每天下了夜班，她都有义务出诊，给这个病人输液，给那个病人针灸。每次出门，她的自行车后都载着龙龙。随着龙龙不断长高，她的自行车由 20 型变成 24 型，又从 24 型变成 26 型。自行车不能再增高了，但儿子还在长，她在 26 车后座上绑了个半尺高的棉垫。铁路西的交通警和城管人员都认得李伯勇，她是铁路西唯一骑车载人不被罚款的人。

李伯勇一心为病人，心中从没有她自己，在铁路西，你只要提李伯勇，老病号们都能给你讲出一个又一个的故事。

那一年的一天凌晨，李伯勇到铁路建筑段的宋师傅家里出诊，宋师傅突发心肌梗死。当时一口痰突然堵住了他的咽喉，他的呼吸立即停止了，血沫从宋师傅的口腔和鼻腔中不断外溢，没有吸痰器。李伯勇什么也没说立即爬到了病人的床上，对其进行口对口人工呼吸，病人的痰、血一口口被李伯勇吸出来。宋师傅的老伴一边流着泪一边拿毛巾给李伯勇擦嘴边的血沫，最后病人危急，连往外吐的时间也不能浪费了，李伯勇把吸出的痰血都咽到了自己的肚子里。宋师傅还是去世了，他的丧事还没办完，宋师傅的家属便给李伯勇送来一面锦旗，他们一家人坚持要跪着给李伯勇献旗，他们说像这样对待病人，连自己的亲生儿女也做不到。事后有人问李伯勇，病人的痰血不脏吗？没有细菌吗？李伯勇说我当时只想着救人。

一个冬天的深夜，铁路线路工程段马章保师傅来敲李伯勇的家门，他几乎哭着说，我爱人和两个小妞快不行了，赶快去救人吧。李伯勇夫妇穿上衣服就跟着宋师傅到了家。一诊断，病人都是煤气中毒，李伯勇夫妇急忙给病人打针、做胸外挤压、喂糖水，一直守到晚上 4 点等病人好转他们才回到家。早上 6 点，李伯勇的家门又被马师傅敲开，这次马师傅提了一大兜礼品，但李伯勇两口坚决不收，马师傅“扑通”跪了下来说，你们是俺家的救命恩人，俺一家一辈子也忘不了你们。

南街粮店的原宝珍爱人瘫痪了 16 年，啥时候不好受就赶紧叫李伯勇。那年她的爱人身上长了个背痈，肿得像个馒头，里面全是脓水。李伯勇来了也不嫌脏，一挤，脓进了李伯勇一脸，衣服上也都是脓血，原宝珍在场都觉得恶心，但李伯勇没有一点儿怨言。原宝珍让李伯勇把衣服脱下要给她洗洗，李伯勇不让，坚持自己回家洗。原宝珍的大妞快高考时完突发眼疾，急得团团转，家里人说，去叫李大夫吧。李伯勇去了，扎了两针，好了。原宝珍的二妞高考前发高烧，家里人说，去叫李大夫吧。李伯勇又去给人家治病，后来两个小妞都考上了大学。

那年铁路大修队家属王学珍的孩子考上了大学，她老头高兴，孩子上学走前那个晚上摆酒设宴。谁知宴席上的猪头肉变质了，她老头吃得多，夜里 12 点又吐又泻止不住。刚开始王学珍不想喊李伯勇，心疼她太累，可眼瞅止不住，不得已还是叫了李伯勇。李伯勇去了忙活了半夜，早上 5 点才回家。第二天，王学珍的老头就好了。王学珍的两个孩子考大学前都严重失眠，李伯勇天天去看他们，让他们吃药，教他们如何休息，后来两个孩子都考上了大学。王学珍那天很正经地找李伯勇说，李大夫，你给我一个儿子当干娘吧，孩子也有这个意思。李伯勇知道，大家是体谅她和龙龙，于是说，心意我领了，我当了孩子的干娘，怕别的病人不高兴，让孩子叫我亲姨吧！此后王学珍的孩子一见到李伯勇就喊“亲姨、亲姨”。

煤建公司退休职工杨遂荣爱人患肝炎，李伯勇经常去探望治疗。那年杨遂荣的母亲好好地突然不会说话了，天正下着雨，李伯勇推着龙龙深一脚浅一脚地去给老人看病。杨遂荣的小闺女肚子疼，李伯勇也是一叫就到。杨遂荣的亲戚从新疆来患腰疼病，也是李伯勇天天去治疗。有一天，杨遂荣把孩子叫到跟前说，李大夫是咱家的救命恩人，李大夫家有什么事就是咱家的事，就是哪天我和你爸死了，你也要帮李大夫。

去年 12 月，李伯勇的姐姐在郑州病逝，李伯勇从郑州奔丧回来，劳累悲伤，心力交瘁。她刚进门，就有一位大娘传信找她看烧伤，她二话不说拿起器具就跟来人走了。到病人家，她忍着悲痛和劳累，给大娘一针一针地挑燎泡。

20多年，李伯勇说不清义务出了多少次诊。每次下夜班，她的手背上都用圆珠笔记着人名、药名或地名，这是她每天义诊的备忘录。

20多年，不管严寒酷暑，不管白天黑夜，不管刮风下雨，她没有拒绝过一次病人出诊的要求，常常有人一来，她就立刻停下手里的事情，跟着来人就走。

20多年，她刻苦钻研业务，以中西医结合的方法，运用针灸、按摩、刮痧及民间偏方，治好一百多例疑难杂症，在铁路西一带有“神医”之称。

20多年，她收到了感谢信和表扬信共计一千多封，她收到的锦旗、镜匾家里摆放不下，被尘封在屋角床下。

下篇

李伯勇一家四口住在一个33平方米的房子里，23岁的女儿袁媛住一间房，龙龙自己住一大间房，李伯勇两口不得已挤在一米宽的阳台上。阳台四周漏风，李伯勇就用报纸把缝堵死，下雨往里浸水，她用塑料布沿床围一圈儿。1991年，医院为照顾李伯勇，给她分了一套42平方米的新房，四周群众知道了，既不想让李伯勇走，但又觉得不走又太委屈了李伯勇，便不敢去说。李伯勇看出了群众的心思，那晚她对丈夫说，新房咱不要了吧，睡阳台群众找咱也方便，敲阳台玻璃比敲门还听得快（李伯勇住一楼），老袁点了点头。

几年前，李伯勇就有了提前退休的意思，她想让快毕业的女儿袁媛接班。1992年，她正式向医院打了报告，铁路西的群众知道了，以“千人心”联名写信给医院领导，信中说：李大夫是我们千户人的贴心人，我们离不开她，她是我们患者的好闺女、好姐妹，几日不见她就好像少了什么，在她身边我们似乎有了保护神。我们患者有一个共同的心愿，就是希望她能留下来。医院领导找李伯勇说，群众这么挽留你，你就不要退了。过了几天，李伯勇找到领导说，为了群众，袁媛的事儿往后放放吧。

1994年，在武汉铁路卫校上学的袁媛快毕业了，但铁路上接班的政策也取消了，李伯勇心里痛苦至极，她想龙龙没指望了，可闺女好哇！人长得漂亮，在学校是模特队队员，学习更好，每次考试在班里都名列前茅。闺女明事理，她爱她的弟弟，当爱情闯入她的心扉，当英俊的小伙子追逐她时，她首先会说她的弟弟情况。她知道，弟弟的后半生全指望她了，不爱她弟弟的人她是绝对不能接受的。李伯勇有时偷偷望着闺女，眼泪便汩汩往下流。23岁，正是花一样绚丽，鸟一样欢歌的年纪，但女儿的脸上却不时袭来忧郁。为了病人，李伯勇已对不起一个儿子，她不也同样有愧于自己的女儿吗？

去年末，袁媛的小姑姑从郑州来，她对李伯勇说，嫂子，你是世界上最好最好的人，可你不能太委屈了自己，这几年我做生意挣了钱，在郑州市郊盖了两座小楼，盖之前我就说，一座是我的，一座是俺嫂的，俺嫂受了一辈子罪，该让她清闲清闲享享福了，想干活了自己开个诊所。

那一夜，李伯勇失眠了，她想到了她的病，长期给病人针灸刮痧，劳累奔波，她患上关节炎、胃病、腰疼。现在给病人治病时，她有时不敢弯腰，当着病人的面，她始终一脸笑容。但谁知道，她每天都是靠吃止疼片度日。她不富有，但她很要强，她知道她的丈夫也常常为两个孩子苦闷，丈夫不打牌、不抽烟，就是爱喝酒。她从不拦丈夫，她知道那酒尽管有害但能给丈夫驱逐心头的惆怅。她花两千多元给丈夫配上传呼机，有事好与丈夫联系。她心疼她的女儿，变着法给女儿买好衣服，她花了四千多元给女儿买了摩托车，让女儿有年轻人的潇洒。这半辈子她对得起病人，也想努力做到对得起丈夫和孩子。可她自己呢？她脚上还穿着打着三个补丁的翻毛皮鞋，她腿上是条穿了20年的线裤，她唯一的一件毛衣已不知染成什么颜色了，年代久远得一点弹性也没有。她不敢拆了再织，那毛线再经不起一点点折腾。今年春节，女儿背着她花 120 元给她买了件羊毛衫，这便是她最奢侈的一件衣服。在家里她啃干馍吃剩菜，她没去发廊整过一次头发，她没有一件金银首饰。这一生，她的心灵她的身体始终在泪水和辛劳中浸泡着。想到这儿李伯勇哭了，第一次因为自己伤心地哭了。她想，她真的该去郑州了。

李伯勇准备退休去郑州的消息邻居们先知道了，一位 80 多岁的老太太听了便呜呜哭了。那几日，李伯勇的家川流不息的来人，有哭的、有抹泪的、有叹息的，最后一位老太太狠了狠心说，你要是往郑州走，我们就去铁道上拦火车。

李伯勇知道，大家实在不愿让她走，她也真的不愿离开大家。这 20 多年，她和病人已不仅仅是看病的关系了，她不收病人一分钱，病人想着法儿报答她。她不会针线活，家里的缝缝补补病人和家属全包了，能给她干一点活儿病人们都高兴地炫耀。那年她公公去世了，早上 6 点咽的气，为了不让病人知道，她夫妇早上 8 点就去了火葬场。但她的病人知道后，一天竟来了 125 人。每次晚上值夜班，她的屋子里永远聚积一屋子人，有看病的，有给她说话的，老人们有的给她拿个包子，有的给她拿一罐儿糖蒜，有的往她兜里塞苹果。许多病人能背出她值班的时间表，许多病人家的挂历上画满了“十”“一”号。她知道，“十”号是她值班，“一”号是她休息。那次有个捡破烂的人晕倒在路上，李伯勇把一身泥土的她救了，后来捡破烂的每次走到李伯勇家的院前就跟人说，这院子里住着一个好大夫。李伯勇去附近的菜场买菜，人家都推托着不收钱，李伯勇没办法，总是扔下钱就赶紧走。

计划去郑州的那几日，李伯勇面对着她的病人，内心在激烈地搏斗，那是一场多么残酷的厮杀。最后她的心扑向了她的病人，她选择留在新乡，要把她的后半辈子再交给她的病人。

铁路西的病号们奔走相告，像庆贺一个伟大的节日一样难以掩饰喜悦之情。他们对李伯勇说，袁媛的事儿我们去跑，我们已成立了一个临时小组，给领导求情，给领导下跪都行。

中国共产党党员李伯勇，曾荣获新乡市、郑州铁路局、河南省优秀护士等各种荣誉的李伯勇，你不要悲伤，有1019人，不！会有千千万万的人为你举起赞美的花环，为你拭掉伤心的眼泪。这情这景，这喜这悲，这心这血，岂是百万千万财富所能比拟的吗？

（1995年3月12日《新乡日报》）

（1995年3月28日《河南日报》）

重读札记

新闻就是历史，今天重读这篇长篇通讯仿佛又回到了那个暴风骤雨、惊心动魄日子。记者行走在黄河大堤泥泞的路上；解放军坐着冲锋舟飞驰在高粱梢上，向受困的村庄前进；干部坐在土地上和群众一起啃干馍就咸菜。没有一个群众在这次大水中遇难是这场抗洪抢险最大胜利；干群关系的极大改善是这场大洪水给我们最大的意外收获。请和我一起走进27年前夏季暴风骤雨的不眠岁月！

山河为证

——我市抗洪抢险救灾纪实

楔子

打开新乡市地图，你会发现，新乡是依偎在一山一水摇篮里的孩子。

这山便是太行山。太行山巍峨峻峭，不乏绝壁千尺的惊叹，所以有了老爷顶，所以有了黑龙潭。太行山不乏茂林修竹的温馨，所以有了郭亮、八里沟、白云寺和百泉。夹在山胳肢窝里的宝泉、石门、三郊口等水库，是山妩媚的眼睛，山上熟透的柿子、山楂，满山的枫叶是大自然给山涂抹的口红。

这水便是黄河水。黄河在历史的 26 次改道中，1855 年奋力一扭，便把它的腰肢扭到了新乡。

没山没水的地方像一碗没放油盐酱醋的面条，淡淡的，一点儿味没有。而得益于这一山一水，便有了新乡的丰润。山水孕育了新乡的文明，山上的邵雍书院创立了一个华夏学说，水边的陈桥驿改写了中国的一段历史。山是新乡的脊梁，给了你葱绿的树、坚韧的石、成熟的果；水是新乡的血脉，给了你甘甜的水，充足的粮。

然而，就像我们的心，我们的手，我们的眼一样，它在给你生命活力的同时，也时不时地折磨你，它的骚动、它的痉挛、它的疼痛都会触及全身，使你惶惶不安。

1996 年的夏天，黄河、太行山真病了。

进入 8 月，8 号强台风从福州登陆，挟电闪雷鸣，裹暴风骤雨，行千里路锋不卷刃，锐不可当，在中原盘旋数日，肆虐无度，迫使黄河水位暴涨，逼使太行山塌方。一时间，依偎在山水间的新乡便遭到了几百年来未见的祸水。

8 月 3 日到 4 日，大到暴雨席卷全市，到 5 日 18 时止，新乡市城乡平均降雨量达 130 多毫米、市区 178.5 毫米，是往年降雨量的 4 倍，其中辉县市的南寨乡竟高达 330 毫米。黄河上游也在助纣为虐，普降大到暴雨。黄河一改往日残喘的浅吟低唱，像头关闭多日的猛兽踢开牢笼，形成一股 7630 立方米 / 秒的洪峰，朝下游直泻而去。

枕着 166 公里的黄河大堤，每日让黄河轻轻摇着入睡的原阳、封丘、长垣近 50 万滩区人民一下让黄河摇破了今年绿色的丰收梦，灭顶之灾一下子降临了。

今天的黄河河床淤积在加重，水位不断抬高，“悬河”越悬越高。新乡沿黄一线俗称黄河“豆腐腰”，恰恰是淤积中的重点段，仅 1962 年至 1982 年的 20 年间，我市贯台以上河槽淤积抬高达 4 米。这就使今年 7630 立方米 / 秒的洪峰造成了史无前例的灾害。

在原阳：洪峰造成的水位升高已达 94.76 米，是历史最高水位，洪水冲断了马庄工程防洪路段，9 坝至北围堤的控制堤漫溢，双井控导工程在 04 垛以上漫溢决口，大张庄工程 14 号、15 号坝溢水，洪水迅速吞没高低滩区，受淹面积达 297.5 平方公里，淹地 50 万亩，100 个村庄进水，9 个村偎水，受灾人数达 10 万。

在封丘：水位高达 82.01 米，比 1982 年的洪峰水位还高两米。6 日凌晨 1 时 30 分，黄河水漫过大张庄控导工程，冲垮三教堂堤防，从两路疯狂吞噬封丘滩区，水头高达两米，全县水围村庄 28 个，进水村庄 15 个，受灾群众 6.2 万人，20 万亩庄稼绝收。

在长垣：洪水水位高出 1992 年最高水位 0.8 米，漫滩面积达 20 万亩，163 个村庄被围在大水中，16 万多人在平均 2.5 米深的大水包围中生活。长垣武邱乡形成一片长 13 公里、宽 10 公里的汪洋，最深处达 6 米。青蛙在漂浮的麦垛上哀鸣，老鼠、蛇及各种小虫在树尖上瞪着惊恐的眼睛。

黄河呼风唤雨，太行山也并不寂寞。太行山造就的山洪让 7 座水库大腹便便后“呕吐”不止。山水的力量把郭亮村 4000 多亩土地一下冲没了 2000 亩，郭亮村那秀丽的鸳鸯湖水拥土而泻，竟一下夷成平地。山洪把郭亮村口的一辆大卡车冲进沟里后，又在上面覆盖了一层巨石。

依偎在太行山脚下的辉县市、卫辉市、获嘉县、北站区（现凤泉区）、郊区、延津县统统让山水灌得沟满壕平，各条平时干涸或河水时有时无的河渠水位都陡然暴涨，漫堤溢隘、裹挟庄稼、吞吐村庄，一时遍地泽国。

龙卷风借山水之势，平地而起。8 月 3 日 19 时 15 分，在我市东北部的省精神病院内，狂风将 162 棵合抱大树连根拔起，7 根水泥线杆折断倒伏。

水、雨、风在轮番蹂躏着新乡，考验着新乡。据市有关部门截至 8 月 7 日 12 时的统计，新乡市受灾涉及 120 个乡（镇）、1548 个行政村，受灾人口达 189.46 万人，被洪水围困人员达 28.55 万人，临时在高台、大堤露宿人员达 28.99 万人，有 265 个村进水，244 个村偎水；农作物受灾面积达 281.44

万亩；损坏房屋56721间，倒塌房屋34497间。

水还是千古不变的水，但社会不是原来的社会，人不是先朝先代的人。

你随便翻开一本地方志或野史，都会透过洪水看到一堆堆让洪水浸泡着的白骨，看到一群群挎着篮子拄着棍子的乞讨灾民，哀鸿遍野、民不聊生是那时灾后的真实写照。

今天，在历史上少有的洪灾面前，新乡的党组织没有倒，他像一块风雨不侵的磐石；驻新的解放军没有倒，他们像一根无坚不摧的铁柱；新乡的人民不会倒，他们像一堵威武不屈的城墙。

那天，记者在受灾最重的滩区深处看到一位老人，他今年92岁，他身后的不远处是水天一色的黄河。他佝偻着腰，拄着一根拐杖。他说，民国22年发大水，水没今天的大，但人死的死，逃的逃，逃了的也没几个活着回来，还是死在外边了。今年的水比那年的大，可没一个人逃荒，更没死一个人，共产党管咱老百姓的死活。

我们采访了大大小小许多领导，他们的第一句话都是，老百姓的命第一。今天，我们可以说在这场灾难中没有一个老百姓因我们工作不到位而死在洪水之中，这是天大的奇功。

巧合的是，在封丘县孙庄乡顺河街庄，随着洪水的涛声，25岁的女青年于志珍生下了洪水中唯一的一个女婴。女婴和刚当母亲的于志珍在洪水中让人抬着上了黄河大堤。女婴在妈妈幸福的呢喃中，在黄河水轻轻有节奏的拍打中，做了一个又一个梦。孩子的爷爷说，孩子是洪水进来的时候生的，就叫“进洪”吧！

多么顽强的生命，多么执着的生命。在这生命与洪水的搏杀中，怎么会没有那一曲曲动人的歌声呢？

干部是一杆旗

面对突如其来的洪水，新乡市委、市政府及时果断地采取措施，紧急动员全市人民投入抗洪抢险中去。

8月4日11时，新乡市邮电局电话会议室，新乡市委、市政府正在紧急召开防汛电话会。会议要求，黄河防汛，要确保不死人，并尽量减少财产损失；滩区群众该撤离的要尽快撤离，要迅速组织人力、物力，确保辉县市、卫辉市水库的安全；共产主义渠行洪区内的工厂要立即搬走，群众要立即撤离，各级领导都要坚守岗位，谁也不能离开。

从这一天开始，新乡市主要领导始终没离开过抗洪抢险第一线。新乡市委领导乘坐的汽车，就是一个流动着的抢险指挥中心，哪里有险情，哪里就有市领导的身影。他们乘船划舟，深入到一个个被洪水包围的“孤岛”，查看灾情，慰问群众；他们涉水蹚河，视察险情险段，果断地决策指挥；他们挥铲推车，一身土一身泥和群众一起筑堤筑坝；他们和群众席地而坐，啃干馍，就咸菜，喝冷水。

8月9日，我们再次来到原阳。在县委办公室，我们问，邓琳书记在吗？县委办公室的人说，邓书记3号上大堤后就没回来过，找他上大堤去！在大堤旁边的官厂乡，我们见到了邓琳书记。他正弯腰在换一双崭新的球鞋，他对我们解释说，原先那双鞋在泥里踩烂了。换完鞋他站起身跺跺脚对我们说，走，咱们上大堤。

邓琳书记的嗓音沙哑，像刚学打鸣的雄鸡。院子里停着一辆吉普车，这是邓琳书记为跑险路泥路专门从别的单位借调的，车子满身是泥，喇叭声小得几乎听不见。碰到行人，司机有时不得不把头探出来请人让道。司机在邓琳书记下车后对我们说，这车跟人一样快累死了，车没时间擦，喇叭让水给淹了也没工夫换。

在幸福渠堤上，邓琳书记碰上了一位约40岁的汉子，那人很瘦，裤腿一个挽得高一个挽得低，赤脚上一脚丫子泥。邓琳书记哑着嗓子问他幸福渠的事，他的嗓子竟比邓琳书记还哑，指指画画，很难听清他说了什么。但邓琳书记脸上表情认真，他交代了几句那人便得令般掉头走了。邓琳书记上车后我们问这人是谁，邓琳书记说，他是包厂乡书记杨安祥。后来，我们随邓琳书记来到了蒋庄乡扬厂。这个地方昨日还在鏖战，洪水通过一个涵洞直冲黄河大堤，那漩涡大得吓人，扔里一棵大树像扔一个水漂。黄河大堤要是出了事，用邓琳书记的话说杀头都难以谢罪。堵这个洞共用了54个小时。在这火烧眉毛的时候邓琳书记焉能合目，累极了便在泥地里一歪打个盹儿罢了。后来这个口堵住的时候，邓琳累得一屁股坐在泥地里，他手下的头头脑脑和老百姓看了直想掉泪。

原阳县委副书记贾生祥是个黑脸大汉，脖子上常挂着一条毛巾，他有擦不完的汗。他的胳膊和他的脸一样黑红，但半截袖往上一挽，那臂膀处竟是白白的，原来他并不黑。贾副书记嗜烟，上午见他刚把一包“豪门”装兜里，下午再一掏，却是一盒“彩蝶”。我们问，豪门呢？他说，早吸完了，这盒“彩蝶”还是跟司机要的。这几天，全凭它一根根提神呢。

封丘和原阳是并着膀的两个兄弟县，这次也淹得厉害。

在封丘中午的空当，我们终于见到了县委书记李兴太。李兴太胡子刮得净光，人也精神。我们说，李书记，你跟老百姓描述的不一样。在黄河大堤封丘段，那日我们下车跟大堤上的灾民席地闲聊，两个灾民都是荆隆宫乡杨楼村的，一个叫杨广亭，一个叫刘家林。他俩争着说，我们见了几回“县官”李兴太了。我们问，你们怎么认识李兴太？他们说，先前在电视里看到的，不过这回差点认不出他。他胡子拉碴，穿个大裤头让水贴在身上，光着脊梁，光着两只脚丫子，在雨里又喊又嚷，让老百姓赶快往大堤上撤。我们问，这次大水干部们表现都行吧？两个灾民停了会儿，很正经地说，俺也不知道你们是干啥的，可说老实话，这次大官儿小官儿没一个孬种，好多干部家也在滩区，可人家不管自己的老婆孩子，先让群众撤退，咱群众这回服气。

李兴太听完我们的叙述，眼潮潮的。他说，群众都通情达理，咱干部为他们做芝麻大点儿的事，群众都会记一辈子。

封丘在这次洪灾中迁安任务很重。在4日凌晨，大水即将逼近许多村庄的时候，封丘县委组织了450名机关干部配合乡村干部负责群众转移。在每一个村，干部们都得到了指令，只要还有一个群众没撤出来，干部就不准撤。在大水马上就要铺天盖地到来之时，我们的干部还在认真一户一户查看，不让一个群众留在家里。在许多村庄，大水都是撵着干部的脚后跟进庄的。

封丘司庄乡张庄村有一位老人，病得眼看不行了，老人指着自己的棺材说，我不走，死哪儿都一样。老人的儿孙们急得团团转。封丘县县长王建勋知道后果断命令，绝不能让老人在洪水中被淹死，把老人抬到大堤上，把老人的棺材也抬到大堤上。封丘县医院马上去人，陪着老人上大堤。几十号人陪着老人上了黄河大堤。不知是天公有眼还是众情难却，老人上了大堤病情竟大有好转，真是天意、民心，都在为封丘的干部们唱着赞歌。

还有一位老人，也死活不上大堤，他心疼他的粮食。干部们为了转移他，把他缸里囤里的粮食用手扒拉到一条条口袋里，然后运到大堤上，老人这才愿意上大堤。

黄河水在造就着英雄，太行山同样也在造就。当山洪暴发之际，辉县市委书记张和平正旧病复发躺在床上输液。水情迫使他毫不犹豫地拔下针头，一面了解汛情，一面紧急通知各级领导迅速行动，组织抢险。他拖着病体冒着大雨到各险点视察水情。大水使他的病情更加严重。我们见到他时，他的两条腿已红肿到膝部，痛痒难耐，他忍不住想抓想挠想掐。辉县市市长唐棣几乎每天都蹚水到灾情最重的地方了解灾情，那次他在齐腰深的水里整整走了3个多小时。在占城乡农民王士太、王士祥的家里，唐棣把群众发霉的麦子放在嘴里嚼了嚼，他要亲口尝一尝，群众的麦子还能不能吃。他从群众的压水井中压出来水，咕咚咕咚喝了几口，试一试这水群众还能不能喝。农民们看到市长这样的举动都控制不住感情，眼泪在几个农民汉子的眼里打着漩汩汩地流出来。

8月3日夜9时，辉县沙窑乡水磨村山洪暴发。村里赶快组织村民往安全的地方转移。39岁的村主任牛红升突然想到村外还有两名开饭店的群众没有走，就和哥哥牛河福一起赶到村外组织两名群众迅速离开。两名群众赶紧跑到了山坡上，可村主任兄弟俩却被野马般的洪峰卷走了。撤出的群众沿着河岸喊，村长，你在哪儿！村长，你在哪儿！但回答群众的却是一声接一声的涛声。人们沿河找啊找，在黎明时，凭着身上的一块痣，才找到了仅剩一截胸脯的村主任的尸首。群众的心碎了，那洪水、石块、树枝是怎样生吞活剥了村主任。出殡村主任的那天，全村的人都来了，全村的人都哭了。人们在哭喊，村长，你为了我们，连个完整的尸首都没有了哇！

还有两位侥幸生还的干部。一位是辉县占城乡党委委员李世福，他在石门河现场指挥抗洪时被洪水冲走，幸好被一棵大树杈卡住，才免于一死。另一位是封丘县曹岗乡女副乡长周玉兰，她和男同志一起与水搏斗的时候，一个浪头把她打翻在水里，她连喊一声也没来得及便被冲走了，岸上的群众纷纷跳入水中，才把周玉兰救起。

卫辉市委书记张社魁，自8月4日洪水到来之后，每天涉水深入第一线指挥战斗。他的眼睛熬病了，就带着眼药水下村，隔一会儿点一点，尽管眼睛疼痛难忍，但他始终没去过一次医院。

长垣县委书记赵继祥，县长洪昌多次冒着生命危险划着小船到水深四五米的“孤岛”去看望群众。洪昌5天没下前线，一身衣服干了湿，湿了干，嗓子嘶哑得说不出话，一打电话，对方就直喊，你说啥？你说啥？

在灾区，你问灾民，谁最不怕死，灾民们都说，干部最不怕死。因为在这次抗洪斗争中，群众都看到了，哪有险情，哪就有干部，在无数次堵漩涡、涉激流中，都是干部第一个跳下水。干部一跳，群众便扑通扑通都往水里跳。

县、乡、村干部们都上有父母，下有妻儿，尤其是家住滩区和灾区的干部，在家有灭顶之灾、亲人有生命危险之时，他们都能明大义、识大体，真正显示了一个共产党人先人后己的品德。这样的例子太多太多。

原阳县蒋庄乡党委副书记赵纯伟，家中也被大水淹没了，他家有80多岁的老母重病在床，可他在原阳幸福堤险工险段上连续奋战了4天4夜，他脚上起着血泡，眼睛布满了血丝。8月9日，我们在扬厂涵洞口处问他，家中有消息吗？他难过得背过脸，喃喃地说，不知道。

封丘县孙庄乡顺南村党支部书记丁孝田率领着村民在村东护村堤上奋战，三天三夜水高堤高，可谁知大水抄了后路，从村西涌了进来，丁孝田家也立刻进了水。丁孝田几过家门而不入，组织群众往大堤上转移，当大家都携着“金银细软”跑出来后，丁孝田赤条条空手最后一个撤出了村庄。

8月8日，原阳县陡门乡阎辛庄支书鲁照堂分发上级拨给的方便面，他的姐妹们说，给咱爹留一袋吧！但鲁照堂却说，先紧着群众吃饱。硬是一包方便面也没给父亲留下。

干部关心群众，群众心疼干部，封丘县县长王建勋从齐腰深的水中出来时，群众马上给他找了条干裤子。旁边放张床，大家执意让县长坐，王建勋让群众坐，群众却说，县长不坐我们都不坐。

封丘县司庄乡干部王建议在堤上工作，26个小时没吃饭，一个不认识他的农民将塑料袋里装的两个馒头、一疙瘩咸菜硬塞给他。王建议感动得差点落泪，他转过身，在堤下的一棵树下蹲下来，背着这个老乡狼吞虎咽地吃起来。

还有许许多多的各级、各界干部，都在抗洪第一线中作出了表率。新乡市河务局局长张柏山每日奔跑在抗洪前线。有一次，他一天内竟三下原阳。

北站区（凤泉区）、郊区、新乡县、延津县、获嘉县也有许许多多的感人事迹，原谅我们的采访有限，篇幅有限，这挂一漏万的报道是我们整体干部在抗洪斗争中的集体写照，它体现的是我们整个干部队伍的精神风貌。

战士是一根桩

“你们写写解放军吧！”在太行山，饱受山洪之灾的村民们含着热泪对我们说，“你们可得替俺给解放军请功呀。”在黄河大堤上，刚刚从洪水中死里逃生的群众听说记者来了，跑了3公里路找到我们恳求着。几天的采访，我们所到之处，听到的是解放军出生入死救百姓的故事，看到的是解放军战士置生死于度外，战洪魔、保人民惊心动魄的场面。一个个故事，一个个场面，再细腻的笔触，再形象的言辞，也难刻画出军人的伟大，难以诉说新乡人民对子弟兵的感激之情……

让我们把视线移回到8月4日至8日那段难忘的日子吧。

平时你也许体会不出“哪里有危险，哪里就有子弟兵”这句话的分量，然而就在抗洪抢险的日子里，我们最可爱的人却在用汗水、用鲜血、用生命为这句话做着生动的注解。4天时间里，驻我市某集团军共出动兵力2000多人、车辆120台、冲锋舟98只，抢运物资18.5吨，填运土3750立方米，装填麻袋4.7万条；解救、转移被洪水围困的群众5025人，总行程20850公里。数字是抽象枯燥的，数字后面的故事却是真挚感人的。

8月4日凌晨，辉县市向54800部队求援，该市西平罗乡西鹿村遭洪水袭击，水深已达2~4米。400多名群众或爬上屋顶，或抱住大树等待救援，生命危在旦夕。部队接到命令后，李天平参谋长立即率领300名战士风驰电掣般地向该村进发。在村中，他们用4只冲锋舟解救了几十名被围困在水中的群众。

村民常狗被水堵在屋里，不断上涨的洪水已淹到他的脖子。解放军伸出手，把他从死亡的边缘拉上了冲锋舟。

一对年轻夫妇抱着半岁的孩子在水中站了近10个小时，大人体力已经不支，孩子受雨淋、惊吓高烧不退，把生的希望带给了这个三口之家。

经过2小时的奋战，被洪水围困的近400名群众全部脱险。在解放军离开之际，被救的群众含着热泪大声呼喊："解放军万岁！""永远不忘恩人解放军！"发自群众内心的欢呼声在浊浪上飘荡……

辉县市赵固乡大沙窝村地处石门水库泄洪区，湍急的洪水将正在河道中挖沙的17名群众围困在一个个沙丘上。激流的哗哗声在数公里以外便可以听到，几十公斤重的鹅卵石刚刚投入水中就立即被冲走，洪水流量达1065立方米/秒。

河道中的沙丘被洪水越冲越小，岸上大沙窝村的村民和他们被困在沙丘上家人的哭喊声被哗哗的水声所吞没，人们在肆虐的山洪面前显得无能为力。在危急关头，人们看到了草绿色的军车。"解放军来了！""救星来了！"人们在岸边大声呼喊。54800部队防化连的26名战士在科长邹永华的带领下急速赶到了这里。战士们欲用冲锋舟横渡至沙丘解救被困的群众，谁知冲锋舟刚放下水，就被冲跑20多米远。最后只能横游到沙丘上，一个水性极好的战士刚刚跳入水中就被冲倒，其他战士用绳子吃力地把他从水中拉了出来。17名群众所在的沙丘被洪水蚕食般一块块啃掉了，他们的生命像风中的烛光随时都会熄灭。

战无不胜的子弟兵，在山洪面前岂能退缩！我们最可爱的人又跋涉700多米，来到被困群众的上游。岳伟、李延平、吴建东、占士东等身系绳子，跳入了激流之中。他们利用山洪的冲力向下游的沙丘漂游。山洪似乎被这群斗胆包天的人激怒了，挟裹着他们向下游冲去。他们身上与岸上相连的绳子在激流中一会被水高高弹起，一会又在水面上击起串串白浪。经过十几分钟生与死的较量后，他们终于把绳子送到了被困群众所在的沙丘上。他们用这根绳子从岸上拉过一条船，让被困群众坐上船，由岸上的群众把被困的人们从激流中拉了出来。岸上的哭喊声变成笑声，变成了欢呼声，"感谢解放军！""解放军是救命大恩人！"的口号在天地间回荡，压过了山洪的吼叫声，压过了惊天的雷声！

人民军队人民爱，人民军队为人民。在辉县市占城乡，一支军队解救被围群众，群众为迷途部队带路的故事被传为佳话。8月4日下午，占城乡周地村告急。该村方圆几公里水深达3米，700多名群众被围困在村中，洪水不断漫溢过护村堤。这里水情复杂，水下密布的庄稼、树杈，不时阻碍着冲锋舟前进。前来救助的54800部队的战士跳入水中，推着小舟向目标靠近。5日凌晨，被洪水围困的群众全部被救出。当战士们欲撤出这一地区时，漆黑的夜色，一望无际的大水使他们迷失了方向。他们在逆流中摸索了4个多小时依旧未找到归途。"解放军怎么还没上岸？"被救上岸的群众心急如焚地翘首向汪洋之中眺望着。夜幕之中，群众自发在沿岸打开了20多盏应急灯、手电筒，公安局也把警车开到了水边，警灯划破夜的黑暗。茫茫黑夜，几百米便有一盏闪烁的灯为战士们指引方向。人们沿着水边焦急地呼喊，解放军在哪里？解放军在哪里？顺着这灯光，部队的战士们终于找到了归途，安全返回到岸上。

卫辉市上乐村乡小河口村的村民们，一提起解放军就会想起8月4日那个难忘的一天。这一天，战士们用血肉之躯在洪水中组成了一道特殊的长城，被洪水围困的村民们凭借着这一道长城，从死亡走向了新生。小河口村是卫河、共产主义渠、淇河的汇集之处。8月4日，该村因水泄不畅，被围。下午，村子四周护村堤外的水已经齐胸深，而且水还在继续暴涨。未来得及转移的300多名村民被围在村中，他们的生命时刻都可能被洪水吞噬。54792部队的战士赶来了，在政委鲁自玉的带领下，120名战士纷纷跳入水中，向小河口村进发。水势有增无减，水面波涛起伏，稍不小心就有可能被激流冲走。为把群众救出村，战士们在水中手拉手排成两道人墙，人墙的中间行走着小河口村村民们。三行队伍在波涛中艰难地向岸边行进，行进！这道特殊的人墙在救出第一批群众后，开始营救第二批群众。子弟兵血肉之躯组成的人墙，就是小河口村人的生命线！这道绿色的长城是一座不朽的丰碑，它永远矗立在小河口村的人心中！

瘫痪的村民张树旺望着不断涌入屋内的大水，闭目躺在床上等死，亲属们束手无策，哭成一片。是8名子弟兵涉水1.5公里，用平车把他抬出了村，送到了对岸，他的伯母李瑞芝感动得跪在地上给战士们磕头。

生孩子不到一个月的产妇李惠英，正在为不能下水而犯愁。解放军来了，他们用平车把她高高托起，蹚着齐胸的水把她送上了岸。李惠英的家人在岸上拉着解放军战士的手想多说几句感激的话，可战士们挣脱开来，又冲向洪水去解救其他村民了。淳朴的农民望着战士远去的背影，喃喃地说，俺大人、小孩的命都是你们给的，你们是俺家的恩人呀！

让我们把视线再移向那古老的黄河岸边吧，在那里，54774部队、54796部队、54776部队、54792部队的战士们用实际行动奏响了保卫大堤、保卫新乡、保卫华北的新时期的黄河大合唱……

8月6日上午10时，原阳县柳园灌区引水渠在蒋庄乡杨厂村与幸福渠交叉的穿河涵洞溃决。汹涌的洪水冲过涵洞，将北岸河堤冲决，又咆哮着冲进了村庄，淹没了田野，直扑黄河大堤。如不及时堵住，洪水一旦冲毁涵洞，冲决幸福渠，不但会使黄河大堤南侧所有村庄和庄稼毁于一旦，而且顺堤行洪，将直接危及黄河大堤的安全。险情就是命令。千钧一发之际，李天平参谋长率领54792部队的战士与54774部队的战士汇合于一处，及时赶到了现场，一场战水魔、堵涵洞的战斗打响了。涵洞面前的水面，一个个直径近2米的大漩涡令人生畏，6米长的大木料投入水中一眨眼的工夫便从涵洞的另一边粉碎而出。要及时、准确地堵住涵洞，就必须探明水下情况。战士张启有冒着生命危险，腰系麻绳，毅然跳入水中。漩涡中的他，像被狂风肆意扬起的一片树叶。最终坚强的他测出了水深和涵洞的具体位置，使填堵涵洞的物料投放更加准确。由于洪水来势迅猛，需用铁丝或麻绳将投入下去的物料捆绑住，战士牛成柱主动请战，连续在近100米宽、10余米深的幸福渠内游了13个来回，把一根根绳子系在了北岸的杨树上。经过整整54个小时奋战，涵洞被堵住了，洪水被制服了。在这54个小时中，战士们从洪魔中挽回了十几万人的生命，从洪魔的嘴边抢回数万亩良田。在这54小时中，战士们连续奋战使他们体力消耗严重，口干舌燥又无卫生的饮用水，不少战士实在口渴难忍，便趴在路边喝黄河的积水，拉都拉不起来。施工轮换的间隙，从堤上下来的战士一坐下来，身子便不由自主地歪向一侧，倒在潮湿的沙丘睡了起来。为抵御黄河边蚊子的进攻，不少战士在休息时头上、脚上分别套着编织袋。8月8日晚7时，完成堵口任务的部队奉命撤离，战士手拎着湿漉漉的军装，他们的旁边，就是一摞摞装土的编织袋，但没有一个战士动手拿一个。“不拿群众一针一线！”这是中国人民解放军的纪律。这支有着红军光荣传统的队伍就是这样两手空空、一身疲惫地撤离走了。临行前，他们还不顾劳累，将施工现场打扫得干干净净。原阳县委书记邓琳望着一个个解放军战士，激动得在讲话时喊破了嗓子，他说，我代表原阳60万人民对参战的全体指战员表示最真诚的感谢……热泪在这位中年汉子脸上止不住流下来……

“西瓜兄弟”的故事作为我军纪律严明、爱护人民的典范被人们从战争年代一直口口相传到现在。而今，在原阳县张王屋村，一个类似的故事也在被传颂。猛涨的大水把张王屋村1600名村民浸泡在汪洋之中。蒋于华副部队长、李天平参谋长带领指战员乘着冲锋舟赶来了。他们把灾民一个个扶上冲锋舟，送上岸。水中的庄稼、树杈使冲锋舟无法靠发动机行驶，指战员便担当起水手。由于冲锋舟少，为把群众全部救出来，每只舟至少要划40个来回。战士们胳膊酸了，背疼了，就用绳子拽着小船走，手磨起了一个个血泡，战士们谁也没喊疼。长时间的奋斗，战士们渴得嗓子像要冒火，但汪洋之中哪有饮用水？“苹果！”不知哪个战士看到不远处有一片露出水面的苹果树。刚刚成熟的苹果，把枝头都压弯了。“这苹果可真多！”“这苹果可真大呀！”战士们边议论边划桨，但冲锋舟始终没有偏离航向。1600多名群众全部得救了，完成任务的战士口渴难耐，就伏下身去喝路边的积水，苹果还是那样静静地在梢头挂着……

灾区群众讲起驻军抗击洪水救助人民的感人故事，如滚滚的黄河水滔滔不绝。但你若问问那些被救助的人："是谁救了你？"他只能告诉你："是解放军！"解放军，子弟兵们共有的名字，它是那么响亮！其实，我们的每一位指战员不仅都有自己的名字，也像常人一样有着自己的感情，有着自己的困难。他们在抗洪抢险中付出的不仅是体力还有生命。让我们记住那一个个在关键时刻把生的希望让给群众，把死的危险留给自己的英雄的名字吧……

吴国良，22岁，中国人民解放军54796部队战士。8月5日在获嘉县照镜乡冯村为解救被洪水围困的群众，跳入500米宽的激流中，被洪水卷走牺牲。他的家乡山东省滨州市沾化区黄升乡前皂村也同样遭受着洪水的袭击。家里没有一个男劳力，房子漏雨，母亲病重，不得已家里给他发了电报。连、团也已批准他探亲。可当他看到部队驻地汛情紧急，硬是收起了电报，毅然加入抗洪的队伍中去。

杜建远，54792部队排长。部队在向黄河大堤开拔时他已被诊断患了急性阑尾炎。他忍着剧痛来到黄河幸福渠堤这一最险要的地段，38小时的肩扛臂拉之后，他疼得昏倒在沙滩上。当人们把他送到原阳县医院，大夫们打开他的腹腔时，在场的医护人员都惊呆了，此时杜建远的阑尾已经穿孔，脓血已进入他的腹腔。手执手术刀的刘主任感叹说，不可思议，这么重的病，还在大堤上干了近两天的活，没有超人的毅力是坚持不下来的。

范厚友，54800部队通信科参谋。抗洪期间，家里连向他发来三封"父亲病危，速归"的电报，他把电报揣进怀里，义无反顾地奋战在抗洪第一线。8月8日，他完成任务回到部队，手指颤抖着拨起了家里的电话，他不知道此时父亲是死还是活。

易家良，54800部队战士，为解救郊区小朱庄附近被洪水围困的群众，他与战友连续奋战了三天三夜未休息。8月7日上午，当他背一位老人涉水时，终因体力不支昏倒在水里，被送到公立医院抢救。医院的护士听了他的事迹后，深受感动，主动掏钱给他买来饭菜、衣服。液一输完，易家良便自己拔下针头又回到了抢险第一线。

在参战的官兵中，有一位军人，我们虽然在抗洪一线看不到他的身影，但全市8路部队抗洪大军（辉县西平罗乡、辉县赵固乡、辉县占城乡、原阳桥北区、原阳幸福渠堤、原阳张王屋地区、获嘉照镜乡、新乡县大块乡和郊区接合部）时刻都能听到他的声音，他就是54800部队首长吴巍微大校。自8月4日凌晨抗洪抢险的战斗打响后，他两天三夜未离开作战室。各路险情向他汇集过来，集团军的条条命令向他下达。在这两天三夜里，他一眼未合，送到作战室的饭菜总是热了又凉，凉了又热。在他的精心运筹和巧妙指挥下，我市始终有抢险的机动兵力，哪里出现险情，随时都能派出部队去抢险。

在这次抢险战斗中，我市驻军提出了一个响亮的口号：一个干部一杆旗，一个党员一根桩，一个支部一堵墙。指战员们用自己的血肉之躯实现了这一崇高的目标。四天四夜的抗洪战斗下来，许多官兵感冒、发烧、腹泻，更为严重的是由于整天泡在脏水中，80%的官兵的大腿、裆部发生了溃烂。参战的官兵，用自己的痛苦为灾区人民换来了生命的安全！

洪魔被我们的威武之师降伏了，战士们用汗水、鲜血、生命谱写的壮丽诗篇使得任何赞美的语言都显得那么无力。谁说是“铁打的营盘流水的兵”，在抗洪抢险中为新乡人民做出过奉献的2000多名战士们，无论你们走到何方，新乡都是你们的第二故乡，你们的名字将永远记入新乡的史册，留在新乡人民心中！

群众是一堵墙

大水考验着我们的每一位干部和军人，同时也考验着每一位群众。面对着滔天的洪水，绝大多数群众没有怯懦，没有观望，他们在各级干部的带领下，同洪水展开了殊死的搏斗，尽最大的努力保住了自己的家园。

辉县市占城乡王官营村地势低凹，在历史上，占城乡一带只要遭水灾，王官营村就无一幸免。今年，全村群众众志成城，誓不向洪水低头。村里120名小伙子组成了抢险队，其他群众也全都上了护村堤。男女老少注视着各个险段，哪有险情，就敲锣为号，大家便齐聚而去。抢险需要物资，大家纷纷拿出自家的树木、门板、平车、床、麻袋，没有一个人说钱，也没有一个字造册登记。一位70多岁的老人把自己床上用的草垫也拿到了堤上，她说，我老了，上不了大堤，这点东西还有用。全村人在护村堤上坚守了一天一夜，始终没让洪水漫进村来。

辉县市郭亮村32岁的妇女间树莲，在村口开了一家小百货店，夜里大水突然封住了店门，水迅速进入她的商店。她惊醒后，便立刻站到了冰箱上，但水仍在猛涨，她机智地沿着房梁从门框里爬出来上到房顶。水渐渐地把房子也淹了，她沿着房子又爬到了一棵大树上，靠着这棵大树，她坚持了一夜，直到被人救出来。

大水没有把群众吓倒，在大水面前，群众表现出空前的团结。大家发扬共产主义风格，互相帮助，让没饭吃的人有得吃，没家的人有了家。

在107国道桥北段，当原阳的部分灾民迁移到这里时，正碰上路边有卖桃的。卖桃的是一个老汉和一个孩子，老汉瞅见这么多灾民便再没有心思做生意。他让灾民们到他的车前排好队，一个人分几个桃，直到把他的一车桃全部分完。老汉和孩子才拉着空车走了，人们没有记清他是何方人氏，没有记住他的尊姓大名。但这车桃子让灾民们知道了他们并不孤独，他们后面有无数陌生但热情的亲人。

在长垣赵堤乡，一位老人送来了两份干粮支援灾区。乡里的人说，你交一份就行了。老人说，我有个儿子在外地工作。乡里人说，外地工作的人不算。老人说，我儿子是从咱家乡出来的，今天家乡受灾，他也理应算一份。还是在这个乡，有个跑运输的青年，找到乡领导说，这几天我不跑运输了，我有一辆小“奔马”，你们把我派到大堤上吧，运人、运粮运什么都可以。

在辉县占城乡周屹档村，当部队战士救援完毕上岸后，沿岸几家商店的小老板将店里的方便面、矿泉水统统搬出来，硬往战士们手里塞。在原阳蒋庄乡杨厂堵涵洞最后的战斗中，战士们收到了许多矿泉水、西瓜、干粮。到今天，也查不清这些东西是哪家送来的。

原阳人爱喝酒，这几日，黄河大堤外凡有接受灾民任务的乡村酒店生意格外的好。哪家接受了灾民来住，第一顿几乎都摆“接风宴”，没条件的在家摆，有条件的下馆子。主人们端起酒碗对灾民说，来这儿别认生，只当是自己家，大水让咱们结了亲戚。我们采访了几家酒店安顿下来的灾民，询问他们生活好不好？主人嫌弃不嫌弃？灾民们流着泪说，好，真比家都好，我们跟亲戚一样。大家都表示，就算水退了也不能断来往。

原阳县蒋庄乡东王屋村被一片大水包围着。8 月 9 日，在那临时的渡口旁，我们碰到了背着一布袋一布袋馒头的人群。这是大堤外的群众给灾民们无偿提供的馒头，堤外一个乡一天要蒸 5000 公斤馒头，然后背到堤上送到灾民手里。我们划着橡皮船进入到东王屋村，见许多群众的房屋被洪水冲塌了。我们问正在抢救东西的群众：“夜里怎么住？”群众说：“有地方，邻居家乱抢哩。”“吃饭呢？”“也到邻居家。”

洪水让大家打破了县、乡、村的界线，只要你有难，八方都会伸出援助之手。

8 月 5 日，辉县市占城乡南凡村被洪水围困，南凡村向 2.5 公里之外的获嘉县安村告急，安村的群众立刻组织了抢险突击队急奔南凡村。当时南凡村的洪水有 1 米多深，安村的群众毫不犹豫，背着孩子，搀着老人，经过 6 个小时的奋战，将 300 多名老弱群众解救出来，并抢救出 5 万多公斤粮食。

郊区牧野乡小朱庄村周围 3 公里长的防洪大堤出现险情后，平原乡的群众立刻组织起来前去抢险。下达的抢险名额是 50 名，却有近 100 人报名。平原乡的群众和小朱庄的群众肩并肩战斗了 17 个小时，使全村 1300 多人无一人伤亡。

8 月 4 日下午，卫辉市上乐村乡小河口村的 300 多名灾民被救出后，有 200 多人无亲无友可投靠。上乐村的大喇叭播出灾民需要帮助安置的消息后，上乐村的群众纷纷去领取灾民，到了最后，由“领取”变“抢”，200 多名灾民被一“抢”而空。没抢到灾民的群众心中不安，从自家拿出水果、干粮、衣被送到有灾民的群众家中。

在抗洪抢险斗争中，许多村庄、群众发扬了“龙江”风格，宁愿自己做出牺牲，也要保证全局的胜利。

北站区（凤泉区）的李士屯桥是李士中村民集资 23 万元建造的，它是李士屯村的交通枢纽。但为了加快共产主义渠洪水的排泄速度，确保上游辉县市、新乡县 280 万亩庄稼的丰收，在接到市防汛指挥部炸桥的通知后，李士屯群众没有怨言，甘愿做出牺牲。8 月 9 日 11 时 43 分，随着“轰隆”一声巨响，李士屯桥在李士屯村民的眼睛中消失了。

洪水使灾区的人民受到了巨大的损失，全市人民不用号召就都自觉行动起来分担着灾区人民的痛苦，承担着他们的困难。一方有难，八方支援，一个向灾区人民奉献爱心的活动正在全市群众中广泛展开。钱、食品、衣服、建筑材料正从各方面汇集而来，源源不断地发往灾区。有全市人民做坚强后盾，还有什么困难不能克服、什么险境不能渡过呢？

尾声

曾经不可一世的洪水在我市党政军民顽强的抗争下终于敛声屏气地退却了。

当我们高歌奏凯旋之时，我们应该静静想一想，这场百年不遇的洪水告诉了我们什么。

我们许多人民暂时失去了可爱的家园，我们本不富裕的滩区、山区和平原的广大农村经济受到了前所未有的破坏，我们不得不用几年甚至十几年的努力去弥补洪水给我们带来的困难。

然而，在这次大洪水中，你更应该看到，我们的各级党组织表现得多么刚强。他们处变不惊、指挥正确、决策果断，为赢得这场抗洪斗争的胜利起了至关重要的作用。你还应该看到，我们的各级干部在这次抗洪抢险中不怕牺牲、身先士卒、公而忘私、英勇奋战，真正体现了共产党人全心全意为人民服务的崇高精神。这次洪水，更加凝结和巩固了我们的党群关系、干部关系，这是用多少金钱都换不来的理解和信任。大堤上的灾民说得好，共产党伟大、干部们真行。

在这次抗洪中，我们可爱的解放军真正起到了中流砥柱的作用。他们纪律严明、作风顽强、英勇善战、敢打敢拼，的确是一支无坚不摧、战无不胜的威武之师。“人民的军队人民爱，人民的军队爱人民”，每个抗洪前线，都有“军爱民民拥军，军民团结如一人”的颂歌奏响。洪水使我们的军民关系更加密切，更加水乳交融，为我们新乡“创建全国双拥模范城”增添了浓浓的一笔。

洪水同样考验了我们的人民。临危不惧、英勇奋战、克服困难、自救自助，表现了灾区人民有信心、有能力战胜洪水的决心。识大局，顾大体，一人有难众人相帮，团结互助，共担困难，显示了我们全市人民的共产主义风格。

洪水一天天在消失，但洪水中闪耀出来的精神将会永存，它将会陪伴着我们在新乡市委、新乡市政府的领导下，以省三级干部会议精神为动力，克服困难，迎接挑战，去夺取新的一个又一个胜利。

（1996 年 8 月 19 日《新乡日报》）

重读札记

久居报社，日子忙且杂乱，很想找一个地方清净清净。当年在辉县凤凰山近一周的采访给我的震动很大。尽管此时我已在报社待了15年，辉县山里也常去，但我还没有真正了解山村和山民。当时稿子发了以后，反响很大，也有单位上凤凰山送了许多物资，这说明很多单位和个人像我们一样，先前只看到了山清水秀。2022年初夏，我和郑敏锐时隔15年又去了凤凰村，当然这里已经成为旅游景区，山民们已经不仅仅靠山货吃饭了。当年尚有8个人的凤凰村已经只剩下申软山书记老两口，我看到了老书记家里贴的扶贫对象的标识，心里百感交集。老两口为我们准备了丰盛的饭菜，铺好了干净的床被。我们准备好的饭钱和住宿费始终没敢拿出来。

山腹里的蠕动

——辉县市凤凰山村“下马观花”记

（一）

去凤凰山村的时候，我们还不知道凤凰山村。

1997年7月7日傍晚，我和摄影记者郑敏锐来到了辉县市三郊口乡（现南寨镇的一部分），这是和山西共枕一座山梁，在辉县面积最大人口却最少的贫困乡，全乡人口四千多人。乡党委书记董建敏问我们，你们准备去哪儿采访？我说，最偏僻、人迹罕至、贫困的地方。董书记说，那就去凤凰山村吧。你们什么时间出发？我说，最好今晚能到达村里。我们又问，凤凰山离乡里多少里路？董书记说，大约四十公里吧。我听后心里就“咯噔”一下。

乡里的汽车是一辆红色的“切诺基”，这种车底盘高，前后加力，最善于跑山路。汽车先在山下路边一个饭店门口停下，董书记和司机往车上放了许多茄子、菜辣椒和洋葱。董书记说，山上的群众吃菜大都是晒干的豆角和萝卜，怕你们受不了。汽车快入山西地界时，董书记指着几乎在头顶的山头说，那就是凤凰山村，但我们要从山西绕过去。

车进山西不久，便开始走山道，山道坎坷不平且窄得几乎刚容下一个车身。陡弯很多。汽车一边贴着山壁，一边临着深渊向前行驶。我心里很害怕，眼直瞪瞪地望着前方，其实郑敏锐的心里也害怕，这是他后来告诉我的。

汽车在我们的不安与恐惧中走了近一个小时，天黑下来的时候，我们到了目的地窑沟村。这是隶属凤凰山村的一个小自然村，之所以到窑沟，是因为凤凰山村的支部书记就住在这里。

支部书记叫申软山，今年 48 岁，当时他正和一群村民们围着一个废弃的磨盘吃饭，看见我们，他便迎上来。后来我知道，围着磨盘吃饭的竟是窑沟村的全体村民们，确切地说，窑沟村只有两户人家共 8 口人。

（二）

那个夜晚，前半夜我没睡好。没睡好的原因是山里太静，静得好像没了世界没了时空，耳朵里让寂静给吵闹得一直有一种“嗡嗡”的声音。第二天一早，一阵琅琅的读书声撞醒了我的梦。这么早，谁家的孩子在读书？往屋后一看，竟有一所“袖珍”小学。小学只有两间教室，一间已经废弃，一间坐了 12 个孩子。后来我知道，小学叫凤凰山村小学，附近自然村的孩子都来这里上学。我进教室时，孩子们正扯着喉咙早读，声音清脆而嘹亮。

房子是石头砌的，黑洞洞的很简陋，桌子板凳高低不平，赤裸着木头的原始色，墙上用黑漆涂出一块黑板。孩子们发现了我的出现突然不读了，他们用惊奇、疑惑的眼光看着我。我说，你们读书吧。孩子们又各自嘹亮地读起来。

我在讲台上翻看孩子们的作业和课本时，竟翻出一张辉县市第四人民医院的肝功化验单和几张中西药处方，抬头的名字是李文明。可以肯定，58 岁的李文明是这个学校的老师。我在走出教室时，正迎上李老师，其实昨晚我们已经见过，他是窑沟村的 8 个村民之一。李老师显然有病，从他的略黄和消瘦的脸上，能感觉出来。在后来几天的接触与闲谈中，我得知，折磨他的是几十年的胃病。尽管去年一年中他花了四千多元的医疗费，吃遍了所知道治胃病的中西药，但都功效不大。我劝他说，胃病要吃药但也要营养，比如喝牛奶，吃新鲜蔬菜和肉、蛋等。他笑了笑，后来我知道了我当时的无知和蠢笨。

李老师在山里整整教了 40 年书，凤凰山村 50 岁以下的人几乎都是他的学生。李老师是村里最关心国事的人之一。那次我们和他及他的老伴一起去山上敲杏，李老师问郑敏锐贵姓，郑敏锐说姓郑，郑州的“郑”。李老师说，是郑永和的郑吧？这之后的谈话中，他一共 5 次向我说起郑永和。后来我问他，你知道吴金印吧？他说，听徐老师说过。徐老师前段在山下学习了 3 个月呢。

李老师说的徐老师叫徐成秀，今年 38 岁，1976 年高中毕业后就到了凤凰山教学。这之后，他有许多次令当地年轻人羡慕的下山工作的机会，但凤凰山的老书记说，都下去了，凤凰山的孩子怎么办？他就不再提下山的事儿了。后来我知道，那老书记就是他的父亲。徐老师住的自然村叫兵部站，离窑沟有 2.5 公里。那天我们去了兵部站村，2.5 公里山路走起来感觉比城里的 5 公里都长。在村里，我们见到了徐老师从山西娶来的媳妇，也见到了徐老师 13 岁和 7 岁的女儿。大女儿有些痴呆，13 岁了一字不识，跟着郑敏锐后面一直要照相机。7岁的女儿正在兵部站小学上学，但她的腿却有严重残疾。两个女儿生下来时都很健康，都是后来患病，又因山里卫生条件差孩子得不到及时正确的治疗而落下的。

两个女儿无疑是徐老师心里沉甸甸的苦痛，好在徐老师和李老师所在的凤凰山村小学在全乡每年的考试中都名列前茅。这之后，我每天都要到房后的教室里看分属于一年级至三年级的12个学生上课。这些穿着普通甚至破旧的孩子，这些身上脏兮兮的孩子让我们涌出深深的同情和爱怜。每当孩子们课间休息时，12个孩子便散坐在我们旁边，听我们和老师的交谈。我问，山里的孩子应该很活泼的，下了课怎么不活动呢？老师们说，孩子见了生人都稀罕，听咱们说话呢。接着老师就向孩子们喊，活动活动，尿一尿，一会儿上堂。

（三）

在我下山的第二天，天淅淅沥沥地下起了雨。我兴奋无比，我从来没像今天这样感受到天气对于农业的重要，我想这雨一定也下到了凤凰山上吧。我在凤凰山上时，山上的农民每天都看天，乌云几次贴着山头过来却又几次悄悄地散去。太阳把山下许许多多的玉米叶子残酷地烤卷了起来，种下的豆子因为土地缺墒，竟没有力量拱出土壤。

我们所住的窑沟自然村海拔高度为920米，凤凰山村的最高山峰达1650米，而在新乡市的平原上，平均海拔只有60米。山上山风习习，凉爽宜人，在平原上吹着电扇都嫌热的时候，窑沟村每晚都要盖着被子睡觉，窑沟的人在六七月份都套着秋裤。在窑沟、在整个凤凰山村，没有一台电扇的存在，不是买不起，而是用不着。

比平原温度低得多的自然条件限制了山上农业的发展，平原上麦子收割的时候，山上的麦子还咬着青。农民们说，山上的麦子比平原至少晚熟20天。今年山上的麦子亩产在二百公斤上下，这已经是很好的收成了。冬天收白菜萝卜，7 月收土豆、豆角。别的蔬菜都不易生长，这就是今天农民的碗里常常都是晒干的豆角和萝卜的缘故。

大山在给凤凰山农民平均不到一亩瘠薄土地的同时，却又赐给了凤凰山村约一万亩的山林。七月，满山翠绿，山楂、核桃、柿子都挤出了一簇簇青果，树上的杏儿也泛了黄，这就是凤凰山农民的“钱袋子”了。

山楂确实红了一两年，那个时候每公斤山楂能卖到两块钱以上，也就是那个时候，凤凰山村的不少农民购置了至今只能收着一两个台的黑白电视机。可山楂火的时间很短，今天凤凰山的山楂切成片晒干了也就 0.80 元 / 公斤，约 5 公斤山楂片能兑换 1 公斤大米。那天我们跟李老师一起去山坡上敲杏的时候，我曾问，这杏儿刚泛黄敲了岂不可惜？李老师说，这杏儿山里人不吃，又卖不出去，只好把杏肉剥了卖杏核儿，杏核儿 2.40 元 / 公斤。那天，我们 4 人在山上敲了一箩筐杏儿。按李老师的估计，能剥 1~1.5 公斤杏核儿，也就是说，我们 4 人的劳动价值仅有 3 元左右。

农民在靠山吃山，动物也在靠山吃山。猴子、地獾、松鸭、松鼠都是吃粮食和山果的好手。农民说，松鸭吃核桃的技巧比人都高明，且无法捕捉。松鼠极其活跃，大清早在一块无人收割的麦田里，你可看见麦子在四处摇动，那是松鼠们正在贪婪地吃“早餐”呢。

在我们到达村里的第一天晚上，有两个李沟自然村的农民提着手电前来书记家报告，说山上圈的羊“咩咩”大叫不止。这不能排除有豹和狼的可能，因为在去年，山顶上曾有 10 只羊不翼而飞。农民们猜测，罪魁祸首很可能就是多年未出现的豹或狼。那晚，农民们没有枪，就在夜里大声呼喊以吓跑野兽。后来我们再询问此事时，方知是一场虚惊。

在山里，我见过两次蛇，一次是跟着书记去山涧挑水，在路上横着一条两尺长的大蛇。书记见状，拾起一块石头向蛇掷去，蛇才疾速钻入树林。另一次是我和郑敏锐去山间小溪洗澡，一条黑蛇正在卵石间爬行。农民们告诉我，山里的蛇有几十种，毒蛇很多。蛇一般也怕人，但就怕蛇临近了人才发现或在草丛中踩到蛇，蛇这时就会咬人。在这之后，我每每在山上的草丛间走，都要拿一根棍子在前边“打草惊蛇”。

（四）

在窑沟村5天，我们没吃到一点儿肉。在山里，即使你有钱，也难以买到东西。农民们要买肉，要走2个小时的山路到山下去买。因为经济和路途的关系，凤凰山的农民一年一般只吃两回肉，一次是过年，一次是中秋节。就是平时买一包火柴、一盒烟也是要跑到山下的。山里为什么不开小卖部？农民们说，山里人太少，小卖部的生意顾不住本，所以小卖部始终开不起来。

窑沟村的村民的酱油和醋大约2个月买一回，到时候有商贩往山上送。申书记家每回都是酱油、醋各买5公斤，盐却是一买就是50公斤，够吃几年，这大概是盐不生虫好放的缘故吧！

在窑沟村，我共见到了3次商业活动。一次自称是鲁山县的一男一女背着小包袱卖床单，一边向在窑沟村的村民讨了一碗水喝，一边把花花绿绿的床单放到青石板上让人观览选购，但窑沟毕竟户少人稀，一个床单也没卖的两人又徒步上路；一次是骑着辆破“幸福”摩托的人来收野味，价格是活蛇20元/公斤，树獾40元/公斤，这位商贩在青石板上抽了支烟也是无功而返；第三次是两个农民来收杏核儿和其他药材的，这次生意做得极好。申书记家卖了杏核和一种叫“血参”的药材，共得27元，李老师的哥哥李文清半布袋杏核儿卖了44.40元，收杏核儿的给了李文清一张50元的纸币说，你找我5块6毛。73岁的李文清拿着50元钱快走到家门口时又拐回来对郑敏锐说，你看这钱真不真？

（五）

窑沟村原本不只有两户人家8口人，人丁最兴旺时达到了20多口，这几年随着劳务输出和人们渴望致富和交际的心理滋长，一批批年轻人下山后一去不返。同样在凤凰山村的其他自然村里，人口逐渐减少、村庄逐渐萎缩的现象也在发生。离窑沟最近的李沟村今天只有两户人家4口人，和兵部站村相近的三亩地村，原来也是20多口人，现在走得一个人也没有了，齐胸深的蒿草在空旷的石屋前摇曳。绵延7公里长的凤凰山村原来有12个自然村，现在只剩下了7个，310口人现在还有220口人。

年轻人的出走造成了两个不可忽视的后果，一是村里的孩子迅速减少，如凤凰山小学，原来在校生有近40人，现在只有12人。据两位老师说，今年将没有一个一年级新生，三四年之后，学校将会出现无学生可教的局面。再一个事实就是山里的男人娶不上媳妇也很普遍，山上的女青年大多嫁到了山下，村里剩的男青年无恋爱可谈。几年前，山西陵川县、壶关县因为相对贫穷，嫁到凤凰山村的不少。但这几年，由于陵川县、壶关县经济的发展和两省有关政策执行情况的不同，邻省山村之间的婚姻已经鲜少出现。

可以说，自然条件是限制凤凰山村经济发展的一个重要因素。然而不可否认的是，如果我们辩证地看，今天山区的发展同以往早已不可同日而语。比如道路，农民说，以前祖祖辈辈山里都是羊肠小道，哪见过凤凰山进来过汽车。在我们进山的第二天，73岁的李文清老人说，香港能回来，是咱中国强大了。我们问他怎么知道香港回归的，老人说，电视里看到的。凤凰山村今天还有一部电话，随时可以拨到国内的任何一个地方。说山里穷、苦、险、闭塞，都只是相对于山下飞速发展的工农业经济而言的。

（六）

其实我们这5天走马观花观察和思考的问题，村、乡党组织、政府早已深思熟虑，他们正根据自己的经济实力去努力扬长避短，使山区人民能过上更好的日子。

凤凰山村，一个美丽、宁静、清新的山村，在自然村与自然村之间的一个山头上，有一棵一搂多粗的大松树，人称“迎客松”。那天我特意上了山，亲自搂了一搂这棵巨大的松树。有人说，曾有凤凰栖息此树，凤凰山村由此得名，也有人说，四周有山形如凤凰，还有人说，远古时凤凰曾在此山中戏水。种种传说给这片几乎四面环山且又在众山之上的一村落留下了一个美丽的名字。

那天，我们要离开山村时，窑沟村全体村民依依不舍。我对我的房东、一个月只挣 77 元钱，但每日既要种地又要顾及全村事务的申软山书记说，我们报社有纪律的，我必须给你留下 100 元的饭钱。申书记说，山里是很穷，但我们真心欢迎你们来，也真想让你们多住几天，你要给饭钱就是看不起山里人。临走时，我悄悄地把钱放在了桌子上的应急灯下。

车开时，申书记的爱人丢进车里一兜山杏说，留在路上吃吧！待我把山杏拿到乡里打开兜时，却发现 100 元钱正安逸地躺在山杏里。

（1997 年 7 月 23 日《新乡日报》）

重读札记

当年在无意中得到了这个新闻线索，流着泪采访，流着泪写作，再读时依然泪目。常常想起焦裕禄，他们是一样的病，一样鞠躬尽瘁地工作，一样地把人民举过头顶。感动我们的都是细节，细节都是本质的缓缓流露。文章发表后的当月，新乡市委下发文件，号召全市的共产党员向苏宪美学习。在此，我想通过此文告诫我们广大的党员干部，要工作也要时刻关注自己的身体健康，只有有健康的体魄，才能有更多的精力和时间做更多的工作。

生命如歌

——记新乡汽车运输总公司二公司经理、党总支书记苏宪美

（一）

20多个青年司机跪在他的骨灰前咚咚朝地上磕着响头，一边磕一边哭一边说道，苏经理，你是好人……

1998年6月10日，新乡汽车运输总公司二公司经理苏宪美的生命到了最后时刻。肝癌病魔一刻不停地折磨着他，他躺在家里的床上，汗水浸透了席子。他从床这头滚到床那头，他扯自己的喉咙，他撕自己的衣服，然

而钻心的疼痛让他这个一米八的大汉一直呻吟不止。

他的爱人、医生郑凤英知道，和自己朝夕相处20年始终没红过一次脸的丈夫能和自己一起的日子已经不多了。她不知悄悄地流过多少泪，她一直没把他的真实病情告诉他。从3月中旬在北京诊断为晚期肝癌的那天起，郑凤英不止一次地劝丈夫住院，她想尽力延长丈夫的生命，她想让丈夫在最后的岁月里不再这么痛苦。可是，苏宪美一次次地拒绝了她。她知道丈夫是心疼花公司的钱，他总问，住一个月医院怎么也要花5000元钱吧？

其实她隐隐约约地意识到，丈夫大概知道自己患了什么病，不然从来没跟自己上过大街、没跟自己逛过公园的他为什么在北京看病的时候提出要到天安门前留个合影呢？那天去天安门的时候，苏宪美对她说，咱结婚20年了，我答应你多少回咱们要去旅游，可一直没有机会，在天安门前留个影就算实现诺言了吧。在家治病的这段日子，丈夫不是有一次说，公司的事我不担心了，现在大家心很齐，也有了一点儿家底，过三五年好日子不成问题，你们母女俩我也放心，党组织会照顾你们的。丈夫为什么不把病说透呢？他是不是也怕家里的人伤心呢？

这一次，郑凤英执意要说服丈夫，她真想大声呼喊，她真想翻了脸和丈夫吵，你知不知道，你已经活不了几天了，你给公司挣了多少钱啊？都已这样了，还惦着给公司省钱。但她一看丈夫强忍疼痛的脸，她又像每一次一样把话咽了回去。刹那间她眼眶里蓄满了委屈的泪水，这是第一次她在丈夫面前流下泪来，她说，宪美，你去住院吧，否则咱们俩都难受。

苏宪美这次像孩子一般地点了点头。

他们住的楼房后面，是二公司宽阔的停车场，150部客车每天在这里朝发夕归。站在房间里，大院里的情形一览无余。苏宪美现在又透过窗子看那已空旷的公司大院，现在他的150部大客车肯定行驶在各条线路上。在家治病的近三个月里，苏宪美的床头始终放着一副望远镜，他每天拿着望远镜朝大院里每一个角落看这看那。他常向妻子说，他准备在大院里这儿盖什么那儿建什么。有一次，他从望远镜里看见一辆车已日上三竿了还不出车，他就打电话给公司问这个车怎么回事。有一次，他看见归来的一辆车里有个陌生人在车厢里来回走动，他就打电话给公司工作人员说，你们去瞧瞧，别是小偷在偷车里的东西。当公司的人求证后告诉他是公司司机的家属在整理车厢后他才放心。4 月 30 日那天下午，他从望远镜里看见漆工房的灯光还亮着，他就打电话给办公室的工作人员说，马上要五一节放假了，灯还亮着多费电啊，快去把灯关了。整整伴他 22 年的大院太让他魂牵梦绕了，500 多名职工太让他牵肠挂肚了。他站起来，又依依不舍地用目光去亲抚着大院。他意识到了吗？这是他和他生命舞台的诀别。

这一天，苏宪美住进了郑州空军医院。到郑州住院，是苏宪美同意的，因为苏宪美的父母和弟弟妹妹都在郑州，大妹妹就在空军医院工作，这样家里人好照顾他。再一个原因苏宪美没说，但大家都知道，是苏宪美怕公司的人去看他。今年 3 月中旬，苏宪美从北京做完检查回到家，他就对和他一起去北京的邓亚南说，别跟公司的人说我回来了，就说我还在北京治病。邓亚南说，公司的工人有病你都去看，你有病大家也想看看你。苏宪美说，咱公司的工人都不富裕，他们来看我肯定要买点东西，那不花工人的钱吗？苏宪美到家后，二公司的领导来看他，他又一次对公司领导说，不许工人来看我，真来了我不会开门的。苏宪美的病情和他回来的消息还是不胫而走，工人都要去看他，但第一批人来的时候，苏宪美真的狠着心不给大家开门。他还对爱人和孩子说，我不同意不能给任何人开门，开了一次就关不住了，又耽误大家的时间又花大家的钱。

他去世后，工人说到这一点没有不掉泪的，大家为未能再看苏经理一眼，为没有表示哪怕一点点的心意而惋惜不已。工人争抢着诉说着大家有病时苏经理是如何操劳的。

1993 年，老司机张荣书正洗衣服时突发脑出血，苏宪美听到消息后马上赶到，亲自把他送到市中心医院，又是找医生又是找床位。后来张荣书病退时，苏宪美让公司给他在农村老家拉回了两车煤炭，并亲自把张师傅搀扶到车里。

老职工陈学林的小孩在北站出了事故，苏宪美知道后，先掏出自己的1000元钱对前去北站的人说，陈师傅家困难，这钱先用着，告诉陈师傅，公司的发展靠工人，公司绝不会让职工家人没钱住不上院。

苏宪美对二公司领导说，咱公司500多人是个大家庭，公司不管谁住院了，一定跟我说一声，我只要在家就要去看。

工人魏永林跑安阳时出了车祸，住进了市内某家医院，但治疗效果不理想。苏宪美去看魏永林时医生告诉他，病人的腿一直发炎，真不行要锯掉。苏宪美动情地说，他是开车的，不能没有腿，花多少钱跑多少地方都要把腿保住。最后他打听到洛阳有家医院能治魏永林的病，就让公司把魏永林送到洛阳治疗。去洛阳时，公司专门派了一辆舒适的依维柯车，可病人只能坐着，腿吊着很难受。苏宪美一看说，把车上的车座儿全都卸下来。于是大家把车座儿全部卸了下来，给魏永林铺了一张软软绵绵的床。到洛阳后，经过治疗魏永林的腿终于保住了。

站务管理人员崔征脑子得了病，苏宪美知道后马上就联系了北京的医院。后来这位女同志在市中心医院住院，苏宪美去看他时发现她思想上的压力很大，苏宪美就把公司抓妇女工作的干部找来说，你们要多去做做她的思想工作，不能让她想不开。

退休工人徐炳福的儿子去世了，苏宪美去探望徐师傅，当他得知徐师傅的房子漏雨时，马上就派人给徐师傅修房子。他得知徐师傅有病于是问，您为什么不看病？徐师傅说，我是老毛病，看也是得多花公司的钱。苏宪美说，不行，您今天就去输液，花多少钱公司拿。

苏宪美不止一次对身边的人员说，咱公司工人住院一律要派车接送，咱公司的工人看病，医疗费一定不能耽误，凡是工人该享受的一定要让他们享受到。

1995年的冬天，司机刘太安该出车了却一直没来，苏宪美不放心，就让人去司机家看看。一看原来刘太安一家三口都煤气中毒了。苏宪美知道情况后马上赶到了现场，安排三口人住院治疗。有位女工住院动手术，苏宪美半夜出差回来后知道消息，马上与公司在医院里的陪护人员联系，询问病人是否动了手术，有没有什么困难，并让他们别惊醒病人，明天就去看她。家居获嘉县的司机张洪彪修车时头受了伤，苏宪美当天下午5时得到消息，赶忙帮着买药，并联系动手术，直到第二天凌晨4时才回到家。

…………

苏宪美去世后，大家都憋了一肚子的心里话想对苏经理说。退休老工人李金合半身瘫痪，他执意自己拄着一根棍子一台阶一台阶艰难地挪到苏宪美家住的三楼，站在苏宪美的遗像前。他哭着说，宪美，你活的时候没少关心我，你得这么大的病，不让大伙来看你，大家心里不好受，我不富裕，拿30元钱表表我的心意。苏宪美追悼会的当天，20多位司机要求当天不出车去参加追悼会，他们对公司领导说，我们宁愿少挣一天的钱也要再见苏经理一面。公司领导劝阻大家，咱的线路不能停，苏经理在天之灵也不会同意这么做。20多位司机当天出车回来后都没有回家，集体来到安葬苏经理骨灰的烈士陵园，在苏宪美骨灰盒前，20多个青年人“扑通”跪倒在地上，咚咚地朝地上磕着响头，一边磕一边哭一边说道，苏经理，你是好人，你是好经理，你才45岁，你走得太早……

（二）

苏宪美的大妹妹是催他住院最厉害的人，她几乎是哭着对哥哥说，你要是心疼公司的钱，我们姊妹几个付钱行不行……

在郑州空军医院，苏宪美静静地躺在床上。每次醒来，他看到的都是亲人的面孔，爸爸、妈妈、弟弟、妹妹。他当经理6年，不知派了多少人去护理单位生病的职工，但他不让公司派人来伺候他。他觉得这次机会太难得，从工作以来尤其是当经理以来，他从来没有和家人团聚过这么长时间，多少次过家门而不入，多少回只能打一个电话问候父母平安。他是家里的老大，但从没有好好侍奉过父母一天，父母想他了就到新乡住一段时间，弟弟妹妹们更没有得到过他的关照。全家人都知道他忙，都让着他宠着他。1995 年他的孩子有病住院，爱人又恰逢出差，他在公司里又忙，他小弟弟专门从郑州赶来帮他照料孩子。

他望着已白发苍苍的父母，觉得真对不起他们。他管理 150 部客车，跑郑州的车半小时一趟，可他父母来新乡回郑州，苏宪美没让他们免费坐过一次车。每次父母来回都在自己儿子管的大客车上像普通乘客一样买票。那次，老家滑县的亲戚来新乡看他，临走时，亲戚们说，你公司的车多，把我们送回滑县吧。他说，不行，公司的车不能坐。他把亲戚送到长途汽车站，给买了车票送上汽车。他望着妹妹，大妹妹对他操的心最多，大妹妹是催他住院最厉害的人。可有一天晚上他路过郑州顺道回家看父母，妹妹正好也要回自己的家，于是对他说，哥，这是公司的车，让你的车送送我吧？可他说，你还是打的回去吧！

十几年了，苏宪美没在郑州安安生生过一个像样的春节，每年大年三十的下午，苏宪美把公司的工作安排完了，他才回郑州。回郑州也从不“空手”，他要开一部大客车捎一车乘客回去。大年初一的早上，他一定会出现在郑州北客站，二公司跑郑州的车都停在这里。他要向在春节里值班的司机和站务人员拜年，初一下午他一准回新乡。也许是天意，也许是巧合，今年春节他破例在家多住了一个晚上，因为小妹妹一再说，每年春节都见不着哥哥的面，平时碰到的机会更少，好想哥哥哟。初二的早上，他和回娘家的妹妹碰面了，全家人团聚兴奋得不得了。大家说，机会难得，去街上照张全家福吧。这张全家福定格了全家人的照片，成了他们家最值得回忆的珍品。

妈妈又到医院给他送饺子来了。苏宪美最爱吃妈妈包的饺子，可平时每次匆匆来家的时候，总是等不及妈妈把饺子包好，他就又走了。后来妈妈便想了个办法，她先把饺子包好放在冰箱里冻着，苏宪美不管什么时候来，妈妈便说，你等着我给你下饺子。可现在，妈妈包的热腾腾的饺子苏宪美真的一个也吃不下了。他怕妈妈伤心，强忍着吃了一个就再也吃不下去了。妈妈直到孩子咽气时都不知孩子得的是什么病。苏宪美也真不知道自己竟走得这么快，要不，他说什么也要多吃几个妈妈包的饺子。不论如何他也要拉着养育疼爱自己45年的妈妈再叫几声：妈妈！

（三）

钱是工人挣的，谁也不能乱花一分。苏宪美常以这样的话来严格要求自己。

6月15日，这是苏宪美生命的最后一天，从10日入院，他就一直拒绝吸氧，他在北京的时候吸过氧，他知道吸一天氧大概要50元钱。可这一天他太难受，他接受了医生近乎嗔怪的建议，吸了3个小时大约6元钱的氧气。护士长来看他时，他看着病房里的空调和护士长商量说，俺公司不富裕，我住的这个病床多少钱？要么你给我调调房间，要么给俺便宜点。护士长说，你就放心吧。护士长出病房后感慨地说，他快没有日子了，还这样给单位省钱。

钱是工人挣的，谁也不能乱花一分。苏宪美对身边的每一个人都这样说，他以这句话来严格要求自己。有一次，办公室的人跟他到北京出差，为找到一个便宜的住处，苏宪美领着几个人从下午4时一直找到晚上9时，最后在前门找了一个地下室，一张床位16元，苏宪美还嫌贵。服务员嘲笑说，跑遍北京你再找不到16元的床了。那算什么旅店呀，一张床，一张凉席，一个破桌子上放一个塑料水瓶。那一夜，苏宪美是枕着自己的提包入睡的。那次去北京买汽车配件，苏宪美怕打车花钱，他背着20公斤的配件从北京清河的中国汽车工业总公司一直走到公共汽车站，足足两公里。那次去昌河汽车工业公司出差，他对随行的人说，咱们尽量不要吃食堂，买两箱方便面带着。去年去南京购依维柯车，他在旅店里吃了 20 天方便面。随行的人劝他说，你有病，要注意营养。他说，买车的钱是工人集资来的，咱不能乱花。1996 年他到北京出差，总公司的人恰好也在北京，大家叫苏宪美一块过来吃饭，苏宪美去晚了，餐桌上只剩下半盘凉饺子和剩菜汤。大家说，宪美，再给你弄几个热菜。苏宪美说，不用，这就行。他扒拉扒拉把桌上的残汤剩饭吃个精光。大家笑他说，宪美，全公司就数你们最富，可就数你们最抠。

苏宪美的二公司真的是全公司 25 个分公司中最富的一个，每年上交总公司的税费都在 900 万元以上。绝对数量是总公司第一，人均利润在总公司也是第一。总公司经理梁延林曾多次说，二公司是总公司的顶梁柱。可最富有的二公司却是总公司里招待费、办公费、成本最低的。二公司的招待费从来没超花过一分钱，今年元月至 5 月，二公司的招待费又比总公司规定的少了 2000 多元。苏宪美以身作则，从来没让会计报过一次违纪违规的账。当了 6 年经理，苏宪美没去过一次歌舞厅，没洗过一次桑拿浴。二公司的营运间接费用（每个客座的成本）每月只有 12 元，而一般的公司都在 30 元左右。公司的这个数字在全省同行业中也属最低之列，干了一辈子公路运输的梁延林总经理对此感叹说，我真不知道这钱是如何省下来的。

钱是怎么省下的？二公司要在新客车后窗上贴发车方向的即时贴，大家说，让广告公司给做吧。苏宪美说，那太花钱，只让他们做一个样品，剩下的买纸我们自己比着做。工人张洪彪在县里的医院做手术一直到夜里 10 时，苏宪美说，咱要请医生吃个饭，但不能去那么多人，两个陪客就行，其余的人跟我走，咱到地摊上统统吃面条。苏宪美到外地要找自己在部队的战友为公司办事，去战友家之前，他买了许多水果。大家说，这个钱应该公司出。苏宪美说，战友是我的，又不是二公司的。他坚持自己拿了钱。苏宪美参加大专函授，需要复印一批学习材料，办公室的人说，用咱的复印机给你复印一下吧。苏宪美说，不行，这是我个人用的材料，我去街上复印吧。他硬是拿着材料去街上复印。苏宪美病重期间，他对二公司的办公室主任说，我现在歇病假，不能拿全工资，给我开病假工资。大家回去一商量说，苏经理从来没歇过一个节假日，也没拿过一分钱的补助，现在病成这样了，说啥也不能扣他的工资。苏宪美知道后批评办公室主任说，工人病了都拿病假工资，我为什么不能拿。

（四）

苏宪美是从司机一步步走到领导岗位的，他深知工人的苦衷，时时刻刻把工人的痛苦放在心上。

6 月 15 日下午 4 时 30 分，苏宪美在病床上疼得大汗淋漓，呼吸声短促而粗哑。这时候，总公司党委书记桑长启专程来郑州看望他。苏宪美让妹妹把自己扶起来，忍着剧痛和桑书记谈话。他对桑书记说，二公司的情况还好吧，我现在宁愿不吃饭也要吃药，病好了还要工作。你和梁总都不要这么跑来看我了，你们的工作忙，公司的大事多着呢，我这里什么事也没有。

桑长启一直忍着不让自己的泪水流下来，他见苏宪美之前，找医生询问了苏宪美的病情。医生说情况很不好，恐怕只有很短的时间了。桑长启看着苏宪美难受的样子时，实在是控制不住自己的情感，他急忙走到外面，眼泪止不住流了下来。

苏宪美是个从来不上交包袱、下推责任的人，有多大的问题和困难都自己承受着。1996 年，公司第二轮承包，有部分司机因为对承包数额有些意见，夜里去找总公司经理梁延林。这时，苏宪美打来电话说，梁总，让我们的工人回来吧，有问题让我们自己解决。工人回来了，苏宪美和他们彻夜谈心，直到问题得以解决。梁延林曾深有感触地说，苏宪美从来不把问题当成皮球来回踢，他从来没对工人说过，这问题我管不了，你们去找上边吧。每一次和总公司领导说话，他都是说班子成员怎么好，怎么配合他的工作，工人是怎么善良，怎么通情达理。

激烈的市场竞争，使苏宪美意识到，企业要想生存和发展，就必须建立与市场相适应的经营机制，企业参与竞争的劳动力要素、资金要素、科技要素等与市场对接。苏宪美和公司班子成员一起研究制定了二公司转换经营机制的具体操作办法。经过三年多的改革实践证明，二公司的改革力度在总公司最大，效果也最好，工人的情绪最稳定，积极性最高。去年，公司准备买 17 部依维柯客车，原方案是集体和个人各投资 50%，但工人热情很高，报名的人数大大超过了预期。最后公司决定由工人全额购买，既节省了国家的投资又调动了工人的积极性。

在运行线路上，二公司实行公开、公平、公道的竞标原则。在一条线路上，竞标竟出现了举牌 158 次前后持续一个多小时的热烈场面。二公司改革的做法曾引起了市政府的高度赞扬，新乡市新闻界也纷纷报道。

苏宪美是从司机一步步走到领导岗位的，因此，他深知工人的苦衷，时时刻刻把工人的痛苦放在心上。1996 年麦收时节，司机赵金明忙于工作，种在老家辉县冀屯的麦子没人收割。苏宪美知道后，就安排十几名干部去近五十公里外的冀屯替赵金明收麦子。临行前，苏宪美说，大家都要自带干粮和饮水，给人家割麦子不能吃人家的饭，给人家添麻烦还不如不去。结果大家干了一天，麦子割完了，饭却没吃人家一口。

每天早上苏宪美都是干部中第一个来到公司大院的。他一到公司便给即将出发的客车加水，天气不好的时候，他就一个个嘱咐司机，路上小心，注意安全。晚上收车回来，有时碰上雨天，他就打着雨伞在公司大院里等司机归来。每天晚上，他大多是 9 点 10 点才回家。不在公司的时候，他准打电话，问公司的车辆回来没有。1995 年公司刚开始车辆承包时，外地来新乡承包的司机只有两三个人，今年外地来承包的司机已有十几个。周口来的司机隔着几个城市就选准来新乡二公司承包。他们说，苏经理对外地司机从来不慢待，给我们找房间住，怕我们热，给我们房间安电扇，我们像公司里的司机一样夏天领白糖、茶叶，春节发油、发米。有一次，2021车司机谢合莲在扶沟出了事，人家扣着人不让走，苏经理知道后，马上派公司的人去协调，并一再交代说，花钱可以，不能扣咱的人，不把工人领回来，你们也不要回来。外地的承租司机说我们去过许多地方，也有的公司比二公司条件好，但没一家公司有二公司这么温暖，这么像一个大家庭。

对公司的临时工，苏宪美也从不冷漠。在食堂干了十几年的李绍珍要回农村老家了，苏宪美说，李师傅给咱做了这么多年的饭，咱不能亏了人家，按一年一个月的工资给人家把钱发了。苏宪美还提议给临时工李师傅开了一个座谈会，这把李师傅激动得直抹泪，他临行前，又一个人到职工食堂把里里外外的卫生又做了一遍，把市总工会奖给食堂的镜匾擦了又擦。李师傅要走的时候，苏宪美派卡车送李师傅回家，车斗里装着满满的一车煤炭，苏宪美对李师傅说，这是公司的一点心意，农村需要这个。第二年，苏宪美又买了礼品专程到乡下去看李师傅。

1993 年春节，天降大雪，许多汽车公司的大客车都停运了，滞留了很多旅客。那天苏宪美问青年司机马东，这天能不能跑车？马东说，怕是不行。苏宪美说，来让我带着你开一回。于是苏宪美亲自驾着一辆大客车，马东坐在旁边，在一片白皑皑的雪地里杀开了一条线路。这一天，苏宪美把客车一直开到四百多公里外的新蔡县。他的车一出，大家的车都纷纷上路了。在从新蔡回来的路上，马东和苏宪美聊天说，我跟俺妈、俺哥一起住，结婚后住房太紧张了。谁知只过了三天，苏宪美找到了马东说，公司给你挤了一间宿舍，你先住着，等公司效益好了，一定给职工盖新房子。苏宪美去世后，倔强的马东哭着说，那次去新蔡我是无意说房子的，没想到苏经理真放到心上了。我原来在公司也总爱找茬，从那以后我从不给公司找别扭，不然对不起苏经理。

1997 年 11 月，二公司购买的依维柯客车到了新乡。为了使这批新车能尽快投入运营，苏宪美到郑州和有关部门商谈线路、站点等问题。这一次，为了二公司工人的利益他打破了十几年的规矩，跟人家一杯一杯地碰白酒。他知道乙肝病人绝对不能过量喝白酒，他从 1983 年患病时起也一直恪守着不沾任何酒的诺言，但这次不行了，酒有时是一种让双方相互信赖的媒介。其实此时癌细胞已潜伏于他的肝内，他一直在不明原因地拉肚子，持续一个月低烧。这一回他真的喝多了，他往家里打电话时竟拨错了两次号码。深夜两点多他回到家时，爱人心疼而又嗔怪地说，你怎么敢喝这么多酒，你还要不要命了？他躺在床上昏昏地说，明天 5 点一定叫醒我。

从来是披星戴月为工作奔忙的苏宪美，从来没有歇过星期天的苏宪美，在他最后工作的那段日子里总是感到很累。习惯向妻子遮掩疲惫的苏宪美在那段日子一反常态地一回家就把自己撂床上，不住地对妻子说，我很累，怎么这么累呀！

他的脸色变得紫黑，他的体重在慢慢下降，他肝疼时吃止疼药的剂量从一片上升到三片。妻子、二公司、总公司的领导都劝他去医院检查，但春节前他说，春运开始了，过了春节再说吧。过了春节他又说，要开全年生产会了，开完会再说吧。一直到 3 月 7 日，妻子说，你再不去检查我就跟你去单位，他才不得已到市医院检查。市里医院说，你们赶快去北京吧。在北京 302 医院，医生给检查完把陪他一起去的邓亚南叫到一边说，怎么病成这样了才来检查？邓亚南说，他一直脱不开身，这次来北京他还说检查完了顺道去东北买汽车配件呢。医生说，还去什么东北，他是肝癌晚期，少则 3 个月多则半年。邓亚南一听，忍不住哭了出来。

（五）

工人们坚持认为，苏经理是为大家累死的。

6 月 15 日晚，苏宪美的病情开始恶化。一向没有脾气、没有发过火的苏宪美突然烦躁起来，他躺着不是，坐着不是，跪在床上也不是，他大声吵着和家里的人说，你们都回去！亲人们都默默地躲到走廊里，只有弟弟在哥哥的要求下抱着电扇对着哥哥的胸膛猛吹。6 月 16 日凌晨 3 点 40 分，苏宪美进入了昏迷状态，死神正伸出手拽起了他的衣襟。

45 岁的苏宪美即将走完他最后的生命里程。他 23 岁从部队复员到二公司当司机，他是一个好司机，在全市司机考核中，他曾荣获第 5 名；38 岁时他当选豪华汽车队的队长，他是一个好队长，他领导的汽车队是远近闻名的总公司最好的汽车队；1993 年，他当二公司的经理，他是一个好经理，二公司两次被新乡市人民政府授予“先进集体”称号，四次被国家交通运输部、国家人事部授予“全国交通战线先进集体”和“文明客运汽车队”称号。此外，苏宪美也曾多次被总公司评为劳动模范，两次被评为新乡市优秀共产党员。去年在总公司的群众测评中，苏宪美的优秀票在总公司中平均最高。

苏宪美的身后多么干净和富足。他领导的二公司没有一分钱银行的贷款，没有欠工人一分钱的工资和债务。他留给二公司一个敦厚的家底，他留给二公司一个团结有力廉洁奉公的好班子，他凝聚了一支吃苦耐劳识大体顾大局的工人队伍。

6 月 16 日晨 6 时，苏宪美的独生儿子从新乡赶到了父亲的床头。一直上着寄宿中学的孩子平时和父亲见面太少，偶尔回家也是醒来父亲早已上班，睡时父亲常常还没有回来。孩子抱着已昏迷的爸爸在病房里大声哭喊，爸爸，你看看我，咱们在一起的时间太少太少了……

6 月 16 日早 9 时 10 分，苏宪美无声地走了，离开了让他难以割舍的亲人和公司的职工们。

噩耗传到了二公司，尽管大家知道这一天终将来临，但工人们还是被震惊了，悲痛和眼泪包裹和浸泡着公司的每一个角落。

苏宪美的爱人郑凤英没有给丈夫设灵堂，她只是把丈夫的遗像挂在了客厅的正中央。那几日，数不过来的人来到苏宪美家，站在他的遗像前没有不掉泪的。工人们诉说，工人们呼喊，工人们长跪不起，工人们用各种各样的语言各种各样的行为表达着他们对自己好经理的崇敬和怀念。工人们说，苏经理没日没夜地工作；工人们说，每天早晨苏经理和我们一起排队在食堂喝稀饭就咸菜；工人们说，上级每年都让他去北戴河疗养可他一次没去；工人们坚持认为苏经理是为大家累死的。

工人是最善良、最通情达理、最富有感情的人，你给他一碗水，他回敬你一口井，你捧给他一把土，他还你一斗粮。从工人对苏宪美那真情实感中你能真正体会到，没有不好的工人，只有不够优秀的领导。苏宪美追悼会那天，总公司机关的干部们去了；25 个分公司、站、厂的同志们去了；二公司只要不在生产一线的工人们几乎都去了；许多退休的老工人和家属也去了；外地来二公司承包车的司机也组织起来去参加追悼会。一位从延津县来的老工人吊唁过苏宪美后又整整在新乡等了两天，为的就是参加苏宪美的追悼会。

那是一个多么令人悲痛和难忘的场面。庞大的新乡汽车运输总公司成立 50 年来，给多少大大小小的逝去的人物开过追悼会，但从来没有像苏宪美追悼会那样，人来得那么多，气氛那么悲壮，哭喊声那样撕心裂肺。追悼会完了，人群还久久不散……

苏宪美去世后的第二天，新乡汽车运输总公司党委就下发文件，号召总公司七千多名职工向苏宪美同志学习，学习他忠于党，忠于国家，学习他忠于事业，忠于岗位，学习他爱护群众，关心群众，体贴群众。

苏宪美，短暂而光辉的一生，党永远不会忘记你，工人们永远不会忘记你。

附《新乡日报》评论员文章

学习苏宪美做人民的好公仆

今天，本报把新乡汽车运输总公司所属二公司经理、党总支书记苏宪美的感人事迹介绍给广大读者，相信通过学习他的事迹，每个人的头脑都会受到一次洗礼，每个人的灵魂都会受到一次净化，每个人的思想境界都会得到一次升华。

苏宪美走了。他给我们留下了无尽的哀思，同时，也给我们留下了一笔丰厚的精神财富和许许多多的思考。他的人生经历并不惊天动地，他是一个普通的共产党员，是基层公司一个普通的经理，从事的是普普通通的工作，然而，他却赢得了那么多人发自内心的拥戴。他和大家永诀时，所有的送行者都痛哭不已有些人甚至长跪不起，有些人竟趴在地上直磕响头，方式虽显古老而真情却催人泪下。他走了，他的工友们却在日日夜夜呼唤着他的名字。他的事迹，他的美德，他的风范，如涟漪之扩展，似天籁之播扬，正在人们中间传颂，一个学习苏宪美的热潮，将在牧野大地上兴起。

苏宪美为什么能够赢得人们如此的崇敬和信赖？道理既深刻又简单：作为一名共产党员和一个基层领导干部，他把自己的一切都交给了职工群众，交给了改革、发展、稳定的伟大事业，并为之作出了宝贵的贡献，所以，其生命的音响才那样震撼人心，其精神的光华才那样瑰丽无比。

“职工就是上帝”，这是苏宪美的心声，也是他的信条。看似简单的一句话，却包容了无比丰富的内涵。它体现了苏宪美的群众观念，尊重群众，相信群众，依靠群众，时刻不脱离群众，因此，他干事创业时才有了取之不尽、用之不竭的力量源泉；它体现了苏宪美的党性观念，共产党的宗旨就是全心全意为人民服务，他用自己的实践，履行了他在党旗下对党和人民发出的誓言；它也体现了苏宪美的思想方法、个人品格和工作作风，他把群众的安危冷暖和点点滴滴的“小事”都记在心头，从桩桩件件看得见、摸得着的实事入手，为群众排忧解难，把党的温暖送到群众的心坎儿上。

我们每一位共产党员和党的一切工作干部，都是人民的公仆和勤务员。学习苏宪美，就要学习他那种群众至上的观念和全心全意为人民服务的精神。我们每个干部都不妨把苏宪美当作一面镜子，认真对照一下自己，看看自己是否摆正了主人和公仆的关系，摆错了的要自觉纠正过来才是。

克勤克俭，廉洁奉公，是苏宪美品格中的一个突出特点。他常说：“钱是工人挣的，谁也不能乱花一分。”为了给公司省下一点钱，他因公办事，不下饭馆而吃地摊，不住宾馆而住地下室，不花钱乘车而坚持负重步行，病危住院时还在央求护士长少收一点床位费；同志们去医院看望他，他闭门谢绝，为的是不让他们花钱。我们学习苏宪美，就要学习他这种坚持党和人民的利益高于一切，吃苦在前，享受在后，心想他人，处处为公的高贵品质，努力做一个真正的共产党员、真正的人民公仆。

爱岗敬业，开拓进取，是苏宪美精神的又一个闪光点。在社会主义现代化建设的实践中，他充分发挥了共产党员的先锋模范作用，在强烈的事业心和政治责任感的驱动下，他把汽车队当作自己的家，一心扑在工作上，即使在病重住院期间，也念念不忘公司的工作。在企业面临许多困难的情况下，他以勇敢进击的精神和科学的态度，成功地进行了企业改制，实现了资产重组，充分调动了职工的积极性，取得了企业攻坚的初步胜利。学习苏宪美，就要学习他这种坚持党的基本路线不动摇，认真贯彻落实党和国家的各项方针政策，努力工作，勤于探索，敢于改革，不断进取的精神，始终站在时代前列，团结和带领群众创造一流的工作业绩。

苏宪美离我们而去了，但他永远活在我们的心中。他的事迹，对每个人都是一种无声的感召。今天，面对四面来风、八方涨潮的社会现实，面对市场经济条件下的各种诱惑，我们一定要向苏宪美学习，做一个高尚的人，一个纯粹的人，一个有道德的人，一个脱离了低级趣味的人，一个有益于人民的人；面对跨世纪的宏伟目标，面对新的历史征程，我们一定要向苏宪美学习，艰苦奋斗，无私奉献，克服困难，勇往直前，不断取得新的更大的胜利。

愿苏宪美精神在牧野大地上发扬光大，愿苏宪美的事迹在卫河之滨开出新花，结出硕果！

（1998 年 7 月 27 日《新乡日报》）

任运成师傅给我讲他的家务事的时候，我很感动，老两口下岗了没有了收入，而两个女儿先后考上了大学又要花不少的钱，解决这个矛盾的过程演绎了他们一家父慈子孝的动人故事。它述说着中华民族坚韧、自立、吃苦、忍让、善良的传统和美德。现在，我与任运成师傅还偶有联系，他的家庭富起来、好起来是必然的，因为读懂父母的人都不会让父母和社会失望。他的大女儿后来读博留在了美国，女儿常常请他老两口到美国住一段时间。

下岗的父母和上大学的女儿们

1996年，忧事和喜事一齐撞向任运成和闫晓翠两口儿的门槛。任运成所在的工厂效益一直不好，他每月工资只能开300多元；妻子闫晓翠那年全厂只开了3个月的工资，总计600多元，这600多元是闫晓翠至今为止拿到工厂的最后一笔钱。这一年，任运成的大女儿任巍从市一中考入南京气象学院（现南京信息工程大学），小女儿任洁考上了省重点中学河南师范大学附属中学。大女儿当年的学费是1600元，加上在南京的生活及其他费用最低也要4000元，而这一年任运成全家的总收入也就4000多元。

这一年，钱开始天天搅扰任运成和闫晓翠的生活。任运成和闫晓翠第一次吃了国家的救济，作为政府审核的特困户，他们免费得到了一袋面粉和价值 80 元的食物。作为党员的任运成对政府的救济深感不安，他暗暗发誓，这是第一次也是最后一次给政府添麻烦。其实，此时下岗的命运在悄悄地靠近他。

同样作为党员的闫晓翠不仅有和任运成一样的不安，作为母亲，她更为两个女儿生活的拮据而心酸。女儿都是花儿一般的年龄，她拿不出一件新衣服来装扮她们。女儿太懂事更让她伤心。那一年，他们家吃肉的日子很少，偶尔有几次，也是父母把肉拨到女儿们碗里，女儿们再拨回到父母碗里。

为了吃饭，也为了女儿们能安心读书，1996 年底，闫晓翠决定离开自己工作了十几年的工厂，这一年，她 45 岁。茫茫大市场，何处能安身？闫晓翠一没有经验，二没有资金，有的只是勤劳、坚忍和让女儿读书的愿望。她开始在市场的大海中摸索。她卖过瓜子，包过粽子、包子，做过煎饼、胡辣汤，等等，最后，闫晓翠选择了做快餐卤面。

1998 年，任运成下岗了。全家人的生活和女儿读书的费用全寄托在闫晓翠经营的卤面上了。火车站和长途汽车站附近的几家小商品批发市场里，经营快餐生意的很多，主要的顾客就是批发市场里的个体经营户。让快餐赢得精明的个体户们的青睐真不是容易的事，闫晓翠在经营卤面生意时费尽了心机。质量好、价格低、服务优使她的卤面很快占领了市场。闫晓翠的卤面由一天挣几元到十几元到三四十元，但女儿的学费也在逐年增长，日子依然过得紧张得喘不过气来。

每天早上五点半，闫晓翠和任运成起床后，买菜、买面条、洗菜、切菜，每天要做几十斤的卤面，择洗几十斤的菜。冬天，为了省钱，任运成和闫晓翠从来不用热水洗菜，在冰凉刺骨的冷水中，他们一洗就是近一个小时。每年冬天，老两口的手上都裂着口子。夏天，酷暑难耐，3 平方米的小厨房里用 3 个蜂窝炉蒸卤面，闫晓翠在挥汗如雨的厨房里要不停地翻拌面条。厨房里没有空调，也没有电扇，由于手臂让蒸气熏得厉害，闫晓翠被汗水浸出的痱子由手上一直爬到胳膊上。女儿每年寒暑假回到家，看到父母手上裂的口子和身上长的痱子，心里都有说不出的难过。她们在后来给父母的一封信中写道："冬天要多加保暖，不要再像从前一样，两人冻裂手。我可以明白无误地告诉您，学可以不上，你们的身体绝对不能累垮。"任运成、闫晓翠告诉女儿，只要你们好好学习，好好做人，父母比什么都高兴。上学对你们来说比什么都重要，你们要有本事，考硕士、博士，父母再苦再累也要供养你们。

为了女儿读书，老两口一边拼命地干，一边自己节衣缩食，省下每一分钱寄给女儿。家里至今没有一件现代的家具，老两口的房子里挂的还是一盏15瓦的灯泡。任运成今天穿的仍是20多年前的毛衣，过去他有中午喝一杯酒的习惯，但女儿上大学后，这口馋酒他坚决戒掉了；闫晓翠8年没添过一件新衣服，脚上的花尼龙袜子也穿了很多年。为了省钱，每到下雨时，他们就接几盆雨水，为的是备用洗涮拖把。日子过得真苦，但每年春节，厂里向下岗工人发放救济的时候，他们一次没去要过。每年每月，他们主动向国家交纳的各种税费，一分钱没欠过。

穷不失志，大女儿任巍在大学没给父母丢脸。大学第二年，任巍就加入了中国共产党，成了一家四口中第三位党员。毕业时，任巍又以优异的成绩考取了本院的研究生。任巍唯一没变的是她的服饰，进校时穿的什么，毕业时还穿什么，4年中，她没给自己添过一件衣服。任巍时时刻刻铭记父母的恩情，在学校举办的一次英语朗诵比赛中，她朗诵的题目是《我的父亲母亲》。她为虽然下岗过得很清贫但勤劳不失气节的父母而自豪、流泪，她的朗诵因真情实感而获得了大奖。任巍考研后曾一度想放弃，她对父母说，我考研只是想试试自己的能力，我还是想及早参加工作，让您早日解脱劳苦，回报父母的恩情。任运成、闫晓翠坚决回绝了女儿的请求，他们告诉女儿最大的孝敬就是深造，必须读研。

2000年，又是一个让任运成、闫晓翠喜忧交加的一年。大女儿读研的事儿刚定，二女儿任洁又接到了抚顺石油学院（现辽宁石油化工大学）的录取通知书。两个女儿的进步真让父母高兴，但上学的费用也让任运成、闫晓翠一夜夜地失眠、叹息。两个女儿的学费及花销最低也要一年 1.4 万元。他们想了许许多多的办法，但最可靠、实在的办法还是多卖卤面。父母用欢快从容的笑容打发两个女儿去上学，有一句话反反复复不知说了多少遍，那就是好好读书，钱的事你们不用管。两个女儿忐忑不安地走了。她们约定，想爸爸妈妈了，不要打长途电话，那样费钱，只许写信，既省钱又能说许多话；放假回家路途再远也不坐卧铺；上学期间，谁也不要添置新衣服。小女儿任洁今年第一次出远门，想家想得厉害。国庆节学校放长假，同学们回家的回家，旅游的旅游，任洁在宿舍里给父母写信："爸妈，这些天我真想你们，想家，看到别人都回家了，我挺难受。本来几个同学打算去沈阳，可去哪儿都得花钱，就说爸让我去的沈阳故宫，门票就要 35 元，植物园门票也要 10 元，不去也好。""我们食堂的菜还不算贵，像土豆、豆腐 8 角钱一份，这两样我都挺爱吃，好一点的 1.5~2 元，不过肉就贵，3 元或 3 元以上，我到现在还没吃过。妈，我不是省，我并不很喜欢吃肉，吃多了还难受呢！""我和同学一起去抚顺市中心，她们都买衣服了，我没买，其实我也用不着，现在缺的就是冬天的裤子。妈，干脆把您的呢子裤（1984 年闫晓翠做的裤子）给我寄过来吧，再让我姨给我织副手套。""我们这儿以后三四年的学费，对咱们家来说太困难，我知道你们每天要付出多少繁重的劳动，你们每天还舍不得吃好的。妈妈别担心我的身体，我不会饿着自己，想我了就看看照片吧。今年过年早，也就再过三个多月，就可以回家了。""我一直以为自己心挺硬，什么事儿都想得开，没想一写信，就掉眼泪。"任洁写信的时候一直掉眼泪，父母读信的时候也一直掉眼泪。任运成后来给两个女儿回信写道："节衣可以，缩食不行，再穷也要吃饱。"

（2000 年 12 月 24 日《新乡日报》）

因为我也在学写小说，在市作家协会任闲职，便和戴来成了朋友。我写这篇文章的初心不是盛赞戴来在文学上的成就和地位，而是感叹新乡市委和政府在引进人才上的胆略和速度。据我所知，一天办完一人体制内行政手续的先例在新乡是史无前例的，即使全国也闻所未闻。戴来之来让人眼前一亮！

戴来之来

在新乡，几乎没有人认识戴来。

因为她是一位纯文学作家，她是一位足不出户，每日在电脑前工作十几个小时的女作家。

戴来居住在新乡市最早的开发区的一幢6层楼里。在这里，她已经生活了6年。

近几年，在全国许许多多的文学刊物和媒体上，戴来的名字频频出现。在介绍她近年发表在全国各大刊物共100多万字作品的同时，编辑都注明，戴来，女，江苏省苏州市人。

戴来是让爱情牵着手从被称为“天堂”的苏州市来到新乡市的。1994年，在鲁迅文学院求学的戴来结识了同是前去求学的我市新乡县卫生局干部、文学执着的追逐者王洪志。课业结束时，戴来成了新乡的媳妇。

来新乡的6年，是戴来创作最丰盈也最精锐的6年，随着她汩汩不断的作品问世，她在全国文学圈内名声大振。尽管她的档案还在苏州，她的户口也在苏州，但河南省作家协会早已私自把她囊入自己的口袋里。2001年，河南省作家协会召开第四次代表大会，在协会的工作报告上，戴来的名字出现过4次。

2002年年初，经新乡市作家协会全体大会选举，戴来被选为新乡市作家协会副主席。

早在河南新乡之前，已有许多省、市作家协会、文学院、文学刊物纷纷以优厚的条件，向极具发展潜力的戴来发出邀请。江苏省作家协会、苏州市委宣传部对戴来更是动之以情，晓之以理，要求戴来回归故里。江苏省作协的领导每次与戴来见面和给她写信时都说，回来吧，条件可以提。江苏省作家协会在机构改革后只有两名签约作家名额的情况下，已经给戴来预留了一个位置。苏州市委宣传部则对戴来讲了作品奖励办法，每一件作品问世，人家给多少稿酬，苏州市委宣传部就奖给同样的金额。2002年元月中旬，江苏省作家协会把签约作家的表格寄到了新乡，这意味着靠吃作品饭的戴来填了这张表格后，将成为江苏省的正式作家，不仅有固定的工资收入，还会有丰厚的作品酬金。

戴来来到了一个十字路口：留在新乡？还是重回江苏？

让我们再回到2001年9月。河南省作家协会主席、著名作家张宇和河南省青年诗歌协会会长高旭旺来到新乡，与新乡市委常委、市委宣传部部长宋丽萍商议在新乡召开“黄河诗会”事宜。曾提出要争当全省最支持文学艺术事业的宣传部部长的宋丽萍，早在来新乡之前就和张宇、高旭旺是朋友。熟人见面，不拘礼节，宋丽萍部长说，新乡市小说创作相对落后，你们可要多关照、多提携。张宇惊呼，新乡？新乡有一个年轻的大作家！全国都排得上哟！宋丽萍问，谁？张宇说，戴来，女的，还不到30岁。

在紧接着召开的“黄河诗会”上，宋丽萍部长提出要见戴来。戴来来了，拿着她的几部作品送给宋丽萍，每本书的扉页上都有戴来狂放的文字：“宋丽萍，翻翻。”宋丽萍笑了，连个“部长”都不屑带上，她知道这就是作家的个性。

这之后，宋丽萍部长和戴来又见了第二面、第三面。有一次，宋丽萍对戴来说，你在新乡有什么想法请和我说，我尽最大的力量帮助你。

以“自由撰稿人”而惬意的戴来，当时并不想找一个固定的“饭碗”，她觉得她张扬的性格、封闭的生活方式、超前的思维方法，根本不适合在任何单位工作。她没有再和宋丽萍部长联系。

这一回，戴来为难了，江苏的表格在逼着她做出抉择。她爱江苏，但她也深深爱上了河南，爱上了新乡。她每一次应邀外出开各种创作会、颁奖会，当有人鄙视河南时，她都予以反驳。她说：河南人最厚道，河南人最实在。

今年元月20日上午，戴来和丈夫来到宋丽萍部长的办公室，说明了江苏省的盛意。宋丽萍心领神会地说，留在新乡工作吧，我们尽力给你帮助，请谢谢江苏的好意和盛情。

当日10点，按宋丽萍部长所嘱，戴来写好了自己的一份简单履历，河南省作家协会也迅速传真过来一份对戴来作品及在全国文学界地位的评价。宋丽萍在上面签署意见，大意是：我见过戴来，也认真读过她的作品，省作协评价很高，建议到新乡市文联工作，特事特办。

戴来和丈夫回去了，他们感觉此事一定很难——新乡市文联是财政全供单位，历来进人不易，在戴来之前，已有10多年没进一个人了，必须耐心等待。

宋丽萍部长送走了戴来夫妇，就赶去参加欢送新乡市政协委员赴郑州的活动。在欢送会结束时，宋丽萍部长把戴来的简介、省作协的评价及自己的意见交给了市委书记连维良。连书记认真阅读后，马上签署同意意见并转给在现场的市长阅批。市长看后也当场做了批示，主管人事的市委常委、常务副市长赵顷霖也在当日签字同意。

当日下午3点，正在家埋头写作的戴来，接到了宋丽萍部长的电话。宋丽萍部长在电话中说，全部签字完毕，你们到市人事局办手续吧。

戴来惊呆了，她觉得这像一个天方夜谭的故事，这种效率可能吗？

这确确实实是一个历史性的签字，在新乡是一个创举，这也确确实实在强烈地传递着一种信息。在新乡一个个优秀人才流失的时候，它无疑如一股扑面春风。

全国著名作家、河南省作家协会名誉主席张一弓闻知此事后，给从不相识的宋丽萍部长来函，盛赞新乡市委、市政府在吸纳人才上的魄力和速度。全国著名作家、江苏省作家协会主席赵本夫在江苏省的一次会议上谈到戴来入驻新乡市文联一事时大发感慨：新乡市委、市政府如此之举难能可贵、可钦可佩。

似乎是为了印证市委、市政府引进人才的分量，今年3月6日，北京传来喜讯，中国文坛新开的一个重要奖项，由著名作家王蒙先生和人民文学出版社共同出资承办的首届“春天文学奖”，经全国7名作家和学者投票表决，戴来为唯一的获奖者。新华社、《人民日报》、中央电视台及27家在京媒体采访了此次颁奖会，新乡市与戴来的名字一时铺天盖地地出现在全国各媒体。

3月18日，戴来的小说再次入选2001年度中国小说排行榜。戴来成为全国20世纪70年代出生的作家中唯一两登排行榜的作家，她也是河南省作家中唯一两登排行榜的作家。

戴来之来，一下子把新乡的文学创作领入中国文学创作的最前沿；戴来之来，必将影响和带动一大批新乡的文学青年，进入文学创作的新境界。

现在，戴来的两部长篇小说和一个作品集正在印刷厂印刷。

现在，戴来为还约稿之情，正在给《人民文学》赶制一部中篇小说，为《收获》所约的另一部中篇小说也在构思之中。

（2002 年 4 月 11 日《新乡日报》）

（2002 年 5 月 10 日《河南日报》）

重读札记

写老刘根本无须采访，我们是《新乡日报》的第一批战士。我的不可告人之事他知道，他的不可告人之事我也知道。两家的媳妇从做了媳妇起就是闺密，时至今日，两人依然有事没事在超市里针头线脑地消磨时光。两家的女儿自会走路起就一起玩耍，去两家都如自家一样夺门而入。今天我们虽上海、北京各居一隅，但微信联系不断。看别人总看不到时光荏苒，只有老友相望，才感觉出岁月的残酷和无情。

老　刘

我说的老刘是新乡日报社的老刘，更确切地说，是中国作家协会会员、新乡日报社副刊部主任刘德亮。

老刘不算太老，四十七八岁吧。老刘确切的生日他自己也不知道，这个世界上也没有一个人能知道了。他出生的那个年月正是河南农村最穷的年代，再加上弟兄姊妹众多，所以父母对孩子的生日都记得不太准。尽管老刘身份证上也煞有介事地录有生日，但他从来不过，他知道，那是随意编出来的。朋友们有时跟老刘开玩笑说，老刘的文章不敢再做大了，不然生日之谜真够搞文学史的学者们考证的了。

老刘先前写诗，后来写散文诗，再后来写“白话人生”的格言之类文章，前前后后写了三十几年。写诗的时候他还年轻，也混上了个漂亮的媳妇，诗里拧出来的都是浪漫和梦幻。到写格言的时候，他被生活弄得严峻和冷酷起来，像要把社会都放到了X光机里一样，看穿了、看透了、看得一丝不挂，害得许多人都把他的格言压到玻璃板下。写东西写到极致的时候便招来了许多崇拜者，有不少少男少女一封一封地给他写信向他表述着敬仰与渴望。这些年老刘收到的来信足有几千封之多，老刘都当成宝贝似的存放着，他说这是粮食。有许多次老刘被邀请到学校坐主席台，当主持人介绍老刘时，学生们伸颈寻望，像瞅歌星一般兴奋和激动，但老刘不足一米七的个头和让文字揪拽成的微微歇顶，让不少期望值过高的崇拜者深深叹了一口气。

日子和经历把曾经很有点血气方刚的老刘摆弄得随意和散漫。在生活上，老刘永远是一个长不大的孩子。尽管身在报社这样文人聚集的地方，常常出入冠盖相拥的场所，常有文人雅士的沙龙之事，但老刘都不做一点娇嗔修饰遮掩之态。吃个口香糖，他从嘴里嚼嚼再吐到手里，然后像拽烩面一般揉捏拉扯，直至玩够再扔掉。不管多么文雅高贵庄严的酒宴，老刘点的第一个菜肯定是花生豆。吃捞面条永远“呼噜呼噜”一扫而光，老刘哪像个诗人，简直像个三天没吃饭的饿汉。

老刘在穿衣服上一直很糊涂，随便拿出一件衣服，你说一千元他信，你说十块钱他也信。他不知道任何品牌的衣服，也不知道“W”和“M”的念法，读“W”为“口朝上的”，读“M”为“口朝下的”。有一次，他一天都在嘀咕，走路怎么这么不得劲儿，左看右看两腿也没有毛病。后来还是朋友们发现问他，你的鞋怎么一个跟儿高一个跟儿低？他才脱鞋一看，发现原来一只鞋的鞋跟不知何时已没有了。

老刘不太喜欢别人说他是诗人。在各种场合，一有人介绍他是什么什么诗人他就反感，急急忙忙让人家打住。唯一让人感到有诗人气质的是老刘太喜欢大自然，他不仅仅是一般地爱到青山绿水处游玩。比如老刘爱钓鱼，他最讨厌到很标准的水泥池子里钓鱼，感觉在那样的环境中钓鱼就像在一堆牛粪旁吃饭，是一件很煞风景的事情。他爱到野塘土坑钓鱼，那里寂静得没有一个人，芦苇遮天，野花铺地。钓得着就钓，钓不着他就躺在野草里，嘴里像牲口一样嚼着残花野草，让野风给他按摩，让阳光给他沐浴。一次他在延津县的汲津铺，钓着钓着天就狂风大作，暴雨倾盆。汲津铺当时很空旷，难见居所和行人，天水一色，浑浑浊浊。老刘那时不想躲风，也无意避雨，他大概突然感悟到原始的朦胧、生命的初始，索性脱光了全身的衣服，用红薯秧遮住了下身，在风雨中一边漫无边际地狂奔，一边狼嚎鬼叫地怒吼。那次他是让自然的琼浆给灌醉了。

老刘住的是单元房，他在单元房里曾经喂养了大概除骡子、马、牛、猪之外的不少小动物，有狗、兔、鸭、鹅、鸡，有猫、刺猬、松鼠、鸟，等等，也有金鱼、鲫鱼之类，但能长时间喂养的动物也极少，不是夭折就是被放生或送人了。近几年，老刘又开始侍弄花草，最多时一个客厅摆了贵贵贱贱 20 多盆花草，可花进屋养不几天大多耷拉着叶子打不起精神，一时间老刘家的阳台上干枯的花草和失宠的花盆激增。后来，老刘喃喃自语，养什么都不如养孩子。自从姑娘去外地上了大学，老刘抚养孩子的念头与日俱增。那次，他听说路边有个弃婴，老刘闻风而至，左翻右看，但还是让一位坚定不移者抢先一步给抱走了。有几次老刘对媳妇半真半假地说，咱到山里抱一个孩子养吧。媳妇朝他一啐说，作精吧你！

老刘现在过得豁达而惬意，于名于利他都无所求。“名”，老刘在新乡是有了，凡识文断字的新乡人大都知道有个老刘，老刘至今之所以笔耕不辍，不是勤奋所为，实为名声所累。但他觉得能保持着晚节，让新乡人还知道有个老刘已经足矣。写出河南，写红中国，这老刘从来不想。老刘懒散，吃穿不讲究，又爱睡懒觉，早上让他早一点起床跟让他上刑一样。老刘勤快，每年都要写上几十万字的作品。曾经有一年全国二百多家报刊上发表了他的作品，他被圈里人戏称为单打冠军。老刘干啥事都有自己的底线，这样有时候让人觉得他很固执、很傲慢，有时候他又让人感到很真诚、很义气。老刘如今对自己那一份固定的较丰厚的工资相当满足，时常也有学生孝敬点儿烟酒，隔三岔五也有稿费不期而至，所以老刘从不想做生意挣大钱之事。钱这东西，没有不行，太多了出事。老刘于名利上没了奢望，便在家里常高一声低一声哼小曲，有时也到音像店去租光盘，到茶楼里和人家“斗地主”。

打从去年起，老刘猛然热衷于打篮球，至今豪情不减。报社的篮球场自建起就一直寂寞，这两年却鬼使神差地热闹了起来，每天傍晚便如撵狼打兔，篮球场一片欢腾。老刘是球场的常客之一。老刘个头不高，打篮球绝对先天不足，但他的外围投篮极为精准，确有百步穿杨之功，因此常常要有一防守队员盯死他。每到下午，篮球场上“老刘、老刘”的叫喊声此起彼伏。除篮球，老刘还善打乒乓球，善游泳。老刘自己说，年轻时曾参加过省游泳集训队，横渡过信阳的南湾水库，并有一年轻、漂亮、体形绝佳的女游泳老师言传身教，这让老刘至今浮想联翩。不过，老刘的泳姿确像科班出身，尤其善蝶泳，常常招来一池子男女的观望。

老刘的豁达和随意愈老愈坚，其实骨子里他是一个很小心、谨慎、敏感、悲观甚至很绝望的人。对生命短暂的无奈，对人生莫测的恐惧，对宇宙亘古无垠的哀叹是老刘今日豁达和随意的外部流露和宣泄。

老刘有时不敢看山之雄浑而绵延，不敢看海之壮阔而诡谲，不敢看风雨雷电，不敢看满天星斗。宇宙星辰常常搅得老刘夜不能寐。钱算什么？名算什么？白日里的雕虫小技，同行里的恩恩怨怨，是多么的可怜、可悲、可叹！

三年前，壮得如牛犊一般，号称不知扎针是何物的老刘突然大病一场，转氨酶陡然升至 4000 单位以上，是正常人的 100 倍。老刘在病床上结结实实地躺了两个月。这两个月让老刘恐慌了，流泪了，感悟了，他对生命存在的感知像经过了炼狱一样升华了。他的病至今不知是怎么得的，他的病至今也不知是怎么好的，像上帝和他谈了一次话，像神灵给他办了一次培训班。从那一天起，老刘不和任何人红脸了，从那一天起，老刘偏安一隅很少参加什么无聊的活动了，从那一天起，老刘写的格言之类的东西更加尖刻而厚重了。老刘至今已出版了十几部书了。不，按老刘的说法是十几本，他说他的书不能称部，只能算学生交的作业，得论本儿，可见老刘还是一个很低调的人。去年，老刘当上了河南省政协委员，有人开玩笑说，刘委员往那儿一站，人虽然不高，可政协的地位在不少人心里一下子高了个档次。老刘只是一脸的憨笑。

真实的老刘，永远童真的老刘，在时光的洗礼中不再伪装的老刘，愿你快乐而健康。

（2003年8月15日《新乡日报》）

我不止一次在许多市作家面前说，我是做新闻的，我于文学就是“打酱油”。有次市文联主席和我聊天，我说我之所以在作家协会待了这么长时间就是因为王斯平的存在。王斯平的诗不多，但每一首都是心灵长期酝酿的积淀和火山一样不可抑制地喷发。他对家乡、土地、乡亲的眷恋，他对庸官、市侩、小人的鄙视，都会用通俗易懂、痛快淋漓的诗行发泄出来。他的豪放豁达、爱憎分明、嬉笑怒骂，他孩童一般的顽劣，让各行各业的各色人物都成了他的朋友。他走得太早了，弟兄们常常在不同的场合都会想起他。

我的“啥也不啥”

近日，我为我狭小且简陋的办公室里不是很白的墙上请了一幅字画，是新乡市作家协会主席王斯平先生的诗，书法家刘森堂先生的字。我不大爱附庸风雅，先前字画之类在家在办公室是不上墙的。常常看到一些领导或老板们的老板椅后有硕大的条幅，真草隶篆，很是好看，但也常常看到字画的主人们吭哧吭哧猜谜语一般对字画的内容不知所云。他们挂的字画是做样子的，像一个熄了火的铁匠脱了黑乎乎的围裙穿上背带裤一样假装斯文。

我请字画的动机缘自王斯平先生的一首小诗，这首通俗如连环画的诗让不会写诗的我惊叹，诗也是可以这样写的。我原本认为诗是羞羞答答、神神秘秘、朦朦胧胧、疯疯癫癫的，斯平先生扯掉了诗的面纱，诗是这样的美丽和通俗。

当然，我最欣赏的还是诗的内容，题目是《啥也不啥》，我还是把先生的诗先请出来：

你其实不是个啥，
你非要装个啥，
谁也没有把你当成啥，
你啥也不啥，
只是大家见你不说啥。

初听此诗时一窝人正围着桌子吃饭，王斯平先生用很恶心的语气一读完，满桌人忍俊不禁，有击掌的、喷饭的、碰酒的、捧腹的。按说说完笑完就完了，可一段时间内我一直在咀嚼这首诗，忘不了，咽不下，难受得很。又过了些日子，我似有所悟，我找森堂先生说，求兄弟赐个字，森堂问啥字，我说“啥也不啥”，森堂说这不是斯平哥的诗吗！森堂先生很快写好并装裱赠我，我的陋室因此诗此书陡然蓬荜生辉。

职业所使，我的办公室每天也有下属来商量工作，也有社会上平民百姓或阶层人士来这里反映情况。“啥也不啥”每天便像座右铭一样时时告诫我：你也是大头兵一个，你的兵之所以是你的兵是因为他们比你年轻，他们有你没有的优点和优势，比如，他们会用微机排版你不会，他们一分钟打 50 个字而你打 5 个字还有一个错了，你得益于过去的体制，你年轻毕业的时候国家还包分配，这给了你一个相对稳定的饭碗，20 多年你熬了一个小官，体制给了你一点权威甚至尊严，如果今天大家在一条起跑线上，不一定谁被淘汰呢！不一定谁向谁请示工作呢！除去你成长的年代和老资格，你真是“啥也不啥”。也常有百姓或读者登门来访，或述说困难需要帮助，或告白冤情希望媒体介入，或坦言媒体的粗心和失误，或什么事也没有就是聊天，你都要真诚相待。你要站起来迎客，要给人家倒一杯水，他们走的时候要送人家到门口。你不能烦人家絮絮叨叨，因为人都有老的时候，你不要嫌人家结结巴巴词不达意，毕竟不是每个人都做文字工作。媒体的一个小失误就可能搞得人家声名狼藉，所以面对怒气冲冲来的人你要耐心安静地听他的震怒雷霆甚至粗言蛮语。因为你一定要认清你自己，社会上也许有一些人对你很尊重，也许偶尔有人用一两杯酒候你，但你要知道这尊重、这酒是对着你所在的媒体的，离开了媒体的那把椅子，你其实“啥也不啥”。

我办公室也有这样的事情发生，事实证明我没有错，我分管的那片小小领域也没有错。我们心平气和，我们一再解释，但媒体撞着有大钱而无素质的人了。他们的钱可能让他们认识一些不凡的人，在这个地盘里，没人招惹他们，媒体揭他们的短，无异于虎口摸须。于是在办公室里他们会河东狮吼，他们会抬出许多或有钱或有权的名字，他们会说你必须在你的媒体上如何如何。这时候，你不必着急，你微笑地看着他。他再有钱，你不会乞怜一分，他认识多少权势，你没有当官的欲望。所以，你看他就像看一个早已露出破绽却还在舞枪弄棒的草莽。这时候，你可以隆重推出王斯平先生的《啥也不啥》，在有可能的情况下你可把全诗读给他听，因为森堂先生潇洒的墨宝他一定理解不了。这时候，“啥也不啥”不是你的戒条了，而是你的武器，对蛮不讲理有恃无恐的人，“啥也不啥”真是一声棒喝。

《啥也不啥》每天静静地陪伴着我，给我警示，也给我力量和勇气。

（2006 年 3 月 3 日《新乡日报》）

重读札记

中国文化在表现一个人武艺高强的时候，总是让英雄先忍而不发，让强大的对手先行出场表演，然后英雄才在众人狐疑的目光中登场而胜利，比如《三国演义》的温酒斩华雄等。但那些大多数是传说和演义，新工人常志磊的“比武”是真真切切的事情，他让一场技术比赛充满了离奇和悬念。但真功夫不是先天就有的，偶然中都有必然的因素，这才是我们新闻所要表达的思想。

新工人

——新乡汽车运输总公司汽车修理工常志磊的故事

（一）

2001年8月，新乡汽车运输总公司第三修理厂修理工常志磊正好24岁。这一年，常志磊的工龄是4年，照过去3年学徒的说法，常志磊只是一个刚刚摘下徒弟帽的青年工人。

今年8月21日，常志磊来到了郑州。“河南省汽车修理技术比赛”将在省交通技校摆下擂台，全省18个地市的汽车修理精英汇聚郑州。主办单位河南省总工会、河南省劳动和社会保障厅、河南省交通厅对这次久违了的技术大赛设置了极有诱惑力的奖项，不仅对表现优异者颁发证书和奖金，同时对获得个人前三名者将授予“河南省技术能手”称号，核发高级职业资格证书，优先评聘高级技师，全省决赛的第一名还将被授予河南省“五一劳动奖章”。

在技术吃香、汽车修理业星罗棋布的今天，这一个个“光环”都会折射出“财富”的光芒。

常志磊和他所代表的新乡市队对名次想都没敢想，这不仅仅因为他们年轻，还因为他们都工作在自己公司的修理厂里，每天接触的大都是公司最普通的长途客车、货车，对新车、新技术听过、学过，但真正修过的并不多。出发前，有关领导似有同感地劝慰道，名次并不重要，关键是学习，新乡毕竟有400多家汽车修理企业，近万名汽车修理工，没有代表怎么行。

郑州“安营扎寨”后，各方选手互探军情，便有消息传到新乡队中。外地市选手中不仅有修车几十年的“老油条”，更有汽车维修专业的大专、本科毕业生，据说还有一名汽车工程专业的硕士研究生，某市代表队中一名队员竟顶着“中南五省汽车修理技术比赛第一名”的桂冠。几支代表队摩拳擦掌，志在必得，选手后面不但跟着庞大的组织后勤队伍，连摄影师、摄像师都随军出征，准备拍下胜利欢呼的场面。

常志磊的学历是中专（新乡市交通技校毕业），职称是修理工。报到时，组委会的同志鼓励他说，年轻人，争取拿个纪念奖，重在参与嘛。常志磊浑身轻松，吃得香，睡得着，只图赛出真实水平，然后打道回府。

大赛共进行了3天，先是闭卷理论考试，常志磊自我感觉良好。关键的比赛在实际操作，它占大赛总成绩的65%。实际操作的赛场布置在省交通技校内的田径场上。烈日当头，全省唯一参加团体赛又参加个人比赛的常志磊上场时，队友们担忧地问常志磊，身体顶得住吗？常志磊笑笑说，没事儿。身高不足一米七，体重只有52公斤的修理工常志磊走向操作场时，谁也没有在意，大家都认为，这个24岁的技校生只是在经历一个过程。操作比赛分三大项进行，第一项是技术测量，要利用各种测量工具准确快速地测量出配件的各种数据。常志磊要测量的是一个缸筒，他的动作熟练而快捷，很快就报出了准确的数据。一名裁判员惊奇地问他，你是不是专业搞测量的？常志磊说，不是，我是修理工，什么活都得干。这名裁判员说，你比专业人士量得还好！第二项是新技术问答，要求每个选手必须回答两道高新技术问题，常志磊答得既麻利又准确，三名裁判十分满意，一致同意给他打了此项比赛的唯一满分。第三项是故障诊断和排除，三辆“患了病”的汽车摆在常志磊面前，常志磊上车、发动、判断，很快就找到了三辆汽车的症结，并迅速在时间要求内排除了故障。

比赛结束了，常志磊总分排名第一。大赛组委会、裁判员、各地市选手包括新乡代表都大为惊叹，说常志磊的确是一匹“黑马”。在欢庆的晚宴上，省三家主办单位的领导力邀常志磊同桌共饮，人们用羡慕的眼光打量着这个谦逊木讷的青年，人们用疑惑和敬佩的神情探问新乡市的代表，只有4年修车经历的常志磊为何能把这项桂冠顶在自己头上？

（二）

这绝对不是偶然，绝对不是幸运。在今年6月新乡市汽车修理技术比赛中，年龄最小的参赛选手常志磊已经给过人们一个震惊，同样是第一名的成绩，这是实力的宣言。在这实力后面，常志磊知道，他的父母知道，他的工友和师傅知道，常志磊的鲜花里浸透了多少心血和汗水。

不得不承认，在市场经济大潮汹涌的今天，许许多多的人已经看不起工人了。干部风光，科技人员风光，生意人风光，连摆地摊的人都比工人风光，“工人”这曾经响当当的名字今天已悄无声息了。

常志磊一家四口人全是工人。他的父亲是新乡市劳动模范，开了一辈子长途客车，给沿途的农民办了一辈子好事。临退休时，农民夹道欢送他，长途客车终点站的那个乡镇，不但把感谢他的玻璃匾送到新乡汽车运输总公司，还专门给他送上了一场电影。他的母亲退休前出了工伤，头上缝了十几针，但她仍不丢自己的岗位，每天坚持工作。退休时，厂领导为其主人翁精神感动，破例给她连长了几级工资以资奖励。他的哥哥也是一名优秀的汽车司机，多次被评为公司的青年标兵。常志磊就是在这样一个家庭、一个环境中长大的。当他也成为一名工人时，他对“工人”的忠诚和信仰与他的父母没有区别。作为新时代的青年，他有别于父母的只是，他不仅要踏踏实实地工作，更要勤奋努力地学习、创造，做一个既本分又有知识的新时代工人。

常志磊的工作很辛苦，由于是汽车运输总公司所属的修理厂，他的工作时间是每天下午 3 时至晚上 12 时。常志磊从上班的那一天起，就深感自己知识和经验的不足。要做一名优秀的工人就必须虚心求教，刻苦钻研。每天深夜下班后，常志磊都要把自己关在小屋里，再学习一段时间。父亲曾几次提醒他天太晚了，要早点休息。后来父亲发现下班后他房间的灯光果真不亮了，便以为他下班后就休息了。但一次父亲深夜推开他的房门时，发现常志磊竟用报纸把台灯遮住，还在孜孜不倦地读书。

常志磊的闲暇时间只有上午的几个小时，他大部分都用来读书。一次母亲在火上烧了一壶开水后外出，嘱咐正在看书的常志磊照看一下，但当母亲回到家里时，发现火被烧灭了，水也烧干了，而常志磊浑然不觉，仍在那里聚精会神地读书。

常志磊不抽烟、不喝酒，24 岁的他竟没有谈过一个女朋友，周围的人给他介绍过许多对象，他一次面也没见过。母亲常常着急地问他，你天天都在想什么？常志磊说，我只想读书。常志磊的兴趣只在读书上，花销也在读书上，他挣的工资除了给父母，其余的都花在了买书上。工作 4 年来，他自己一件衣服也没买过。前几年，他穿的衣服多数是哥哥不穿的，后来哥哥比他高了、胖了，他也再无衣服可拾了。他对穿衣打扮全然不懂，新添置的衣服都是哥嫂给买的。一次父亲给他几十块钱说，你这么大了，穿得也要体面一些，去街上买件新衣服吧。可常志磊到街上转着转着又进了书店，最后抱了几本书回到家中。

1997年，单位组织工人去南京跃进集团“依维柯”修理厂学习。在火车上，大家都打扑克、聊天，常志磊的身上却装满了许多小卡片，走到哪儿都拿出来看，大家一看，原来都是英语单词。有人问他，你也不考大学，背英语干什么？常志磊解释说，修理厂现在修的都是普通车，但我们终究要修高档车的，现在许多国外轿车的技术资料、说明书都是原文的，不懂英语，将来我们连说明书都看不懂，何况修理呢？在南京，他坚持晚上读书，钻研厂家提供的各种技术资料。除了逛了逛南京的书店，买了几本书之外，他在南京哪儿也没去。在南京学习期间，大家都提出要参观一下“依维柯”发动机装配车间，大概出于技术保密的原因，单位不同意参观，大家只好失望而归，但常志磊一直觉得那“依维柯”发动机装配车间是个诱惑。第二天早上，他早早来到了车间门口，等着车间的领导，在自己反复陈述、苦苦哀求之后，车间领导为其真诚打动，破例让他进了车间。常志磊如愿以偿，“贪婪”地对车间的装配过程进行了详尽地了解。

常志磊所在的厂里订了一套半月刊的《汽车维修》杂志，放在技术副厂长杨苏华的办公室里。杨苏华说，这本杂志常志磊借得最多，摘摘抄抄，每期都是如此，就跟给他订的一样。

常志磊在经济上很拮据，他在单位最好的时候，工资也只在300元左右。常志磊没有年轻人腰挎的BP机，更不可能有手机，但常志磊的书都是一般年轻工人所没有的。他的书在他本来就很小的家里实在摆不下，父母亲理解他、支持他，把家里的那个放冰箱的位置腾给了他放书。

除了读书，常志磊没有其他业余爱好，这使他缺少年轻同龄的朋友，他经常去找的一个朋友是因为人家有一台电脑。常志磊家穷，电脑还是梦中之物。常志磊用人家的电脑就是浏览各种汽车网站，追踪汽车世界的最新潮流。常志磊还有一个朋友是他的中学同学，如今仍在北京的某大学读书，每逢同学归来，常志磊便登门求教。常志磊的朋友少，但他的老师多。他的父亲是他的第一个老师，常志磊初当工人时，总向父亲提许多有关汽车的问题，父亲都一一为他解答，但现在父亲常常被儿子问住。父亲感叹地说，我真的教不了他了。常志磊的师傅原成刚说，在我的徒弟中，常志磊是最用功也是最优秀的。时怀田、李清林和花玉霞是新运总公司的汽车技术专家，常志磊在工作中碰到技术问题后就跑到公司向他们请教。常志磊得知公司专用汽车厂的赵庆阁电脑学得非常好，他就拿着电脑教材去找赵庆阁，要拜他为师。新运总公司机务处的工程师蔡然、何风鸣、冯元兴也都是常志磊的老师，都有被常志磊堵在办公室解答问题的经历。

学习是常志磊生命里的重要组成部分，学习让常志磊感到了极大的快乐，越学习，他越觉得自己浅陋，越觉得学习的重要和迫切。几年时间，常志磊利用业余时间自学了16门汽车工程专业的大学课程，撰写了30多篇修理汽车的心得体会，自学了许国璋的英语教材和《新概念英语》。现在，他还是新乡市委党校经济管理专业的学生，每逢星期天，他都准时到党校去听课。

干汽车修理行业既要有深厚的理论功底，又要有丰富的实践经验。常志磊说，各种故障会有对应的排除方法。他在工作中虚心地学，认真地看，反复地琢磨，力争让自己成为修车的“老手”。常志磊的同伴都说，常志磊自己的活他干，别人的活他也要凑过去，能帮把手就帮把手，帮不上忙他就在旁边看。1998年冬天的一天，常志磊看别人修东风大货车，在装“康明斯”发动机时竟多出一个线头。大家谁也不知道这个线头应该装在哪儿，它到底有什么用途，一试车汽车也完全正常，便结束了维修。事后常志磊一直觉得这是个心病，一个线头就一定有一个线头的作用。于是，第二天他就跑到有这种车型的新乡无氧铜材总厂车队，他边看边问，了解到原来这个线头是“排气刹车开关”，是紧急情况下才使用的。

今年5月份，在修宇通车的滤芯时，大家觉得这种滤芯坏的频率很高，坏了就要换新的。常志磊就多了一个心眼，他捡几个坏滤芯打开研究，一看才知道，许多坏的滤心口和正宗的滤心口是不一样的，滤芯一坏，就容易使发动机出现故障，从而酿成大事故。常志磊把他的结论告诉了同伴，告诫同伴和司机再换滤芯的时候，一定不要图便宜买"水货"。从此，来修的汽车再也没有因滤芯而导致的大事故发生。

今年总公司又进了一批新宇通车，大家发现在底盘下边的大梁中间新增添了一个部件，大家以前都没见过，也不知道有什么作用，因还没有损坏过，也不涉及修理，便谁也没有注意过它。但常志磊却牢牢盯住了这个没见过的部件，他查阅资料，翻厚厚的说明书，终于弄清楚了这个部件叫"快放阀"，它的作用就是迅速排气，以免造成汽车刹车鼓发热。随后他就将这一情况告诉了工友。

（三）

技术和年龄有时并不成正比，在4年的时间内常志磊的修车技术迅猛地进步，也常常成了司机追逐的修车师傅。常志磊对此不骄不躁，只要司机有求，不管何时何地，他都乐于帮忙。1999年大年初二，正是客运的黄金季节，跑洛阳的司机李栋给常志磊打电话，说自己的客车出了大毛病，单位又放假，急得他火烧火燎。当时，常志磊正在家看书，二话不说，就跑到厂里为李栋修车。查出故障后，他又和李栋一起搭车到郑州买来配件，从上午10点一直忙到晚上8点多。车修好了，司机李栋执意要请常志磊吃饭，常志磊却说，你快回家休息吧，明天起早还要跑车呢。

2000年7月一天中午12点多，司机陈尚岭的车坏在了获嘉的公路上，常志磊接到求援电话后马上就赶到获嘉。上边太阳火辣，下边柏油路面煎烤，常志磊车上车下检查，浑身湿得像被水洗过一般。一个小时后车修好了，常志磊只在获嘉吃了一个烧饼，就又急匆匆地赶往新乡上班了。今年

10 月的一天夜里 11 点多，常志磊在家接到一名司机从卫辉打来的电话，说他的车坏在了卫辉南站，自己修了两个多小时仍修不好，没办法只好来求助。常志磊只说了一声“你等着，我现在就赶去”，就跑到厂里拿了工具急忙赶往卫辉。一检查后，他发现原来是刹车抱死，于是一边修车一边给司机讲故障的排除方法，讲操作中的注意事项，直到次日凌晨 2 点多才回到家。许多司机都说，常志磊是小年纪、大师傅，不仅技术好，态度也好。

常志磊不仅在单位本职工作做得好，在社会上也是助人为乐。今年 10 月的一天早上 6 点多钟，常志磊去汽车站送朋友，看见一辆公交车坏在了 6 路车站牌下，司机正为找不到故障原因而急得团团转，车上的乘客也十分着急，不断地催促着快点开车。常志磊凑过去要求帮忙，司机看着这个小青年将信将疑，但很快常志磊就判断出故障是制动系统气压调节阀卡死。这是个小毛病，发现不容易，但修起来却很快，司机又是佩服又是感谢，乘客也都连声赞叹，夸这位小青年真是了不起。

（四）

郑州夺冠回来，常志磊身边一片鲜花和掌声，面对每一位赞扬他的人，在每一个庆典的场合，他都说要表扬就表扬我的老师，表扬培养我的单位，然后他会如数家珍地一个个说出老师的名字。

在采访常志磊时，常志磊没有一点志得意满的神情，他的思考常常超越了他现在的工作环境和条件，想得更深更远。他对记者讲近忧远患，他说，前几天厂里来了新宇通大巴，ABS 自动防抱死系统变成了气压式的，他自己以前见到的都是液压式，对此他还不懂；他说，现在许多高档车里都使用了电子技术，而电子技术他只懂得一点皮毛；他说，他接触的车多是东风、宇通、桑塔纳，而高档车，如奔驰、宝马、沃尔沃，他甚至摸都没摸过；他说，以后将有更多国外的新车、修理新技术、新设备涌入中国，他现在的知识和经验根本应付不了……

他说他心里有许多奢想：想有一台属于自己的电脑，随时可以查看世界汽车的最新动向；想有一天能坐在一间正规的课堂里，全面地、系统地学习汽车的理论和修理技术；想到大城市中的现代大型汽车修理企业，看一看人家是如何修理汽车的……

夺冠回来，本来就小有名气的常志磊名声大振，在技术就是金钱的市场经济中，许多汽车修理企业向常志磊伸出了橄榄枝。一家企业对常志磊许诺，可以让他以后一个月的工资抵现在的一年的工资。常志磊对此盛邀都一一谢绝了。他说，我的成绩是我身边的老师和我富有凝聚力的单位给我的，工人就是要讲本分和诚信，忘恩负义的事情我不会干。

夺冠回来，他总共得到了 3000 元的奖金，清贫的他对奖金做了如下分配：留 1000 元作为自己购买书籍的资金，拿 1000 元孝敬父母，拿 1000 元给总公司，倡议建立“新乡汽车运输总公司青年职工技术进步奖”基金会。他在简短的倡议书上写道：“现代科技对一个国家、一个企业的发展十分重要。随着时代的发展、科技的进步，我们的企业需要更多的走在前列的青年工人。”

常志磊，一位新工人，创下了新乡市汽车修理史上的三个新纪录：第一位通过自学达到汽车工程专业大学水平的工人；第一位荣获全省汽车修理技术比赛第一名的工人；第一位被省市两级授予“五一劳动奖章”的年轻汽车修理工人。

（2001 年 12 月 9 日《新乡日报》）

（2002 年 2 月 6 日《河南日报》）

李宪文是个很自信的人，他的自信来源于他曾做过十几年老师的经历。那时，他对当时教育界公认的模式不以为然，于是他弃政府的官员不做而到一所公认落后的学校当校长；他是一位大胆的革命者，落后的地方恰恰是革命最好的试验田，能把一个好学生教成好学生的不是真正的好学校，能把一个落后的学生教成好学生的才是真正的好学校。于是他在学校里协调上下关系，改革措施频出，把他的智慧和胆略发挥到极致。他的“狂妄”不仅使原本落后的学校不再落后，更重要且可贵的是对“百不利，不变法”的教育界产生了一次震动。后来他离开了他“革命”的地方，那时他还没有到退休的年龄。他到了郑州一家很有名气的民办学校当了校长，也许是手脚放得更开的缘故，据说又有两家学校邀请他进行管理，挂在了他的名下。

李宪文秘笈

此时正值秋高气爽，卫辉市高级中学校长李宪文和我一起坐在车里，被窗外景色吸引，陡然用带有卫辉市口音的普通话吟咏起毛主席诗词来。“天高云淡，望断南飞燕，不到长城非好汉，屈指行程二万。”一首已吟毕，意犹未尽，于是又吟一首：“西风烈，长空雁叫霜晨月。霜晨月，马蹄声碎，喇叭声咽……”

我想起刚刚在“卫高”校园里的那面硕大的墙上看到的毛主席诗词手书《沁园春·雪》，我想起学校那座横跨大路的“凌云桥”。何为“凌云”呢？我曾问校长李宪文。李宪文又吟咏起毛主席的诗词来：“久有凌云志，重上井冈山。”

我时常好奇李文宪为何对毛主席诗词如此痴迷，经过几番琢磨，终于有了个自圆其说的解释：中文系毕业的李宪文曾是狂热的文学爱好者，并经常在报纸杂志上发表作品。诗和散文曾是他的最爱，以他的年龄，最早接触一定不是“床前明月光”或“白日依山尽”之类，而是毛主席的“独立寒秋，湘江北去”或“红军不怕远征难”之类豪迈和大气的诗。毛主席的诗词是在炮火中、油灯下、马背上写就的，伟岸、磅礴没有半点的矫揉造作，这让豪迈又浪漫的李宪文佩服不已；毛主席打起仗来更是出神入化，正是有了毛主席，中国革命的胜利才能“星星之火，可以燎原”，才能变不可能为可能。李宪文痴迷于毛泽东的诗词，更惊叹于毛泽东指挥战役的艺术。李宪文在2002年由卫辉市政府办公室副主任“屈就”到卫辉市第二中学当校长的时候，最想做的就是学习毛主席，在他的“弹丸之地”上把不可能变成可能。

改名和自信

2002年的春天和以往没有两样，但对于卫辉市第二中学来说却有一个很大的不同，校长换了。大家已经习惯了体制上官员的来来往往，口耳相传了几日也就各自忙碌开了。当然现在学校的员工们再说起2002的春天已有了明显的年代记忆，他们觉得那是一个时代的开始。

李宪文是带着少许的落寞和他独特膨胀的倔强性格来的。他对于教育并不陌生，也曾“为人师表”十几年，但校长的椅子他还是第一次坐，他觉得他的性格是不适合当校长的。他容易激动，血顶脑门的时候口无遮拦；他善于表达，常常观点激进而又独特，又没有察言观色的能力，有时领导已在那里引颈撇嘴呢，他还像演说家一样口若悬河。在他的眼里，校长应该正襟危坐，惜字如金，儒雅而高深。让他当一个中学校长不知是当时领导的失误还是领导超前的高深。

我没有见到过他当校长之前卫辉市第二中学的模样，故不敢妄评，但可以肯定的是绝没有今天这般宽阔的校园：没有如此干净的操场，没有规范整洁的学生宿舍，没有15万册藏书的图书馆，没有“致远”教学楼，更没有衔起两校园的“凌云桥”。这只是学校的“硬件”，“软件”的变化在他来之后发展更多、更有魅力。

李宪文历来就烦学校的名字，如坐针毡一般不可忍受。“二中，二中”，卫辉市不是北京上海，有很多所的中学。“二”也无所谓，卫辉市区一共只有两所中学，“二”其实就是最后。尽管当时“二中”的确在“一中”之后，但今天在其后不等于永远在其后，“二”是多么的机械、近视和不科学。“二”字在其他城市的中学名中也许只是一个数字，但在卫辉市绝不仅仅是一个数字。

李宪文当校长后向卫辉市教育局和卫辉市政府打的第一个报告就是将卫辉市第二中学更名为卫辉市高级中学。此举一出，一片哗然。改变历史和习惯的人是要有资历和资格的，李宪文在学校寸功未立、一片青白之时就迫不及待地更名易帜，在历史和文化积淀极其浓厚的卫辉市无疑显得急躁了些。可名字就是名字，在没有违反法律没有侵权的情况下，人和单位是有其取名自由的。李宪文没有畏惧人言，他的“张狂”常常就表现在他觉得没有议论就没有动力。改名有改名的理由，反对没有反对的道理，在卫辉市政府、卫辉市教育局领导的支持下，“卫辉市高级中学”的新名字出生了。这一天是2002年6月6日，距他走马上任不到两个月。

名字虽然改了，但那块新牌子不可能一下子改变学校原本的风貌。李宪文觉得当务之急是让教师和学生把头抬起来，只有把头抬起来，一切工作才皆有可能。

抬头，校长要先抬起来，尽管当时他的学校只有1000多名学生，这些学生里能入围本市前1000名的只以个位数计，但当他远赴福建、浙江名校考察时，他很自豪地在胸前别着“卫高”的校徽。在新乡市教育局开会，前排就座的往往是新乡市一中、河南师大附中等名校的校长，但李宪文直接就坐在了新乡市一中和河南师大附中的校长中间。“王侯将相宁有种乎”？学校不行不等于校长不行，今天不行不等于明天不行，李宪文没有一丝的怯场。

在学校，李宪文要求师生都要佩戴校徽，也鼓励大家在校外都佩戴校徽。李宪文在学校校报的报眼儿上手书：“今天，你们以卫辉市高级中学为自豪，明天，卫辉市高级中学以你们为骄傲。”可是，那时许多师生出了校门还是把校徽摘了，只是换了个校长，换了个校名，学校还是那个学校，学生还是那些学生，没什么可炫耀的。当然，时过境迁，今天李宪文再不要求师生们戴校徽了，就像一个北大的学生，他们会自己宣传推介自己的。

李宪文的自信几乎无须培养，他要把他的自信传染给每一位教师和学生。他亲自拟定了学校的誓词，并要求在每一周的全校师生升旗仪式上大家共同宣誓：“我是‘卫高’人，我有最疯狂的梦想，我非常自信，我潜力无穷，我要刻苦学习，遵守纪律，锻炼身体，全面发展，超越自我，走向成功。”刚开始时大家都觉得这个誓词生涩和张狂，如此小的一个县级中学，学生都是别人挑剩下的，之所以来“卫高”上学确实是无学可上。学生是打发岁月，家长是无可奈何，将来能考上一个大专已是奢望，哪里还有自信？梦想是什么呢？最疯狂的梦想又是什么呢？然而在周而复始的朗诵声中，学校在一天天变化，高考中榜的捷报一年年飞涨，学生一年年激增。到了2009年的时候，广场的国旗下已站满了6000多名学生。同一篇誓词，今天再读，已不是简单学生人数剧增带来的震撼，这些声音里，已没有了卑微和无望，而是由自信到潜能，由潜能到梦想。

我能行，为什么过去不行？李宪文对着全校的老师说，不要埋怨庄稼，问问我们种庄稼的人。

当 2002 年“卫高”在卫辉市招生，250 名 500 分以上的学生“卫高”只招到 18 名，当时招到的大多数学生都是二类、三类，甚至四类生源时。李宪文却豪迈和自信地说，“卫高”的学生是最优秀的学生。“卫高”没有差生。

在没有“差生”的环境中，“卫高”的学生心底像蓝天一般干净和坦荡。经过 3 年的雨润光照，当他们仰头看高招的红榜时，他们把校长当年的“狂言痴语”变成了真理和科学。就是 2002 年招的那批“差生”，3 年后，竟有 800 多名学生考过了高考的录取分数线；4 年前，全卫辉市考入前 1000 名的考生中，“卫高”只有 122 人，然而，3 年后的高考，全卫辉市前 1000 名考生中，“卫高”的考生已有 788 人。

“卫高”靠着独特的教育模式让不可能变为可能：学生王俊杰，入“卫高”时卫辉市排名 4762 名，高考时卫辉市排名一跃到了 76 名；学生崔学峰，入“卫高”时卫辉市排名 4618 名，高考时卫辉市排名 50 名；学生徐敏，入“卫高”时卫辉市排名 1467 名，高考时卫辉市排名 20 名……“卫高”像一座炼狱，把没有信仰的变得有信仰，把不爱学习的变得爱学习，把“差生”变成了优生，成绩提高之快、之高，让人如读天方夜谭般的神话。

社会和一些畸形的教育制度把“差生”给了“卫高”，李宪文有怨言但不气馁，他没办法改变制度，但他可以改变理念和方法。教育是全面的，优生毕竟是少数，更需要关注的是普普通通的学生。把优生教成优生，实无功绩可言，把“差生”变成优生才是好的教育。李宪文的成就就是“盐碱地里夺高产”。

李宪文不再愁生源了，他的学生就是学校的广告。他使一年里 6000 多名中招生里有 4500 名学生第一志愿填了“卫高”，他使操场上满当当地站满了 6000 名学生，连跑操都要分成几圈才能进行。

惩戒与激励

李宪文初到“卫高”的时候，人们的眼光是充满疑惑的。他们梦里都不敢奢望“卫高”一年能有1000多名学生进了大学的录取分数线，能把学校弄个学校样就不错了。

2002年的春风在学校里没有刮来花的芬芳，尘土、纸屑、烟头在春风的怂恿下为李宪文舞蹈，教室和宿舍的墙上有一人高的脚印，肯定是男同学的“杰作”；下水道堵塞了无法疏通，学生把板凳腿儿塞在了里面；安装玻璃的速度永远没有打碎的快；校外有学生沉迷在网吧里，校内有学生沉浸在爱情中；当然更有打架的，校内的打出去，校外的打进来。

李宪文不觉得奇怪，当一个学生没有了方向、放弃了学习的时候，他的剩余精力肯定要找到发泄对象的，同样，当一个学校、一个教师在说教既无气力，又无良方猛药之时，他只能是维持。

李宪文觉得自信是主观的，环境是客观的，“卫高”要高起来，既要有高起来的决心，又要有高起来的场地，缺一不可。仅仅靠讲道理是不行的，特别的时候要有特别的手段和方法。李宪文相信：“沉疴须用猛药，矫枉必须过正”。

2002年秋季的开学典礼，本是一个常规性的大会，但李宪文不仅请来了卫辉市教育局的领导，还请来了卫辉市四大班子的主管领导。这么多的领导一坐，明显是给李宪文助威来了，但还有一层意思是要自己去体味的：有令难行，不外乎两种情况，一是人情难却，二是领导难违。很多的时候不是没有制度，而是制度让人情世故和领导的指示“流产”。因为李宪文在这次大会上很严肃很气愤地列举了破坏学校纪律的现象并宣布了今后惩戒这种现象的纪律，让个本该轻松愉快的大会变得沉甸甸的。

果不其然，该来的都来了。

大会开过不到一周，一个学生让他的表哥在学校打了另一个学生。搬表哥打架的学生是本校老师的亲侄儿，老师资历老，又是学校教学的骨干，怎么办？李宪文没有征询那名老师的意见，老师也没有上门说情，大会的宣言余音绕耳，两人相对无言，又有许多难言之隐。第二天，学校的布告贴出来了，对搬兵的学生予以开除处分。其速度之快处理之重让全校震动。

李宪文就这件事向全校的老师讲了一个“破窗理论”：如果有人打碎了一块玻璃，我们不去尽快地处理，就可能给人一种暗示或纵容，就会有更多的人去打玻璃、破门，甚至毁坏整座建筑。因此对打碎第一块玻璃者要加重处罚力度，以儆效尤。

一名男同学在寝室里抽烟被发现，学校的处理决定是让这名学生向学校贫困生基金会捐1000元，以示惩戒。学生不愿意，先是他的家长托人来学校说情，失败以后学生的哥哥喝了酒闯进李宪文办公室，在目的没有达到后，出了门就骂骂咧咧，并扬言此事决不罢休。几天后，一名媒体记者把此事在报纸上曝光了，但学校坚持不改决定，媒体一连曝光了3次，学校始终如一。此事惊动了卫辉市和新乡市的两位主管领导，询问事情的缘由和处理结果，李宪文解释说，学校的制度不能变，我不能因为怕伤害一个学生的感情而伤害全体学生的感情，学生如果接受不了这样的处理可以转学，入学时的所有费用学校全部退还。学生和学生的家长都不愿意转学，最后还是接受了学校的处理决定。

校园的学生好管，校外的地痞无赖怎么办？社会上有一批“泼皮牛二”之类的混混，在校园内外欺负敲诈学生，学生敢怒不敢言。警力有限，事也太小，学校不好求助公安机关。文人的李宪文觉得此事不能用“文”的方法解决，对付无赖要用“无赖”的方法。在一次全体师生大会上，李宪文大声说，要给门岗的保卫人员配备木棍，有地痞流氓到学校寻衅滋事，就打他们的腿，打伤了门岗没有责任，花多少钱学校出，全校的人都可以参战。此言一出，不胫而走，社会上的混混们都被震慑住了，都怕

“卫高”的大木棍真的打在腿上。于是一分钱没花，学校门里门外一下平静了。

后来，“卫高”在全校开始“戒烟活动”，学生不能吸烟，老师也不能吸烟。警言在耳，惩戒当头，瘾君子们都扔了烟卷火机，一时间“卫高”连一个烟头也见不到了。“人人说普通话”是“卫高”强力推行的又一个活动，许多老师说了几十年方言土语，改起来羞涩而困难，但纪律跟身，惩罚相伴，先是绕嘴碰舌，渐渐半生半熟的普通话逐渐说得流畅起来。有一次“卫高”的老师到省内另一所学校拜访，两边老师一边语言鱼龙混杂，一边老师清一色普通话，把人家校长羡慕崇拜得不得了。“卫高”的老师们都逐渐明白了惩戒带来的效应。

敢做敢当，文武并用，校里校外都知道“卫高”的纪律是铁板一块，谁碰谁头疼。有惩戒也需有表彰，而且要表彰得既有影响力又有创造性。有一次组织各班班长在会议室开会，李宪文发现会议室门口有一片碎纸，过往的人似乎谁也没发现。他觉得这是篇“文章”，于是就在门口观察等待，终于过来了一个女同学，拾起了那片纸并把它送入垃圾桶里。李宪文马上在大会上对这位女同学进行了表扬，并给予了100元的奖励。一个小纸片一篇大文章，一时间议论和震撼声四起。李宪文对此解释说，一个小纸片之所以值100元是习惯价值决定的，别人都视而不见，唯她觉得碍眼，是她平日就养成了公共卫生习惯，这种习惯正是“卫高”和整个社会所急缺的。小纸片事情过后，公共卫生意识在“卫高”一下树立起来。今天的“卫高”，想在地上找一片碎纸或塑料袋之类的垃圾都很难，没有人随地丢弃，即使偶尔有之，也难逃过6000人的眼睛。

文化与环境

“卫高”的卫生之好在卫辉市是有口皆碑的。卫生不仅仅表现在环境，也是一种文化的体现。走在“卫高”，你有一种被文化包围的感觉，视野下，空气里，声音中，文化像影子一样跟着你，无处不在。

“卫高”的“文化长廊”始建于2003年。那个时候，“长廊”文化在中原大地还凤毛麟角。“卫高”临街的一道380米的围墙从出世以来就只是一道围墙，李宪文也是有那么一天看见它的时候突有所悟，围墙仅仅是围墙吗？如果是商家的一道围墙能这么白白地空着吗？学校的任何一块地方都应该服务于教育事业，关键看你是否能发现。于是他决定在围墙的临街面建名人名言长廊，临学校面建学生的黑板报。名人名言长廊分劝学篇、惜时篇、理想篇、爱国篇等，当然也有许多千古名句，其中不乏爱情箴言。当今的学生对爱情的字眼早已不陌生，学校给学生的是一个人的全面情操和文学的美。“文化长廊”深受学生的喜爱，每每过之，或记或咏。市民对此也大加赞叹，在商业铺天盖地的笼罩里，这道围墙述说着卫辉市厚重的历史和文化底蕴。

同样，“卫高”的地面也在渗透着文化。初来“卫高”的每一个人都对学校操场上的一块块方格格莫名其妙。这是“卫高”的一个创造，每一个方格格都如同一块小黑板，规定的时间内由规定的老师和同学各选一块，在方格格里用粉笔或中文或英文写作，内容可以是名人的哲言，可以是民谚俗语，也可以是自己的灵思妙语。老师和同学都很认真，毕竟要接受大家的围观和评论。这一创举起码提升了师生的两项技能：一要写好字，二要选一段代表自己水平的名言警句，这就免不了大家在下面勤学苦练。在学校的图书馆、阅览室里，都可以发现师生练习写字的身影。不知道是否和地面文化一脉相承，后来李宪文不经意地说了这样一个事实，“卫高”的学生高考时因字体的工整和秀丽也颇为受益，因为没有晦涩难辨的字体，尤其在文科，好字在考试中可以给老师留下好印象，好印象肯定是有好分数的。当然，到社会上，写一手好字的人更是稀缺得很，许许多多我们认为很优秀的孩子字却写得如蛇走蟹行，但“卫高”的学生写字普遍的好已成共识。

利用一切可以利用的地方，比如“卫高”办公楼墙面上的电子流动字幕。这个字幕功能很多，学校的各种活动通知、天气预报、卫生常识，中间穿插一些各科学习中的解答和名言警句。学生走过这里都要看一看，无意中也学到了许多东西。

把学习贯穿到生活的每一个细节，把学习变得生动而多彩。“卫高”有两项活动坚持了数年依然生命力旺盛，一是双语升旗，即每周一举行的升国旗仪式，选出的学生代表分别用中文和英文阐述一个主题，说者听者都得到了思想的启迪和语言的学习；二是课间的跑操，跑操以班为单位，行进中必须喊口号，喊什么怎么喊都要自己去创造，创造的过程就是集全班之智的一个过程。讨论中，大家会提出许多自认为既合辙押韵有概括力有精神又能表达意愿的口号。大家互相学习，互相补充，过程中充满了乐趣又学习了知识，各班之间相互倾听、比较、竞赛，极大地丰富了语文的教学方式，收到了很好的学习效果。举例几个班级的口号，与大家共享：“怕苦怕累怕受罪，趁早回家蒙头睡”“吾志所向，一往无前，愈挫愈奋，再接再厉”“进门当求知，爱拼才会赢，勤奋出灵感，自信能成功”。

在各校为了高考千方百计地把学生往书本里赶的时候，“卫高”却独辟蹊径，为学生打开了另一扇窗户。学校规定，每班每周必须有一节课外阅读课，地点是学校的阅览室。阅览室订阅了近200种报纸杂志，内容包罗万象，学生可以随便翻阅。有藏书15万册的学校图书馆，尽收社会各个学科的书籍，学生都可凭借书证借阅。当我指着一排排中外文学名著向李宪文讨教的时候，李宪文说，学生们的书包里已不缺数理化书籍了，图书馆应该给学生一个更广阔的世界。

方向和方法

2007年，李宪文被评为新乡市十大名校长，全市的教育现场会也在“卫高”举办。曾是“差生”满校的学校摇身一变成全新乡市的先进，李宪文的秘籍是什么？李宪文说过一句不管咀嚼多少遍依旧会让人沉思的话：换个方向，你就是第一。

换什么方向呢？我们的每一所学校在高考的门槛前几乎实施的都是“精英”教育，中招时挑选“精英”，教学时设“精英”班。学校的“营养”优先供给“精英”，甚至为了“精英”，隐没和淘汰一般的学生。李宪文的学校“先天不足”，制度让他没有挑选“精英”的权利，他也没有钱也不会许诺来讨好尖子生们。但李宪文没有陷入一般人的窠臼，既然大家把劲儿都使在“精英”上，那么我就来个“华丽转身”，把精力放在“差生”上，让“差生”变成好学生。我们的目标不是北大清华，我们尽最大的可能让学生能受到普通的高等教育，当然以后有北大清华更好，但我们的目标是在后进生转化上争当第一。

改变了方向就要改变认识。李宪文自己始终这么认为，我的学校没有“差生”，之所以考试成绩不好，要么是教育环境不好，要么是教育方法不当，主要原因不在学生。李宪文要求老师们都接受这个观点，不允许说学生如何如何不好。认识统一了，我们就有了争当学生转化第一的决心和信心了。

按照这个理想和目标，“卫高”除了在信心、环境、文化等多方面的除旧布新之外，在学习方法上也进行了大胆的探索和革命。

抓好成绩后20%的学生是“卫高”的首创，一般的学校都是抓尖子，认为掉队的学生已无可救药。“卫高”的方法是，对成绩后20%的学生要进行二次过关考试，老师不仅在卷子上有分数，更要有分析的评语，有鼓励性的语言，使学生看到自己的进步，树立“我能行”的信心。

抓教师队伍，提高教师的教学水平和积极性是“卫高”翻身的基础。如何把老师调动起来，李宪文没钱，用钱也不是最好的方法。老师们是有责任心和创造力的，就看你怎么去挖潜和激励。“卫高”的教室走廊里没有居里夫人、瓦特等世界数理化大师的画像，李宪文认为要挂就挂自己学校老师的像，谁课教得好谁的成就大就挂谁的。学校还李宪文认为在老师队伍里开展每周一星、每月一星的评比活动，评上的老师就上明星榜。学校设有自己的“百家讲坛”，老师们都要在讲坛上展示风采。学校还在卫辉电视台、《新乡日报》上刊登新闻和广告，让自己的优秀教师家喻户晓。“卫高”的老师在一次次活动中不仅提高了教学水平，在精神上也得到了极大的满足。

在高一高二的教学中实行“五步导学法”，是“卫高”在教育改革中的一次大胆尝试。它一反教育体制的“满堂灌”做法，主张凡是学生自己能解决的，就让学生自己去完成，把更多的时间还给学生。“五步导学法”的具体内容是检验旧知，预习导学，互动点拨，达标检测，布置作业。这一方法改变了传统教学的听写、记忆、模仿的方法，变成了温习、提前介入、提出问题、讨论思考等手段。尤其是“互动点拨”方法，使教学变得有趣而周密。老师把知识设计成问题，让学生讨论和思考，从而开阔了学生的视野，增强了学习的兴趣，这对老师设计问题的能力和启发学生的能力要求很高。“五步导学法”是一次“危险”的革命，高考在即，教育界又最循规蹈矩，李宪文何以敢冒险呢？我如此分析李宪文的胆量，“卫高”的学生本不是精英，学校先前也总居人下，是地地道道的“穷人”，“穷人”最容易改变，改变起来还无所畏惧，本就没有坛坛罐罐的包袱，所以也无所谓失掉什么。

从2002年到今天，“卫高”的教育取得了丰硕的成果，创造了教育界的一个奇迹，这个奇迹既没有国家资金的额外投入，又没有教师和学生的大换血。此人此地，物是人非，这不得不让人发问和深思，我们的教育究竟要改变什么？我们是不是过多注意了学生学习成绩的进步而忽视了学生精神上的发育和成熟呢，我们是不是过多注意了精英而忽视了全体学生的整体教育呢，我们是不是把学校的教育仅仅看成书本的教育而忽视了社会文化的教育呢？狭隘的教育恰恰是舍本求末，让教育在一些地方变得越来越畸形和苍白。

几天前，“卫高”又传来新消息：2009年，“卫高”高招上线人数为1283名，又创“卫高”高考上榜新高，又一次为李宪文的秘籍做了注脚。

（2009年7月2日《新乡日报》）

重读札记

2009年5月6日是新乡市建市60周年，新乡市委、市政府准备隆重庆祝，拍一部电视政论片是活动的主要内容之一。这个任务交给了新乡电视台。好的片子是以好的脚本为基础的，于是请了中央电视台据说是某大政论片的写作班子来执笔。人家来了大概一周，采访、写作，但拿出的本子新乡市领导不满意。其实不是人家的水平不行，而是几个对新乡历史、文化根本不了解的人怎么会在这么短的时间里产生感情的投入和地域的认知呢？时间紧迫，新乡市电视台台长李宝琴把她认为能救急的新乡市作家协会王斯平主席、报社的张哲和我召集一起，最后的结果是由我执笔完成这项不好完成的差事。正是最冷时节，我在我狭小的办公室加班查资料、写作，用了几天时间交了本子。后来拍片子时，电视工作者又根据电视的特色进行了很好的加工，片名也由《新乡记忆》改为《牧野长歌》。后来经新乡市主要领导同意，《新乡记忆》在《新乡日报》全文刊登。

新乡记忆

这是一片大平原，这片平原绝对胜出这颗蓝色星球的同类地貌。它一边依偎在钢铁一般突兀和坚硬的太行山怀里，一边以166公里的宽阔轻轻抚摸着亘古不息的黄河。于是这里的人在骨子里、在血液中铸就了分明的性格：倔强起来像太行山一样伟岸和坚强，温馨时候像黄河水一样绵延和柔弱。1416年以后，这片大平原有了一个新的名字——新乡。感谢我们的祖先吧，这个名字是多么的美妙，它一边述说着创造和希望，一边述说着温暖和和谐，这不正是人类甚至一切生命所希冀和追求的天堂吗？

光阴荏苒，时光到了我们这里，我们一次次翻开历史的长卷，怀着崇敬的心情去审视我们的祖先，在我们共同的土地上是否创造了像我们名字一样美好的生活呢？

历史是一个链条，后一个成长必须在前一个成长之上，但我们还是不禁发出一声叹息，尽管先人们也皓首穷经，也励精图治，但直到公元1949年，这片土地仍像一个从战争中走来的老人，既一片疮痍又满目沧桑。

1600年前的陶渊明先生写了篇千古咏颂的《桃花源记》，他告诉我们的其实是这样一个道理：没有脱离了当时社会和制度的另外一种理想生活。理解和宽容我们的前辈吧，在那样一个社会，那样一种制度，那样一个积弱的国度中，怎会有一种富足和静谧的生活呢？1949年5月6日，这是一个里程碑的日子，这一天，由中国共产党领导的中国人民解放军扛着一面红旗挺进新乡。战士们穿着布衣军装，腿上紧紧打着绑带，一脸的精神饱满，一身的气宇轩昂。这面共产党经28年血雨腥风、战火硝烟的红旗，在这一天插在了新乡古老的土城上。它告诉历史，一个时代已经结束，它告诉未来，一张宏图正在展开。

第一集：乡风丰硕

《汉书·郦食其传》中有一句千古名言“民以食为天”。历朝历代，无贵无贱都将其视为真理。新乡的百姓却把它演绎得更为实际和生动，朋友邻居们见了面，第一句问候几乎都是“吃了吗？”

“吃了吗？”作为民间的第一问候流传了几千年。当然，它也大摇大摆、旁若无人地走进了1949年。

“吃了吗？”绝不是凭空产生的，“吃”在人们的生活中是头等大事。在新乡的民间习俗中，有许多和“吃”有关的礼节，亲朋好友结婚，送一兜面送一瓢米，客人们吃完了婚宴主家还要给女宾们“袖”一兜馍，过年走亲戚，来往礼物最多的是由馍翻新的枣花糕。

据史料记载，1949年新乡市的人均粮食占有量只有78公斤，在那缺油少菜的年代，一天人均只有四两粮食，早上喝汤，中午喝汤，晚上碗里捞月亮。让人民吃饱饭成为政府的当务之急。

制约粮食增产的关键是水，历史上新乡的无数次饥荒几乎都是因大旱所致。水，水，新乡人世世代代枕着黄河的波涛入梦，却又无可奈何地看着黄河水一泻千里。

1951 年 3 月，人民胜利渠动工修建。它如一根吸管，要把白白流淌的黄河水“押解”到新乡的土地上来。一年过去了，当黄河水第一次汩汩地亲吻牧野大地的时候，《人民日报》发表文章祝贺。1952 年 10 月 31 日，毛主席亲临渠首视察，这位中国农民的儿子，这位后来说出“要把黄河的事情办好”的领袖，对水充满了感情。他第一次站在新乡的土地上，亲手摇开渠首的一孔闸门，对着滚滚的黄河水他抑制不住心中的激动说，这样的水闸一个县有一个就好了。

戚久旺，新乡县宋庄党支部书记，一位普普通通的中国农民，在 20 世纪五六十年代，一头钻进麦田里不肯出来。他就不相信，新乡的麦田里为什么亩产只能打七八十斤粮食。他看麦苗喝水，听麦秆拔节。这一钻，就是十几年，1968 年，宋庄的小麦亩产已突破 500 公斤。由此，他 6 次被评为省劳模，是全国公认的小麦专家。

和戚久旺麦田相隔不过几里的另一块土地里，也有一位农民钻在地里不出来，他叫史来贺，是新乡县刘庄党支部书记。他白天泡在地里，夜里也提着马灯对着土地发呆。他看的是棉花地，他和戚久旺几乎是一个问题，为什么棉花亩产只能是十几斤呢？他找县里的技术员请教，又专门划了几亩试验田，种子、密植、治虫、整枝。1957 年，史来贺拍着身上的土从棉田里出来的时候，刘庄 1200 亩棉花亩产已达到 111 斤半。也是在这一年，全国亩产皮棉平均才 38 斤，史来贺创造了一个天方夜谭的神话。总理周恩来知道了这个消息，当年 11 月在中南海的小礼堂，他握住只有 27 岁的史来贺的手说，千亩梯田平均亩产皮棉超百斤，你们带了个好头，希望你们认真总结经验，彻底改变贫困面貌，给全国树立个榜样。

1965 年，乔永庆 27 岁，这一年，原阳县委决定，把县团委书记乔永庆调任新建的原武公社任党委书记。原阳紧挨着黄河，原阳人却饿得最厉害。有水就应该有稻子，但关键是压盐碱，地里为什么有盐碱，就是因为只能灌不能排，我们能灌能排不就行了？道理很简单，干起来真难。乔永庆和农民一起拉平车搞农田基本建设，一拉就是一千多斤。寒冬腊月，别的县乡农民都坐在坑上烤火，乔永庆带着公社干部在冰冷的河里挖泥。到了 1969 年，原武公社已是“稻花香里说丰年”了。这一年，原武不仅吃饱了肚子，还给国家上缴余粮 47 万斤。《人民日报》当年用粗体大字给原武一个头版头条:《引来黄河水碱区稻花香》。后来乔永庆当县长了，他还忙活着水稻，人送绰号“稻县长”。再后来，54 岁的乔永庆积劳成疾去世了，当地人自发给他立了一块碑。今天原阳人只要说大米的历史，肯定要把乔永庆扯出来，有人说乔永庆是原阳大米之父，至今没人质疑。翻开中国共产党的近代史，你会发现，没有一个地级市的农业能让领袖毛主席如此地关注和贴近。1958 年 6 月 1 日，中共中央机关刊物《红旗》杂志创刊，毛主席的署名文章《介绍一个合作社》发表。毛主席所说的合作社是新乡市封丘县应举合作社，毛主席在文章中抑制不住兴奋和浪漫情怀，他如诗一般地写道，一张白纸没有负担，好写最新最美的文字，好画最新最美的画图。

新乡农民那种追求富裕和进步的热情和智慧，领袖带来的关切和激励直到今天都是我们新时期的精神动力。

“实事求是”是毛主席在延安时期向党内提出的行为准则。今天，在中国共产党党校的座右铭上依然清晰而夺目。新乡的共产党人和新乡的农民用行动对党的准则给予了最好的诠释。

党的十一届三中全会以后，七里营人民解放思想，在过去的棉田里搞多种经营。在毛主席的视察田里，也可以种麦子种玉米种蔬菜。改革开放后，全国99%的村庄都实行了联产承包责任制，但新乡县刘庄党委和群众认为，刘庄集体经济底子好，还是实行集体经济更有利于发展，于是决定不实行土地承包制。刘庄人说，解放思想就是因地制宜，就是实事求是。

新乡人真正不饿肚子是在改革开放以后，人焕发了生机，土地也随之风生水起。2008年，新乡的粮食总产量达到37亿公斤，人均660公斤，优质小麦已占小麦总量的97%，新乡已成为全国重要的商品粮基地和优质小麦生产基地，原阳大米在超市里和其他地区的大米比肩而立，人称“天下第一米”。今天的新乡人所追求的不是如何吃得饱，而是如何要吃得好。当年新乡农村流传的“红薯汤红薯馍，离了红薯不能活”的民谣已随岁月成了记忆，市民们每月26斤粮食、半斤菜籽油的购粮本也进了博物馆。“农民”的定义也正在随历史的进步而改变。今天的新乡农民，一只脚在土地上，一只脚闪展腾挪，在市场的擂台上八面威风。刘志华、吴金印、张荣锁、冯明亮、范清荣、耿瑞先、许福卿、梁修昌等，他们或一袭布衣，行走在田间地头，或西装革履，正襟危坐在谈判桌上。时代造就了新农民，农民推动了新时代。

今天，新乡的年轻人们见面不再问“吃了吗？”他们红润的脸上即使偶尔有焦虑，也绝不是为衣食所困。他们听天书一般的听粮票的故事，听购粮本的故事，听冬储菜的故事。他们不会回到那个年代了，但真希望他们不要忘了那个年代。

第二集：萌芽与成长

排除其他因素，工业的产生与发展一般是在交通的助产之下开始的，荷兰、意大利、德国、英国、美国无一不是如此，在中国，上海、天津、青岛、武汉、广州等地也是一样。新乡工业的起步比起内陆同等城市早迈了一步，这得益于一条曾经可以直航到天津的卫河。还有，1903年，平汉铁路修到了新乡，1904 年道清铁路新乡站通车。船工的号子和火车的汽笛相依相搏，一时间让新乡的工业骚动起来。

在今天的建国路、民主路、劳动街中段，20 世纪初工业、手工业像雨后春笋一般在车站在河边发展起来，面粉厂和蛋厂的规模都曾经达到有 300 多名员工。各种银号、票号也纷纷开张，与之相适应的饭馆、旅馆、戏院也纠缠着工业的衣角鸣炮开锣。这种清朝末期到抗战前的一段历史喘息让新乡有了片刻的病态繁荣。

然而好景不长。日本侵略者的铁蹄和解放战争让还处于襁褓时期的新乡工业很快就奄奄一息。苛捐杂税加炮火硝烟使大小资本家或逃亡或破产，到人民解放军进入新乡小城时，新乡连敲打一颗铁钉的力气也没有了。

如果打开 1949 年的中国地图，你会发现，新乡是很有发展优势的。它所在的位置不仅仅是一马平川的大平原。在当时的中国，铁路能伸到的地方凤毛麟角，而新乡正在平汉铁路的中间。在这条铁路穿起的晋冀鲁豫的接合部区域里，论工业基础、交通条件、商贾往来，新乡无疑是最好的选择。这个优势，不仅仅使刚刚解放 3 个月的新乡马上成了平原省省会，而且大企业、大工厂的老板在政府的运作下也闻风而至。1950 年，上海诚德纺织厂与无锡公泰纱厂一起内迁至新乡，共同组成了公私合营的中原纺织股份有限公司，建立了中原棉纺织厂；1951 年 4 月，新乡和安阳企业共同组建了华新电机织染厂，后更名新乡市染织厂；1953 年，河南省公安厅在新乡筹建河南省第一个机器印花棉布生产厂，后更名新乡印染厂；1957 年，上海中原染织厂、永盛显记染厂和正大针织厂内迁新乡，建立了新乡棉织厂、新乡针织厂。

新乡的纺织业甚至工业由于这些工厂的内迁和建立，忽如一夜春风一下子成果变得丰硕起来。蒸汽机在轰鸣，纺织机在歌唱，纱线像音符一样跳舞，布匹像小溪一样在流淌，建设社会主义的新高潮一浪高过一浪。

1949年到1959年的10年间，新乡纺织企业的职工由1452人增加到11758人，工业总产值由730万增加到21602万，产值增加了近30倍，实现利润增长201倍。

不仅是产值和利润的增长，在今天的新乡宏力大道一线，曾经的吴音软语飘逸在街头巷尾，上海、无锡姑娘裙裾摇曳，身过留香，让古老、封闭、土气的小城一时心旌摇荡。来自上海的纺织姑娘在新乡上海间来来往往，把上海的时髦之风徐徐吹进新乡，久而久之，“小上海”就成了新乡的别称。

与此同时，一批军工企业、部属企业在20世纪五六十年代纷纷寻香而来，在新乡卫河以北安营扎寨。1949年平原机器厂（116厂）迁入新乡；1956年燎原机械厂（760厂）破土动工；1956年风云电池厂（755厂）开工；1960年新乡化纤厂始建；1965年豫新机器厂（134厂）建成投产；1968年新乡市无线电总厂兴建；1969年豫北机械厂（128厂）改校为厂。

大动带动小动，中央带动地方，省市一批企业借机或新建或合并或转产，新乡电池厂、新乡造纸厂、新乡制革厂、新乡钟表厂、新乡印刷厂、新乡工具厂、新乡衡器厂、新乡保温瓶厂、新乡市酒厂，等等。一时间，群雄逐鹿，四面出击。

由此，新乡市不但完成了工业的奠基，而且形成了纺织、轻工、机械、化工、电子、食品、医药等门类齐全的工业格局。工业带动了城市的发展，新乡三等小县的土墙早已禁不住工业的膨胀，北干道、南干道、西干道，新乡的外延急速发展。在1966年前的中国地图上，新乡的城市标识已是两个小圆圈，它告诉所有读图的人，新乡是一个城市居民30万人以上的城市。在当时所有介绍新乡市的材料中，都是这样表述的：新乡市是一个新兴的工业城市。

正当新乡的工业方兴未艾之时，20世纪50年代末60年代初，新乡的工业也随着全国沙哑的音符放慢了前进的脚步，新乡的工业如泥车断路，缓慢而又艰难地前行着。1959 年至 1976 年 17 年间，全市工业总产值从 6 亿元只增加到了 8.8 亿元。

历史就是一条河，跌宕起伏，千回百转。中国革命的航船在经历一段艰难险阻之后终于一跃龙门，风正帆悬。党的十一届三中全会以后，春风得意马蹄疾，新乡的工业如骏马之于草原，霎时间狂野和奔腾起来。

十年物质的极度匮乏，整个中国市场百废待兴，几乎没有不需要的东西。新乡的机器夜以继日地歌唱，新乡的棉梭马不停蹄地奔跑，整个工业都在抢时间、争速度，要把失去的时间夺回来。到了 1986 年，又一个十年过去了，新乡市的工业总产值已达 37.7 亿元，比 10 年前翻了 5 倍。新乡的棉纺织业在河南仅次于郑州排名第二，新乡的电子工业在全省排名第一。不管是新乡人还是外乡人都说，新乡是纺织城、电子城。

新乡的棉纱、棉布声名海内外，新乡的制革技术在全国独占鳌头，新乡的远红外烤箱引来了风头正劲的三连冠中国女排姑娘。一大批企业家群英荟萃，在时代特定的大舞台上煮酒论英雄。我们应该记住一批优秀企业家的名字：新乡中原棉纺织厂厂长戴华英、新乡化纤厂厂长谢为民、新乡制革厂厂长买利智、新乡水泵厂厂长李遗良、新乡电池厂厂长王绍业、新乡家用电器厂厂长吴东源，等等。我们还应该记住一批优秀工人的名字：电池的改革和技术专家孙树才、全国优秀公交线路售票员杨霞、优秀环卫工人祝兰芹、理发到病房的理发员付兰香，等等。

马克思主义的理论从来就不是机械的、生硬的、保守的，不管是战争年代还是社会主义建设时期，中国革命的实践一次次证明着这个真理。一阵高潮过后，新乡严格的计划经济模式在这个时候开始让日益丰富的生活所“戏弄”，让市民感受最深的始于饭碗，市民冬天吃的萝卜、白菜，政府有关部门在酷夏就开始运筹。然而天有不测，雨雪常常不期而遇，让萝卜、白菜的产量不能按政府的指示或增或减，政府出了钱、出了力，往往收获的是一片怨言。工业的问题更为突出，生产的东西市场上不要，市场上急需的东西或没有计划生产指标或根本没有生产。从生产计划到商场销售关隘重重。

中国改革的总设计师邓小平一语中的，市场经济不是资本主义的专利，社会主义可以有市场经济，资本主义也可以有计划经济。1992年，社会主义的市场经济理论在党的十四大会议中被正式确认。

市场经济是对计划经济的一场革命，是革命就会有动荡，就会有局部的遗弃甚至牺牲。一些曾经辉煌的大企业光芒不再了，一些曾经的舞台枭雄英雄末路了。但更多的是，为我们的工业发展、城市崛起作出贡献的一大批工人下岗了。

路在哪里？

时任新乡市无线电设备厂厂长的刘炳银早早嗅到了市场的变化。这个地方军工小企业的老板悄悄到了北京，当冰箱还是老百姓的梦想的时候，他和“飞利浦”已经牵起了手。1986年5月1日印有雄鹰商标的“新飞”冰箱走向了市场。这一走，就是22年的花团锦簇，这一走就是22年的大路通天。

“新飞”是一只在市场经济大潮中率先起飞的精灵。新乡的众多企业在稍许的张望之后，纷纷在市场经济的万马奔腾中寻找新的栖息点，或改旗易帜，寻求新的产品，或实行多元化战略，八方出击，或做精做深，让自己的产品傲视群雄。

新乡化纤厂在厂长陈玉林的带领下紧抓化纤不放手，创新、改造、做活，坚信只要坚持信心，就一定会做大做强。十几年过去了，新乡化纤厂成为中国化纤业的领袖，公司黏胶长丝生产能力居世界首位，生产规模发展到年产13万吨，总资产达到40亿元，旗下已有两家公司上市。

不破不立，当国有企业正破茧成蝶的时候，私有企业、外资企业络绎崛起和靠岸，新乡各种经济体制异彩纷呈。韩宪保，1988年组建新乡市卫华起重机厂，经过20年奋斗已形成了9家控股公司，公司总资产已达11

亿元，综合实力稳居全国行业三强。刘兴旭，创建心连心化工有限公司，企业资产已达 19 亿元，员工 3000 多人，2007 年 6 月，心连心公司在新加坡交易所成功上市。安康，华兰生物工程股份有限公司董事长，创建和发展了全国最大的血液制品生产企业，2004 年 6 月，公司在深圳证券交易所上市。

时光到了今天，风云际会，谁主沉浮？全国的经济格局、世界的经济动荡无一日不在惊心动魄。新乡市委、市政府领导处于变革之中该如何手把红旗，勇立潮头之上呢？

落实科学发展观走技术创新之路，这是新乡市委、市政府审时度势做出的正确抉择。大旗之下，企业家运筹帷幄，技术人员刻苦攻关，一批新技术、新产品应时而生。新乡金龙精密铜管股份有限公司一开始就走技术创新之路，每年用在研发上的投资都在 1.5 亿元以上，成立了精密铜管工程研究所等一批科研机构，先后取得了 600 多项技术成果。手中有技术，在市场上就高人一等。在新技术的撑腰下，金龙精密钢管股份有限公司改变了高清洁度铜管依赖进口的局面，企业的管理、产品质量和规模达到了世界一流水平。2007 年该厂制冷铜管产量达到 20 万吨，销售收入 158 亿元，位列中国 500 强第 361 位。新飞集团将高强度聚苯乙烯冰箱专用塑料投入生产，成为国内唯一实现大规模产业化的国家“863”专项。华兰生物工程股份有限公司先后研制成功乙肝免疫球蛋白、破抗免疫球蛋白等 5 种新产品。

新乡的工业从一片不毛之地上起步，2008 年全市实现地区生产总值 949.5 亿元，完成财政一般预算收入 48.8 亿元，2007 年新乡一跃成为中国城市综合实力百强市、城市竞争力百强市。60 年，对于时代稍纵即逝，对于人生却如此漫长。面对今天新乡成熟的工业体系，感谢今天的劳动者，感谢过去的或已下岗的劳动者，感谢那已离我们而去的劳动者，是他们拉着我们新乡工业稚嫩的小手一步步走向今天的成熟。

第三集：城市光影

如果以今天的城市标准来衡量 1949 年的新乡，是无论如何不能称为“城”的。一道几百年留下来的土城墙，几条坑洼不平，晴天一溜土，雨天一地泥的街道，没有排水设施，下雨的时候，水便由着性子走；没有一座像样的建筑，老百姓都住在高不过 2 米的灰棚、土屋、草房里；大街小巷共有 104 只 25 瓦的昏黄灯泡挂在木杆上，为当时的平原省省会照明。全城面积仅约 3.4 平方公里，人口 3.6 万。

1950 年年初，省市的新领导要为新的新乡搞一个城市规划，但打仗的人有，搞规划的人一个也找不到。省市领导几次派人到北京请专家。北京的规划人员来了，可新乡市连一张平面地图都没有，更不要说水质、土质、气温、风力等材料。好不容易找来一张老地图一看，是一张 1747 年明万历年间的新乡县城区图。北京的规划专家急新乡领导建设新城之所急，于 1950 年 5 月 18 日突击画出了一张 1/2000 的新乡市区平面图。

建新城当然是要先修路的，当时的几条路不仅坑洼，而且很窄，宽不过 6 米，最窄处只有 2 米。所谓的修路主要就是铺平和打通，一边打路，一边给路起新名字。解放路和胜利路的名字明显还挂着胜利的喜悦，平原路显然就是献给新生的平原省的。多数的路还是土路，奢侈的路就是铺上一层石子或炉渣。那几年道路修建得很快，因为新建和内迁一批工厂，但质量还是不高。1955 年，修路的划时代革命来了，这一年引进了一台三轮蒸汽轧路机，平原路、解放路成为市区第一批沥青路面。到了 1957 年的时候，市区的道路已发展到 48 公里，比 1949 年增长了 3 倍。

新乡自来水的历史是随着日本人的枪炮一起过来的。因为平汉铁路的机车喝水，日本人 1939 年就在中同街建了一座水塔，日本人和火车一起喝水塔的水。日本投降的时候，自来水没了，水塔却直到今天还在那儿立着。因为有着一条清澈的卫河，新乡人多数都喝卫河的水。每天早上和傍晚是挑水的高峰，吱吱呀呀的扁担声沿着河道一直飘向远方。这种田园牧歌的供水方式显然不能满足新乡年轻的工业和地域的膨胀需求。1952 年，新乡第一自来水厂竣工，日供水能力 1.5 万吨，这是河南省的第一个自来水厂。

住房肯定是要大建特建的，老户人家要脱离棚户区，新来的建设者要有房子住。几乎没有土地的买卖问题，开发商的名字更是闻所未闻。有钱，给政府打个招呼就行。新建的房子多为砖木结构的平砖瓦房，一排排，一户户，面积多是二三十平方米。也有干打垒房，地基是砖，中间是土；也有住二层楼的，简易的有个小阳台就很奢侈。到了 20 世纪六七十年代，火柴盒式的楼房渐渐增多，卫生间、厨房多还不独立，群众的顺口溜说“放下一张床，几代共一堂，百家入一厕，共用一厨房”。

1958 年，新乡市搬运公司购进了 3 辆匈牙利制造的“伊洛克斯”大客车，开始了新乡公交的第一次奔跑。20 名职工设置了两条线路：火车站至二中；火车站至一中，时称新乡公共汽车组。全年一盘算，共收票款 14.38 万元。1969 年，公共汽车组更名为公共汽车公司，此时，有车 18 辆，职工 100 人，线路 4 条。

路灯也多了起来，到 1957 年，市区已有 930 盏路灯。

到了 1966 年前，新乡市区的格局已基本定型，北干道，南干道，西干道，和平路，四四方方一座城，里边横平竖直的有三横四纵。平原路是一条中轴路，又是一条像王府井一样的商业街，老百姓说“逛大街”，其实就是逛平原路。百货大楼的十字路口无疑是市中心，有交警拿木棒在那指挥。汽车很少，自行车碰着人了就算出事故了。全城基本没有高楼，最高的也就四五层。

特殊年代，城里除了添乱，没添什么设施。由于房子的增多远远赶不上人口的增多，城里私搭乱建泛滥，城市规划、城市设施不同程度地受到挤占和破坏。城市的外延稍有扩大，但无章可循。整个城市灰暗而没有朝气，家在辉县的海外游子在他的书中描述回故乡时是这样写的：“夜色的我看见了星星点点的一些灯光，等过去又进入黑暗时，人们告诉我，刚才那稀疏的灯光处就是新乡市。”

改革开放的20世纪80年代是新乡市城市建设大发展的初始期。1984年12月，在市东南郊“向阳小区”开始兴建，占地433亩，规划总面积22万平方米，分春夏秋冬4个区域，附有道路绿化、商业网点、服务设施、文化教育等，可容纳1.5万居民。整个小区1988年年底建成。这是新乡市第一个以市场运作的居民小区，也是当时最庞大、设施最完备的小区，它拉开了新乡市房地产业的序幕。

1989年，市豫北大厦在新乡市最繁华的平原路胜利路十字路口建成，楼高12层，成为当时新乡市的标志性建筑。新乡电视台曾有一个家喻户晓的广告，一位老人站在豫北大厦的楼下仰望而感叹道：“这楼可真高哇。”

豫北大厦的高度很快成为了历史，市电信大楼、市公安局大楼、中国银行市行大楼接踵而至。高楼一度成为城市发展的标志和成就，从孤单到结群，从结群到成林。

1992年，红旗商场装修后重新开业，安装了我市第一部单向手扶电梯。市民都来一睹尊荣，开业当天一楼大厅人山人海，电梯上人满为患。

1996年，为举办河南省第八届全运会，新乡市体育中心建成，它使新乡告别了没有大型体育场的历史，成为当时河南省最大、最高配置的体育场。它的足球场草皮被足球界人士称为全国最佳。由此，全国足球甲级联赛在此驻足了4年，河南建业、八一足球队都曾经把它作为主场。

城市的道路不断延长，平原路、解放路、胜利路、健康路、人民路等道路等纷纷拓宽，原来的人行道树摇身一变成了行道树，单车道成了双车道，人车也分离了。平原路终于冲破了饮马口十几年的纠缠，一伸腰肢就到了107国道上。劳动路高歌猛进饮马人民胜利渠时小心翼翼呵护一棵百年古树的事，一时成为美谈。和平路向南挺进一直到搭建京珠高速。

1995年，新乡市工业总产值180.89亿元，市区人均国内生产总值5887

元，城市居民人均生活费收入3436元。经济的发展使城市快速发展。当年，新乡市区人口增加到68.28万人，含北站区（凤泉区）在内的中心城区建设用地已达到52.24平方公里。打开新乡市1982年制定的城市总体规划，其中写道：到2000年，城市人口50万，城市规模42.35平方公里。而现在新乡市城市的发展已远远超出了当初专家的预计。

新千年的钟声敲响了。新的世纪是我国经济发展方式变革的重要战略时期，也是科学发展观在经济社会发展进程中的重要实践期。新乡市站在世纪的门口，机遇与挑战同在，前进和落伍共存。在消费结构不断升级，产业结构调整加快的形势下，新乡市城市建设的速度不仅在加快，而且越来越科学和规范。

2001年，依据城市的发展方向，新乡市委、市政府决定，拆除人民公园的围墙，以及新乡市体育中心周边的商业裙房。决定一下，褒贬四起，持不同意见者告状上访甚至阻碍施工。新乡市委、市政府一边对社会各方做细致的思想工作，一边硬着手腕坚持不动摇。被关闭了30多年的人民公园的绿色婆娑终于解放，直接融入城市和百姓的怀抱里，体育中心也天地洞开，给了市民一个巨大的活动空间。

城区东移是解决新乡市经济发展和城市建设的必由之路，但由于迁移规模大，牵涉的人多，长期以来政府都犹豫不决。新乡市委、市政府再下决心，新乡市要想发展，就必须东扩，与其窝窝囊囊求稳，不如大刀阔斧出新。东扩碰到了很多阻力，甚至有许多干部也想不通，不愿走。但新乡市委、市政府决意已定，向东向东向东。几年过去，东区已婷婷而妩媚，楼群林立，道路宽阔，亭台楼阁，花草丰茂，博物馆、大剧院已封顶，商业、学校、医院已开张，一大批高档楼盘顺势借光，在东区四周高价置地。当初愿来的不愿来的此时都笑了，这里的房价今非昔比，成了市区住宅的黄金宝地。

城区的东扩使新乡市的老城区顿觉舒缓，像拥挤的家庭陡然又添置了一间大房，腾出了许许多多的空间，有了许许多多的闲地。这为政府的旧城改造腾出了手，道路工程、绿化工程、亮化工程左右逢源。

今天新乡市区建成面积已达90多平方公里，城区人口已突破100万。2005年，新乡市荣膺中国优秀旅游城市，2007年荣获国家园林城市。

大道坦途，车通路顺天惬意，细草碎花，人闲心静风由缰。如果没有历史的记忆，这还是那个曾经的三等小县城吗？

第四集：新乡骄傲

1980年2月17日，《河南日报》报道，在新乡市辉县发现东周春秋时吴王夫差铜剑。吴王夫差铜剑，为何流落中原，让考古学家们不得不对历史重新铺摆。

新乡地处黄河中下游，是中华民族最早的发祥地之一，这里不仅诞生了许多精英在人类历史上星光闪烁，历代英雄豪杰、文人墨客也多在此踟蹰徜徉，让新乡的历史无比的厚重和丰满。治水英雄共工、谏臣比干、圣人孔子、汉将张良、丞相陈平、算学家张苍、才女班昭、边塞诗人高适、宋王赵匡胤、民族英雄岳飞，等等，无不在历史的长河中闪烁着光芒。

新中国成立后，硝烟散尽，人民休养生息，励精图治，在社会主义建设中大显身手。新乡，这片古老的土地，依旧英雄辈出。

李春昱这个名字，也许你会很生疏，他是新乡卫辉安都乡人，中国著名地质学家，1928年毕业于北京大学地质系，1934年德国柏林大学获地质学博士。新中国成立前，他曾任中央地质调查所所长，出版了一比百万比例的《中国地质图》。新中国成立后，他任地质部总工程师。在《从地质构造看中国油田》的论文中，他断言，在甘肃玉门、新疆天山、青海柴达木有油田存在的可能。他的理论被后来大西北滚滚的原油所证实。1972年，李春昱最早将板块构造学说引入中国。他认为，利用板块构造学，可以解决我国的许多地质问题尤其是地震问题。他用板块学说观点主编了亚洲大地构造图，对中国乃至世界的地质理论产生了重大影响。1982 年，李春昱获国家自然科学一等奖。

潘钟祥是卫辉市出生的又一位中国著名的地质学家。同样是北京大学地质系学生，他比李春昱低三届。1946 年他在美国获得博士学位后，谢绝了堪萨斯大学和明尼苏达大学的盛情挽留，毅然决然地回了国。潘钟祥是世界上第一次提出了陆相生油理论的人。他认为，在古代大陆块，只要地质时代上层为局部水体覆盖，在生物聚集条件下，也可以生成石油。他的理论石破天惊，依照他的理论，西方的所谓“中国贫油论”荒谬而无知；同样依照他的理论，他和李四光在东北发现了名扬海外的大庆油田。在他的理论指引下，华北油田、中原油田、南阳油田、江汉油田，一个个都石油滚滚。

今天，我们已无法估计两位学者对中华民族的贡献，无法估计他们对中国经济建设所创造的丰功伟绩。像许多隐姓埋名的科学家一样，他们的功绩随处可见，他们的名字却一直寂寞，让我们永远铭记他们，他们是新乡的骄傲。

被子植物是能够开花授粉的高等植物，由于该物种与人类生活密切相关，它的来源一直是生物界孜孜以求的研究目标。研究物种起源的达尔文直到去世也没搞清被子植物的生辰之谜。20 世纪 60 年代，欧美学者提出一个观点说，被子植物起源于 1 亿年前，世界生物学界无人质疑。1940 年毕业于西北工程学院的新乡县大块镇的潘广明迷上了被子理论，像陈景润之于哥德巴赫猜想。1971 年，下放到燕辽的潘广明在严冬的牛棚里突然对着一筐煤发呆，直觉告诉他，这煤非同一般。他发疯般地跑到 70 公里外的小煤窑在山上天天寻找，直到有一天，他终于发现了一块杉科化石。他惊呆了，这不是他朝思暮想的被子植物化石吗？这里的地质年代不正是 3 亿年前的侏罗纪吗？被子植物的起源是不是应该追溯到 3 亿年前的侏罗纪呢？这个结论由于年代和身份局限一直被埋没到 1984 年 8 月 25 日。这一天，新乡大块镇的潘广明站在国际讲坛上，在掌声雷动中，大会破例给他加了一倍的演说时间。会后学者们达成共识：潘广明的中国侏罗纪被子化石的发现是史无前例且有重大科学价值的。自潘广明后，被子植物理论再无新说。

自然科学冷峻而不事张扬，社会科学客观而厚积薄发。新乡卫辉吕村的嵇文甫就是一个享誉中国当代的大历史学家和哲学家。新中国成立前，他携好友冯友兰、王澜西、姚雪垠、范文澜等人一边游刃于历史与哲学的浩瀚海洋，一边以极大的热情和勇气投入民族解放的伟大斗争。新中国成立后，嵇文甫回乡执教，先后任河南大学和郑州大学校长。他的《左派王学》《晚明思想》等论著在学术界独树一帜。1954 年，毛主席在全国一届人大接见了他。

历史和哲学是意识形态的阳春白雪，而文学是直接于人民大众的精神食粮。新乡市给中国当代文坛奉献了两位经久不衰的作家。卫辉市走出来的刘知侠以《铁道游击队》蜚声文坛和影坛，他的作品既充满了现实主义的写真，又有浪漫主义的华美和梦幻，一曲《西边的太阳就要落山了》脍炙人口，让正义的战争肃穆而悠扬。延津县王楼乡的刘震云以小说《塔铺》在文学上奠基，随着《一地鸡毛》《新兵连》《手机》等知名作品的面世，他的小说尤其是中篇小说脚后永远跟着掌声。他不善于笑，他的作品却能让人在笑之后又马上陷入苦涩的思索。他是新乡人，他是河南人，他的作品里印记十足。

乒乓球何时传入新乡已不可考，可以肯定的是，1949 年之前新乡绝对不会有。这项英国人发明的运动为何风靡中国以至成为“国球”，让它的发明者们耿耿于怀呢？让我们在新乡寻找答案。20 世纪 60 年代的新乡市工人街小学有个女孩子叫张立，她打乒乓球已进入痴迷状态，光脚丫，木板拍，土球台，穷且益坚，后来她被送到了国家队。20 世纪 70 年代她和队友在日本名古屋、南斯拉夫萨拉热窝、印度加尔各答、英国伯明翰、朝鲜平壤，摧枯拉朽，所向披靡。张立在20世纪70年代共获得25个亚洲和世界冠军。今天中国男乒少帅刘国梁同样有在新乡小学校土台上练乒乓球的历史，这位乒乓球比赛“大满贯”选手是多少泪水和汗水浸泡出来的呢？

在新乡出生的关牧村带着卫水的印记去往天津了，她的歌声低沉而抒情。她忽而在新疆的葡萄沟浅吟《吐鲁番的葡萄熟了》，忽而在云之南的竹楼边低唱《月光下的凤尾竹》。让我们听听我们封丘县大风里面唱出来的阎立品吧！这真的是豫剧五大名旦呦，她的《秦雪梅》里的“祭拜”一段唱，足足有十几分钟，不管你喜不喜欢豫剧，不管你知不知道剧情，你只要看她的表演、听她的唱腔，就一定会潸然泪下的。

牧野大地淳朴而厚重，黄河岸边辛劳而无私。英雄战士徐洪刚在这块土地的熏染之下，遇歹徒舍生忘死救百姓，身中14刀，肠子都流了出来，但他仍紧追歹徒不放。2008年汶川大地震，新乡市去了多少志愿者呢？至今都统计不清。新乡市的GDP全省排位并不靠前，但在给汶川地震的志愿捐款中，却仅次于省会郑州市，位列全省第二。省领导在新乡视察时深情地说，新乡人，厚道哇。

走在熙熙攘攘的平原路上，迎面走来的是一张张陌生而又觉熟悉的脸庞，他们或为生计而奔忙，或携亲朋在购物。站在广场旁，看姑娘们起舞，看老人们锻炼，看孩子们嬉戏。这场景是如此的平凡和伟大，是如此的亲切和温馨。我的朋友，我的老乡，庆幸我们在一个城市生长，庆幸我们同有一片阳光。

第五集：新的集结

60，在中国是一个吉祥的数字，也是一个轮回的开始。

我们站在新乡市建市60年的门口，回望历史漫长的隧道，得出结论，从新乡市有史记载以来，这60年无疑是社会发展最快，人民最感幸福的时代。我们构建了一个功能设施基本齐全的大城市格局，让560万人民达到了温饱，给了人民一个相对平安宁静的生活环境。

我们比历史上任何的权力者都对得起这片土地和这片土地上的人民，但我们同时比任何权力者都深感工作的不足，都不敢有丝毫的放松和懈怠。新乡市委在最近党的一次会议上对新乡市党的领导干部要求说，晋位升级跨越发展是新乡市 560 万人民的福祉，是新乡市委、市政府坚定不移的决心。新乡市的发展一天都不能耽误，一时都不能放松，一刻都不能停顿。

对历史对人民有责任感的政府永远能找到自己与别人的差距，永远能找到自己的方向和目标。

分解这 60 年，我们以为，从建市初期到改革开放的 20 世纪 90 年代，我们基本解决了人民的温饱问题，基本建立了完备的工业体系，基本构建了城市的基础设施和布局。留给新世纪的我们及我们的接任者的问题和使命是如何使我们的发展又好又快；如何让人民得到更多的政治权利和民主权利；如何加快推进城乡统筹的发展，等等。

追求是无止境的，幸福的感觉是可以量化的。

建市初期，我们的发展曾进入一个误区：烟囱林立就是发展，噪声充耳就是前进，毁林造田就是捷报。到了改革开放的中期，我们渐渐认识到，我们的经济一天天在增长，蓝天却渐渐在消失。我们的手头一天天宽裕，我们的河水却渐渐不再清澈。楼多了，树少了，人多了，鸟少了。空气中开始弥漫粉尘，水位在下降，水质在恶化。严酷的现实在教育我们，为了我们、为了我们的后代，我们必须走科学的可持续的发展道路，再不能以牺牲环境和农业为代价，发展经济再不能以耗尽资源去低水平竞争。2002 年，新乡市委、市政府以壮士断腕的决心，以牺牲 GDP 的巨大代价，开始了一场关闭小水泥、小造纸及国有企业改革的壮举。

2007 年，辉县市孟庄火电厂两座巨大的水泥立窑在一千多名职工留恋深情的目光中倒下了；伴着孟庄电厂立窑灰飞烟灭的前后，近 5 年间新乡市先后关闭了 15 家造纸企业和 69 家水泥企业，水泥立窑生产线全部被推平，关停拆除小火电机组 42.2 万千瓦。

2006 年年初，新乡市委、市政府决定，建设凤凰山森林公园。许多人像当初不理解人民公园拆墙透绿一样不理解，为什么要花那么大的财力和精力去建一个离城几十里，从没有过任何有成绩的荒山秃岭？但新乡市委、市政府的决心不动摇，种树不止。几年过去，凤凰山重绽新绿、初现生机。

在旧城改造中，新乡市委、市政府拿出一片片昂贵的土地为市民建广场、搞绿化。今天市区已建成了牧野文化广场、体育休闲广场、新区文化广场、凤泉区文化广场。市区重建和改造了 40 多个街心花园，对穿越市区的卫河、人民胜利渠进行去污、硬化、绿化等综合治理。

今天，全市建成区绿地率已达 32.64%，绿化覆盖率达 36.05%，人均公共绿地面积达 8.35 平方米，全市林木覆盖率达到 23.1%。2008 年，新乡市接连被命名为国家卫生城市和国家森林城市。

生态环境的明显改变，让我们城市的空气污染指数连续 3 年达到国家 2 级标准。

久违的蓝天白云回来了，久违的星光灿烂回来了。市民们发现，失踪了 20 多年的几十公里外太行山的雄姿又一次走进了城市的视野中。2008 年 12 月 1 日傍晚，百年不遇的双星伴月天象清晰地挂在市区西南方的天穹上。

在治理自然环境的同时，新乡市委、市政府还在打造一个工程，让人民的心灵同样心通气顺，让人民知道政策、讨论政策、评价政策。决策越民主，人民越通情，政策越公开，形势越稳定。

2003 年 8 月，新乡市政府建立了市长办公会的列席制度，将要讨论和决定的议题先在媒体上公布，如果市民想要知道讨论的过程和结果，甚至市民想发言，都可以报名参加会议。这之后，新乡市政府建立“市长接待日”制度，新乡市人大建立市民听取人大会议制度。

2008 年 12 月 18 日，新乡市委、市政府在市各媒体发布消息，公开向公众征集 2009 年拟办实事意见和建议。

人民的民主意识得到了空前的发扬和通畅，新乡市委、市政府也更加了解了群众的所思所想。

农民问题是中国特色社会主义现代化建设中至关重要的问题。农民的问题不解决，中国的改革开放就不彻底，就不能大踏步地前进。改革开放以来，虽然农村发生了巨大的变化，但一部分农村和农民的生活依然艰难和贫困。解决的办法就是推进城乡一体化，让城乡统筹发展，一起进步。

新乡市委、市政府较早地感知和理解了城乡统筹发展的必要性，在工作中更加着力推动城乡统筹的进程。2005 年，结合新乡实际，新乡市委提出了社会主义新农村建设、县域经济发展、新乡都市区建设“三位一体”的发展思路。按照规划，新乡市将把 3571 个行政村整合为 1050 个新型农村住宅社区，2008 年已启动建设 127 个农村住宅社区。祥和社区、李台社区、四合新村、南蒲新村已在新乡农村的土地上崛起。新乡市的农民专业合作组织也走到了河南省的前列。到 2008 年，这种组织已发展到 758 家，经营收入达 12.8 亿元。

让农村分散的土地连成一片，以更灵活的方式集约化经营，这是改革开放以来土地经营的一次质的螺旋式上升；让零散的偏僻的落后的村庄聚集起来，形成规范的、道路通畅的、服务设施较齐全的农村社区，使农民能享受到城市和现代化的便利。

美国心理学家马斯洛曾提出了一个著名的关于人欲望层次的观点，他把欲望分为 5 层，即生理需求、安全需求、社交需求、尊重需求及自我实现需求。今天我们有了一个与之相似却又简单的标准：幸福指数。

我们已经率领人民登上了幸福的第一个台阶，但我们离高质量的幸福还很遥远。只有鞠躬尽瘁、奋发图强，我们才能在幸福的征程中拾级而上。

“为人民服务”永远是中国共产党人的宗旨，新乡市委曾在一次会议上要求各级党组织，要把群众的呼声作为第一信号，把群众需要作为第一选择，把群众的满意作为第一标准，把群众利益作为第一原则，切实做到群众有苦心里难甜，群众有难心里难安，群众有冤心里难平。

60 年过去了，我们创造了无数的业绩和辉煌，我们积累了无数坎坷路上的总结和经验。登高望远，把酒临风，让我们珍藏起胜利和光荣的喜悦，重新背负起历史和人民的重托，任重道远，继往开来，去开始新的 60 年长征。

（2009 年 3 月 26 日《新乡日报》）

重读札记

正襟危坐采访一个医生很难，即使她抽空坐在你面前，也有病人或工作的电话不厌其烦地打来。为了采访她，我也生吞活剥地看了《介入学》，我也穿着几十斤重的铅衣跟着刘玲玲进入手术室，看了一台大型C臂下的冠状动脉支架置入手术，既神秘又庄严。医生对新技术的向往既是出于职业也是出于人性，因为他们几乎天天看到由于新技术和新设备的缺失而导致他们面前的病人无可奈何地“走了”。身为医生的使命感让刘玲玲在上海瑞金医院看到了介入术后耿耿于怀，这让一次普普通通的进修变得沉重和庄严。感谢她从上海回来后对于介入术的念念不忘，让这项心脑血管的医学革命提早若干年来到新乡，有多少病人因为有了她对新技术的执着而“起死回生”呢？

医生刘玲玲

这篇文章的题目我本来想叫作“玲声悦耳”的，因为新乡市的心血管病老患者几乎没有不知道市中心医院心血管专家刘玲玲的。她年轻过漂亮过，手里又有一把化腐朽为神奇的好技术，一时间“玲玲”的名字摇曳而芳香。但我近日真正作为朋友采访了她，在那个中心医院，据说即使在全国也是一流的心导管室里见了下午两点还没下班的她和她的同事们。亲眼看了一台大型C臂下的冠状动脉支架置入手术，这让我在春天的温暖中突然感到了阵阵的悲凉和怜悯。今天56岁的刘玲玲不缺荣誉和光环，中心医院的副院长、硕士生导师、市科技拔尖人才、省优秀专家、国务院政府特殊津贴获得者，可我觉得这一切一切的待遇和称号都概括不了她。我想了很久，终于从天空落在了地上，只有一个称谓对于她来说既神圣庄严又当之无愧，那就是——医生。

上篇

1986年10月，32岁的心血管医生刘玲玲来到了上海瑞金医院学习，这次学习本没有针对性，就是常规的学习、进修。

来之前，刘玲玲已做了近10年的心血管内科医生。她只是在医学杂志上知道，一种新技术正在大城市里的大医院悄悄兴起，这就是介入心脏病学。

没有“介入术”介入心血管疾病之前，心血管病的治疗方法只有两种，内科的打针吃药和外科的“开膛破肚”，这两种方法在今天看来有许多局限。打针吃药起效很慢，对一些危急的心血管病患者束手无策，“开膛破肚”又充满了血腥，让病人在重创中更显积弱。于是医生们不得不一边听着病人疼痛的呻吟和喊叫，一边无奈看着一位位危急病人最后留恋的目光。

刘玲玲在瑞金医院师从心内科主任、副院长沈卫峰教授。在全国的心内科领域提起沈卫峰，就如在NBA提起科比和詹姆斯一样有山峰一般的感觉。刘玲玲时代也从此时此地此人开始了。

刘玲玲在瑞金医院沈卫峰的手下看到了她一生中经历的第一次介入手术——植入起搏器。心脏因各种原因的搏动过缓或过快都可导致病人的疼痛难耐和快速死亡。过去的办法就是药物维持或开胸，残酷而又笨拙，死亡往往是最后的结局。而今天，一条细细的导管随着沈卫峰手的操作，沿着病人的血管慢慢地向心脏蠕动，射线把病人的骨血黑白分明地展示在屏幕上，生命在影像里跳动着、弥漫着、变化着。在荧屏的指引下，导管终于运动到了心脏，在导管的外端，植入的一个微型起搏器立刻开始神奇地指挥着心脏。消极怠工的心脏又恢复了维持生命所需要的规律和秩序，病人立竿见影地好了，心胸舒畅，血脉畅通。术后病人自己坐了起来，穿了鞋便走了。

刘玲玲被无声的介入技术震撼了，只有听过无数疼痛的嘶喊你才会有这种感觉，只有无助地看见过多少因心脏失控而导致生命的陨落你才会如此惊讶。一根细细的导管是医学又一场轰轰烈烈的革命。这种“柳暗花明”的革命在世界上诞生了 57 年之后，终于被新乡市一个年轻的女心血管医生捕捉到了。

庆幸刘玲玲的看到，感谢刘玲玲因看到而沉重在心，正是她这一次的看到使新乡市的心血管介入技术开始酝酿和萌芽，它使新乡市心血管介入治疗提前了多少年呢？而医学上的任何一次革命又会让多少生命不会过早夭亡呢？

这一夜，刘玲玲难以入睡，心血管介入距离新乡还有多远呢？一条细细的导管在病人脆弱复杂的血管里安全游弋到目的地，这对一个医生提出了更高的要求，即外科的直面、耐力、果敢；内科的谨慎、准确、全面；放射学的火眼金睛；解剖学的游刃有余，等等。还有介入手术需要的心血管造影系统，即使当时在省内也没有听说哪家医院拥有。

刘玲玲去上海的时候一身轻松，回来却背负了一个沉沉的梦想。

这之后的日子里，介入技术如影随形一直缠着刘玲玲。一个病窦的病人心脏停搏死了，刘玲玲想，如果我们有了介入技术会怎么样；一个心肌梗死的病人十几分钟甚至几分钟突然离世，刘玲玲想，如果我们有了介入技术会怎么样，她几乎天天在进行着这样的设想。没有看到心血管介入技术之前，她会一声叹息，但看到了介入技术的神奇之后，她觉得每个因心血管病故去的病人都是冤魂屈鬼。没有一个人给她压力，她自己给了自己一个挥之不去的重负。

1990 年的春天，一个新的时代开始了。

几年的技术潜心准备，原有机器的替代与挖掘，刘玲玲期待的心血管介入植入永久心脏起搏器终于来了。一位 82 岁的老人患病态窦房结综合征，心率一直在每分钟 20 到 40 之间徘徊，头晕无力，甚至突然摔在马路上，四肢抽搐，不省人事，死神时时刻刻在盯着他。治疗老人的最好办法就是安装心脏起搏器。刘玲玲大胆决定要在病人身上实施新乡市第一例永久性起搏器植入术。老人给了中心医院最大的理解和信任，他坚定拒绝了儿女们去大城市安装起搏器的要求，把生命和希望寄托在了中心医院和刘玲玲的身上。

原中心医院副院长心血管病专家黄兴华主任医师坐镇指挥，年轻的刘玲玲和王鹏飞医生披挂上阵。30 斤重的铅衣沉甸甸地穿在身上，无处不在的 X 光射线下是一台 500 毫安的胃肠机。它要充当心血管造影系统的功能，用它的简陋和执着为刘玲玲的永久起搏器植入术探路。刘玲玲上手了，她用十几年心内科医生的手，无数次地在病人身上听诊、抚摸、叩问。今天，她的手果敢地拿起了穿刺针，勇敢刺入病人锁骨下的静脉血管里。血液迸发出来，她开始把那细细的导管像她的老师一样顺着病人的血管往心脏方向前进。血管是多么的稚嫩和娇弱，稍有不慎穿破了管壁，血液就会改道和泛滥，手术就会适得其反；血管又是多么复杂，九曲回肠，关山重重，即使在影像的指引下，也会有看不见的暗礁险滩，导管过不去，一切前功尽弃。现在刘玲玲和她的伙伴们的世界里只有那根粉丝一样的导管。介入手术，一个理论上非常简单，操作上却浸满技术和经验的治疗方法。刘玲玲的手在控制着导管，缓慢，急进，停顿，逶迤。手中表现的就是她的知识，她的经验，她的自信，她的渴望，她的理想。前进，风险中前进，这是内科向外科的问好、前进。创造中几多浪漫，这是外科向内科的敬意。

两个小时过去了，当刘玲玲和她的伙伴们走出手术室的时候，82 岁老人的心跳已由每分钟 40 次到了 60 次，老人的心跳从此告别了低缓和紊乱，永久起搏器让老人的心脏永久在规律和秩序中运行。

刘玲玲和她的伙伴们脱下铅衣，里边的衣服已经完全湿透了。紧张、专注、凝固的思维和小心翼翼的动作和此时强烈的胜利喜悦形成强烈反差，她们在一阵欢呼之后竟都眼泪汩汩，瘫坐在椅子上。

起搏器手术的胜利喜悦稍纵即逝，刘玲玲知道，起搏器只是心脏介入术的冰山一角，要想让更多的心血管病人摆脱痛苦和死亡，要想让医院和心血管科跟上医学前进的步伐，心脏介入还有更多更艰难的技术在等着她，等着她的同伴和后来者。

1992 年，刘玲玲第二次到了上海瑞金医院，同行的还有同有心血管介入梦想的同科医生王鹏飞、护士刘爱芳。这一次，他们的目的非常明确——学习心脏介入治疗新技术。

二尖瓣是心脏左心房血液流注到左心室的一道门槛，它既是一个门卫又是一个计量员，规范着血液从左心房到左心室的频率和流量。但二尖瓣自己也常常发生问题，瓣叶有时粘连，有时增厚，有时纤维化，使这道血液之门变得狭小和生硬，血流不畅。这时左心房就会淤血，压力增高，并逐渐导致右心室的扩张和衰竭，让病人不断地咯血、疼痛以致死亡。对于二尖瓣狭窄，内科过去的医治方法是缓解症状，治标不治本；外科实施二尖瓣分离术或人工心脏瓣膜置换术，动作大，创伤重，充满风险。1982 年，世界上第一例二尖瓣扩张术取得成功，它的机理是用一根细细的导管，把一个特殊的球囊送到二尖瓣处，通过球囊的瞬间扩张，膨胀粘连狭窄的二尖瓣，使其恢复原状。这种扩张术简单、创伤小、效果好，一时间风靡世界。

刘玲玲仍然跟随沈卫锋学习。这次，他们干脆住在了瑞金医院的 ICU 病房里，除了看二尖瓣介入手术，给人家做下手，还在病房里干医生能干的所有杂活，这让沈卫峰十分感动。3 个月过得很快，在刘玲玲要结束学习的最后一个星期，沈卫峰破天荒地把刘玲玲、王鹏飞请上了手术台，同他一起做二尖瓣手术。刘玲玲离开上海的时候，沈卫峰请刘玲玲、王鹏飞吃了一顿饭。沈卫峰说，来瑞金医院进修的人很多，但像你们这样真正刻苦诚心的不多，如果回新乡你们也开展了这样的手术，需要我的时候，你们说话，我尽力帮助。

回到新乡的刘玲玲、王鹏飞如痴如醉地想做一台二尖瓣扩张术。医生怎么都对新技术这么渴望和贪婪呢？刘玲玲知道，这手术充满艰难和危险，没有先例，没有相应的设备，更没有病人的信任和理解。她夜不能寐，常常在梦中做二尖瓣扩张术，如果成功了，她会围着医院的楼奔跑，但更多时候是失败，病人的血液和扭曲的脸都让她夜半惊魂。但太阳出来的时候，引进新技术的决心又统治了她的思想。去上海为了什么？不就是二尖瓣手术吗，已不年轻的医生岁月还容得日子一天天流逝吗？感谢中心医院的领导，他们不仅对新技术有望眼欲穿的期盼，更有对年轻医生的敬业和开拓有足够的信任和支持。

刘玲玲和王鹏飞说服了一个年轻的病人。1992 年，从上海回来 1 个月后，刘玲玲和王鹏飞要做二尖瓣扩张术了。

依然是那台 500 毫安的胃肠机，没有摇移的照射功能，换一个照射位置，换一个角度都要病人艰难地翻动身体。病人撑不住了，护士扶住，或者前前后后用枕头支撑着。机器和荧屏不在一个房间，导管的每一次行动都要通过室内外的呼喊沟通，许多时候手术要停下来，医生跑到外面的影像前分析研究再回到手术室里。刘玲玲和王鹏飞在这样的机器上开始了他们的二尖瓣手术梦。导管艰难执着地在血管里一点点蠕动，去寻找遥远的二尖瓣会师。关隘重重，一山更比一山拦，一小时、两小时、三小时，终于导管在一个位置卡住了，闪躲腾挪都无法穿越，不敢再前进了，稍有闪失，生命就是代价。早已一身汗的刘玲玲和王鹏飞此时更是大汗淋漓。怎么办？病人不能一直在手术台上。去问问沈老师吧。那时没有手机，刘玲玲看着台上的病人，王鹏飞跑到手术室外拨上海的长途。谢天谢地，沈老师还在医院。千里之遥，又没有影像资料，沈老师果断地说，撤了吧。

前前后后6个小时，穿着30斤重的铅衣，衣服早已湿了几遍，脱下来时已可以拧出哗啦啦的汗水，但这一切，都抵不住失败的沮丧。刘玲玲和她的同事们谁都不说话，吃饭的时间早已过了，但他们没有一点饿意，就这么沉闷着。

刘玲玲是倔强的，这是一个医生骨子里的性格。失败不等于错了，医院里每天都演绎着失败，失败也许是医生最后的争取，也许是病人个性的表现，失败很多时候不是医生的无能，那是一个体现医生责任和良心的过程。

仅仅过了一天，刘玲玲他们又站在了500毫安的胃肠机前，像一个战士，抖抖身上的土，又走向了战场。也许上一次是上帝在考验他们的意志，把一个情况最复杂的病人先送给了他们。这一次，他们准备得更加充分，没有了第一次的紧张，就像已经成功了一百次那样坦然和平静。这一次，病人的状况真的很好，血管就像教科书一样长得周正。导管在他们的指挥下顺着血管前进前进，跨越了房间隔，进入了左心室。二尖瓣，中心医院的第一根导管，新乡市卫生界的第一根导管终于触摸到了你，植入球囊，快速地注射液体，球囊立刻充盈起来，像一个孩子嘴里吐出的泡泡糖。病人粘连狭窄的二尖瓣被这个不速之客撑得一下撕开了，也就一眨眼的工夫，球囊功成身退，华丽地一闪身顺着原路回去了。病人的二尖瓣规规矩矩地打开了房门，血液按照生理的构造一拨一拨地从左心房注入左心室。躺在500毫安胃肠机上的病人突然舒畅起来，被人“卡脖子”“憋得难受”的感觉陡然消失，像躺在岸上的鱼一下进了水里。好得这么快，这么彻底，让病人和家属都喜出望外，感激的话不知怎么说才好。术后，他们握住医生们的手，紧握着，摇晃着，眼泪禁不住流下来了。

刘玲玲和王鹏飞绝对比病人更畅快，这是他们多年的梦想和期盼。喜悦对他们来说来得太突然，球囊充盈的那一刻，就像冠军最后的一个赢球。华灯初上，夜色朦胧，大家都不愿回家，想把欢乐之火聚得更大，在大街上，已不年轻的他们蹦呀跳呀，让一街的人侧目而视。

介入放射学是医学的一个新领域，像阿里巴巴的宝库，一旦开门，流光溢彩。刘玲玲在心脏病介入治疗上由探索、初试到逐步推开，项目越来越多，技术越来越成熟，加上后来加入心血管科的王津生、王志芳、王丽华等医生，中心医院已形成了一支即使在全省也绝对一流的心脏病介入队伍。到了 1995 年，刘玲玲、王鹏飞带领团队已完成了安装心脏起搏器、经皮球囊二尖瓣成形术、冠状动脉造影术、PTCA、心内电生理检查、射频消融术等一批先进的心脏介入手术。仅在 1989 年到 1995 年的 6 年中，刘玲玲率领的团队就填补了新乡市卫生界 5 项技术空白。正是有了刘玲玲团队所掌握的介入手术，新乡市的心脏病介入水平在全省遥遥领先。1995 年 10 月，河南省卫生厅、河南省医学会向市中心医院授予“心脏病介入治疗先进单位”的荣誉称号。

1997 年，市中心医院斥巨资购进了全市第一台西门子双 C 臂 X 光机，刘玲玲和她的同事们再也不用在 500 毫安的胃肠机上门里门外地看着影像做手术了，病人再也不用自己翻身垫枕头迎合 X 光的照射了。

1992 年，刘玲玲的团队完成了新乡市第一例冠状动脉造影手术。

1995 年，刘玲玲的团队完成了新乡市第一例经皮冠状动脉腔内成形术。

1997 年，刘玲玲的团队完成了新乡市第一例冠状动脉内支架植入手术。

2002 年，刘玲玲的团队开通了冠心病绿色通道，使猝不及防的急性心肌梗死病人 15 分钟内能够接受支架手术。

鉴于刘玲玲的团队在心血管疾病诊疗尤其是心脏介入领域的领先地位和治疗数量，2002 年和 2006 年，市中心医院连续两次被省卫生厅授予“河南省心血管病特色专科”，2008 年，市中心医院被省卫生厅首批认定为“河南省心血管疾病介入诊疗技术准入资格”医院。

2010年1月16日，中心医院购进了在全国也属最先进的西门子大型平板心脏血管造影机。与此同时，我市一个最现代化的介入心导管室建成。

20世纪90年代初期，中心医院的心血管介入术一年只有几十例，2009年，中心医院的心血管介入手术达到了1500多例。当初为了开展心血管介入术，刘玲玲不得不找病人，给他们做思想工作。今天，来中心医院做心血管介入术的病人趋之若鹜，周边省份的病人也慕名前来，排队预约成了中心医院心血管内科的一个正常制度。

心血管介入术在中心医院由萌芽成长到成熟，星星之火，可以燎原。不管岁月如何更迭，技术如何进步，新乡市的卫生医疗史上注定有刘玲玲和她团队一笔。

下篇

世界伟大的物理学家、化学家居里夫人一生致力于放射线的研究，她发现了钋和镭两种天然放射性元素。1934年，居里夫人去世，病因是长期接受放射线而引发白血病。

医学上的介入治疗是在医学影像设备也就是放射线的监控指导下实施的一项诊断与治疗的微创技术。因此，放射线在介入手术中无处不在。放射线是一把双刃剑，它在给医学带来一次次革命和福音的同时，又时时潜伏在无形无觉的时空中，给经常伴随它的人带来危害。

尽管人类发现放射线的历史才115年，但事实已告诉人们，如人体长时间受到放射线的照射，就会使细胞器官受到损伤，诱发白血病、甲状腺癌、骨肿瘤、皮肤癌等恶性肿瘤，也可能引起人体遗传发生基因突变和染色体畸变，放射线病人的早期症状常常是头痛、四肢无力、贫血，等等。

刘玲玲开始介入“介入”的那一天，放射线开始“介入”了她。从20世纪90年代初到2005年的这段时间，是她介入手术起跑和辉煌的时候，跟随一次次成功后面的不仅仅是病人的舒畅和赞誉，也有放射线丝丝毫毫的侵入和积累，它们像魔鬼一样集结着、酝酿着、等待着。

刘玲玲不是不知道放射线的凶狠，但医生职业的伟大就表现在科学基础上的勇敢和无畏，当科学还没有能力完全阻止有害放射线等因素时，一个合格的医生会义无反顾地迎着危险冲上去。

那身重重的铅衣就是医生的盔甲，但它只能遮护住医生身体的主要部位。医生要工作，他的面部、颈部、手臂等只能裸露在放射线的贪婪目光之下。刚开始，在一次一次介入手术之前，刘玲玲安慰自己，放射线致病是一个积累的过程。当手术成为一种常态，每天都和放射线会面的时候，刘玲玲庆幸地想，个体的不同，也许对放射线的反应不同。但几年之后，刘玲玲感觉，放射线对她一点儿没有仁慈，她开始经常地发烧，一个月常常有一半的时间和发烧为伍，白细胞直线下落。一个手术下来，她身上已没了一点力气。放射线真的变脸了，但这个时候，正是刘玲玲介入手术硕果累累的季节，一个个新技术由成功变为成熟，病人由犹豫变为踊跃。逐渐驾轻就熟的技术，病人摇身一变的酣畅淋漓，让刘玲玲只有在寂静的夜里才能偶尔想起放射线带来的种种不适。来就来吧，100 次和 101 次有什么区别吗？不过是量的增加而已，她常常这样想，于是第二天刘玲玲又站在了手术台上。

手术越来越多，放射线的反应越来越厉害。刘玲玲已经不止一次下了手术就晕倒过去，有时候正做着手术，就呕吐起来。医院的领导、同事、家人都劝她，不要再做手术了。是啊，不能再做了，她也这么想。可许多的病人点名要她做手术，有的手术技术难度大，充满了风险和挑战。她盛情难却，她割舍不下，下意识的职业性还是让她又上了手术台。

日积月累，放射线从内线跳到了前台，刘玲玲的面部、手臂开始出现了一块块的色素沉着，十个手指都患上了皮炎，这是典型的放射线反应。此外，她的甲状腺也有了症状，结节出现了，这是最让人担心的现象。该出来的几乎全都有了，头晕、乏力、嗜睡、恶心天天缠绕着刘玲玲。说不清自己做了多少台介入术了，说不清有多少生命在她受着射线危害的时候获得了康复，而今，她成了这个样子。

她不可能不哀叹自己的处境，静下来的时候，她心里常常充满了矛盾：患者健康了，她获得了许多的荣誉和赞美，可她病倒了，这样的置换值得吗，有什么比健康更宝贵的东西呢？可一个医生如果一生为了自己的苟安而放弃追求甚至放弃工作还算医生吗？

2005 年，放射线的危害在刘玲玲身上表现得更加普遍和残酷。皮肤、甲状腺、结缔组织联合起事。中心医院院长谢振斌对刘玲玲说，这一次说什么你也要停止工作，上北京肿瘤医院找专家，不能光给别人看病把自己耽误了。谢振斌亲自陪着刘玲玲上北京，去了几家大医院，看了几个大专家，有说是甲状腺癌，有说证据不足不予支持，但一个共识是，放射线损伤所致。

刘玲玲谢绝了在北京手术的建议，带着"观察一段"的对癌症的狐疑回到了新乡。春节到了眼皮下，全家人一片忐忑。刘玲玲说，没什么事的，便开始了她人生中最漫长的一次睡眠，整整三天，似睡似醒，似醒似睡。对于疾病，医生永远都从最坏处入手，刘玲玲太熟悉北京肿瘤医院的专家把谢振斌院长拉到一边的神情，她自己在医院也常常把危重病人的同事、家属拉到一边说话。朦胧中，她想了很多，当然最多的还是她的女儿。医生对孩子的愧疚好像是职业的一种必然，许多医生的孩子好像都跟没娘似的，放养式地成长，过早地懂事和成熟，学习格外自觉，让人省心。她想起她现在在一所全国名校上大学的女儿。女儿上小学时，有一次她的红色裤子烂了，女儿就自己粗针大线地缝了起来，缝好了才发现自己用的是白线。女儿学习紧张，又不想返工，就聪明地用红墨水把白线涂红了。还有一次，女儿发高烧，她带着女儿去医院输液，刚做了皮试，有个病人患急性心肌梗死要急救，她丢了女儿就去参加抢救。过了有三个小时吧，病人没事了，她习惯性地脱了工作衣要回家。科里的护士跑过来大声说，你女儿烧到 39℃多，还在床上躺着呢，你要输什么液体你说话呀！她这才一打头，急忙往值班室里跑。作为医生，几乎每天都会见到血腥的场面，听到号啕的哭喊。医生的心一般都很硬，眼泪也少，不爱掉眼泪的刘玲玲这三天眼泪却不听话，像蛰伏许久的虫子往外爬。她真分不清这眼泪是为她，还是为她的女儿，她的家人，又或者是她的心血管介入术而流的呢？

此后的日子里，刘玲玲开始过上治病养病的日子，虽说肿瘤暂时没有近身，但阴影时时挥之不去，她要不断地去复查。现在她的甲状腺功能几乎完全丧失，她要终身服一种叫左甲状腺素片的药。河南省职业病防治所把她定为全省第一例介入医生的职业病患者，为此，她苦苦一笑。现在她每天还在工作。她还是常常去医院的心导管室，感受介入技术和设备的突飞猛进。她偶尔也做一两台介入手术，像回味她的青春、她的历史、她的辉煌。

记者曾经问过她一个问题，知道介入手术的危险为什么还这样做，你有许多的理由可以退出来。刘玲玲说，“非典”的时候，医生比全国人民更知道它的厉害，有一个医生和护士退却了吗？医生看到了最多的死亡，他们最知道生命的宝贵，但有时候医生必须用一个人的健康去换千百人的健康，用一个人的生命去换千百人的生命。

据最新资料载，根据我国目前心脏介入医生保守的年照射量计，按国际辐射防护委员会 60 号报告书提供的危险系数估算，心脏介入医生每万人每年将增加 400 例致死性癌症和 80 例非致死性癌症。

据河南省职业病防治所报告所示：

现任市中心医院心内科主任王鹏飞已患亚急性甲状腺炎；

现任市中心医院心内二科主任王津生白细胞已降至 2700；

但他们每天依然站在介入的手术台上，依然被放射线照射着。

理解我们的医院，尊重我们的医生，爱护我们的白衣天使吧！

向为新乡市心血管疾病介入治疗做出历史贡献的刘玲玲医生致敬；

向依然忠于职守的心血管医生王鹏飞、王津生、王志芳致敬；

向市中心医院和所有的医护人员致敬。

（2010 年 6 月 23 日《新乡日报》）

很早就知道王节臣的大名：市政府统建办主任、市拆迁办主任、市中房公司老总。在21世纪之初中国房地产方兴未艾之时，这是多么响亮的名字。他走向市场之后才有了若干年房地产的中流击水，给当时的新乡留下来在当时引领房地产行业的杰作。对于那个时代而言，他在新乡市的城市建设和房地产发展中留下了浓墨一笔。

铸造城市

——新乡中房统建集团董事长总经理王节臣印象

（一）

63岁的王节臣每天早晨5点多起床，沿着人民路进人民公园，只要没有风雨之故，一个小时的散步是他每天必需的。

每天走在人民路上的人千千万万，但没有一个人像王节臣一样对这条路有刻骨铭心的感情和感慨。每每说起这条路，他的心里就像打翻了五味瓶，苦辣酸甜一起涌来，让这个新乡中房统建集团的老总唏嘘不已。

时光回到1994年的时候，王节臣身兼三职：市政府统建办主任、市政府拆迁办主任，还有中房新乡公司的老总。那时的新乡房地产市场，稚嫩得像刚出壳的雏鸡，既朝气蓬勃又跌跌撞撞。正处级的统建办拆迁办和正处级的王节臣一边行使着政府统建拆迁的职能，一边搞房地产开发，那时的他忙碌着、纠结着、期盼着、兴奋着。

1994年的新乡市区面积很小，老百姓认可的城区和规划部门图纸上的城区不可同日而语，老百姓认为城区的路到头了城市也就到头了。1994年的人民路从西向东走到胜利路就无路可走了，而劳动路从平原路往南不过是一条宽6米的小巷，一辆卡车进去就如鲠在喉。这两条没路的路和狭窄弯曲的小巷像梗死的血管让新乡半个城市麻痹和呻吟着。而此时改革开放方兴未艾，发展的新乡、膨胀的新乡让这两条残疾的道路憋得难受。

以路带房，以房养路。它的注释是，北起平原路，南至健康路，西起胜利路，东至和平路地段，由新乡中房公司进行旧城改造、综合开发。政府及政府有关部门和王节臣签字盖章。一亿四千万，那是市城市建设规模最大的一次投入。王节臣那段日子真不是人过的，忙得不可开交，难得不可开交，被纠缠得不可开交。如此的日子里王节臣人前没掉过一滴眼泪。后来有人问他夜深人静的时候是不是也委屈过，他说，有那工夫还赶紧睡会儿觉呢。

王节臣是一个硬汉，但他绝对又是有情和讲理的人，不该有的不能有，该有的一定要有。有一个拆迁户正在几百里之外服刑，王节臣派专人跑到监狱对服刑的犯人说，你的房子要拆迁了，我们来征求你的意见，你是要钱还是要房子，我们一定按规定补偿你。

打通的人民路共长1553米，拓宽的劳动路共618米，红线宽45米。修路是个技术活儿，更是个良心活儿。王节臣不想也不会在质量上做手脚，路是天天让人走的，天天都有人用脚和车轮来检验路的质量，投机取巧会让人点着脊梁骨骂娘的。其实两路铺柏油路面也合乎要求，市里的柏油路多了。但王节臣坚持要铺水泥路面，水泥路面造价高可结实耐用，他一铺还就铺了 22.5 厘米厚。时至今日，王节臣负责的人民路和劳动路一次也没翻修过，还是那么的结实和干净。

一年多过去了，人民路和劳动路都舒展开了双臂，一头连接住了和平路，一头汇入南干道，像两根突然畅通了的血管，使整个城市一下活跃起来。

在改革开放的年代，不被人议论的人一定是无所作为的人，因为改革就是思想和行为的革命。这个革命的过程对于每一个人或快或慢或终生抱残守缺，所以必然带来思想上的碰撞。在近 30 年尤其中房公司改制前的 20 年中，王节臣身上的议论不仅天天有，而且常常是旧的不去新的又来。城建对于一个城市是大海的波浪，要永远任人评说，而规划拆迁更是在波浪的风口浪尖，要时时在颠簸中过日子。被人说惯了也就习以为常了，不被议论所左右，不被危言所左右，不被孤单所左右。你说你的，我干我的，正是有了这种超然的态度，王节臣和他的单位才能在既改革又传统、既政府又市场的环境中干出业绩。

那些年，王节臣带着团队承担的全面开发或参与的城建项目有：打通人民路、拓宽劳动路，城市广场拆迁，市服务中心大楼，旧城区开发，卫河综合治理，市体育中心建设，平原路东段拓宽改造，和平路北段拓宽改造，中同大街拓宽改造。

建设开发的住宅综合小区有：石油管道局基地，向阳新村，中原东村，双桥小区，怡园小区，幸福里小区，南苑小区，文苑小区，钓鱼台小区，维多利亚城。

无偿建设的公益项目：市第 30 中学，向阳小学，红旗区实验小学，市和平路小学教学楼，城区多处公厕。

累计拆迁旧房 100 多万平方米，新建各类房屋 400 多万平方米。

（二）

维多利亚城是 2005 年中房统建集团开发的一个具有时代元素的楼盘，它对于中房公司来说，不仅仅是最新和最大的项目，更重要的这是公司改制后的第一个战役。

从 2002 年开始酝酿到 2004 年 11 月市政府正式批准，具有政府职能的统建办和同一块牌子的中房公司在经过两年的“阵痛”后终于“分娩”，由正处级的事业单位转变成股份制企业。这样的革命对于一个离政府职能渐行渐远的房地产公司真是一个痛楚的开始。丢掉本来就没有的幻想，甩开脐带，自己去市场里劈波斩浪。

维多利亚城的位置确是风光占尽。这是一片元宝形的地块，它傲居在城市的中央，身边的道路宽阔而通畅，西边尽享繁华，东边田园宁静。卫河把最美的一段妩媚留在了此处，让维多利亚城天然有了永远的水系。

王节臣和他的团队希望在这块土地上建成一座像王冠上明珠一样美丽的楼盘，这个楼盘有他们太多的寄托和梦想。

西邻和平路，按规定要退红线 12 米，维多利亚城一下退了 20 米，临卫河的北侧，维多利亚城退河岸 27 米。寸土寸金的商宅宝地，退让这么多的空地，就是放弃了几个楼盘的利润。以退为进，以虚为盈，在今天的房地产销售手段中已不新鲜，但在 2003 年开始规划维多利亚城的时候，新乡的房地产商们大多还是像摆多米诺骨牌一样把一点点空地都设计成火柴盒一样的楼房。王节臣已较早意识到了住房设计正在由居住到宜居的悄悄变化，意识到了环境对于销售和价格的影响。让宽阔的和平路在维多利亚城一段更宽阔，让卫河的垂柳堤岸与维多利亚城的蜿蜒幽径连成一体。在 2005 年之前，这样的住宅景观在新乡市绝无仅有。

“节能、环保、省地、宜居”，总建筑面积 22 万平方米的维多利亚城成为新乡市第一个纯板式高层建筑群，是新乡市第一家在住宅小区使用地温中央空调的楼盘。这样不仅节能环保，还使整个楼体保持整齐和干净，在使用上价格比政府定价还低，并且可以分户计量。维多利亚城在新乡是首次楼体大面积使用外墙保温材料的楼盘，让节能环保的新技术新材料融入新乡的建筑群中。

（三）

光阴荏苒。在感觉上时光和速度永远成正比。人无所事事的时候，阳光都显得懒惰；歇不住脚步的人，日子却像拉洋片，一张张稍纵即逝。今天的世界上，没有一个国家像中国的城市发展速度如此之快。脚手架包裹着中国的每一个城市，房地产是城市发展一个总不下台的演员，不停地盖，不停地卖，不停地涨价，像一列没有制动的火车，拦都拦不住。

2005 年的新乡和 2011 年的新乡在城市建设上绝对不可同日而语，更新颖更广阔的楼盘雨后春笋一般拔地而起，尽管让人议论很多的王节臣在业界曾是无人不知无人不晓的风云人物，但在今天，一些新兴的房地产老板们已经不知道这位曾经的元老了。

王节臣有时在早晨散步的时候也在想，这个社会变化太快了：过去的住房就是几室几厅，墙上抹石灰，地上铺水泥；现在有毛坯房，既节俭又便于住户装修；现在的板房，也不分几室几厅，像积木一样随意摆弄；还有的住房是精装修，今天买房明天就可以“拎包入住”。

卖房的方式也多了，活动名字独特而新潮：客户联谊会，中秋赏月会，业主驾车游，歌星演唱会，篮球大ＰＫ，生日大派送，圣诞狂欢夜，等等。

人何尝不在变化呢？也许是观念的不同，尽管自己也在紧跟时代的潮流，但房地产总是潮流的引领者，其工作方式、生活方式、交际方式都变化得太快，而且有的让人不敢苟同。王节臣自己得不出一个正确的结论，但他知道，有些地方事实证明自己坚持得对。

王节臣很想有一天有一个机会对周围人说，一切的不同和矛盾都不是恶意的，真正的兄弟和朋友恰恰不是一团和气。但他改不了不提意见的毛病，今天见了谁聊起房地产他还会说，招商引资不错，但在房地产开发运作中一方面要公平公正，一方面要政策一致。他多么希望在房地产的博弈中大家都按规则出牌。对于新乡本地的房地产商来说，不要照顾，只要公平。

（2011 年 11 月 15 日《新乡日报》）

在新乡的一方土地上，张保堆应该算是有钱人。张保堆挣钱，一步一个脚印，规规矩矩，心无旁骛，锱铢积累，集腋成裘。干净的钱，是可以大白于天下的。很会算账的张保堆对自己有时是锱铢必较，买个小物件也会来回算计，但国家的税收，他不曾少交过一分。逢有天灾国难，他一定阔绰出手。遇有鳏寡孤独，他也会解囊相助。

张保堆：财聚财疏的哲学

去采访凤泉区大块村张保堆之前，有个问题一直缠绕着我：张保堆为什么要叫"保堆"呢？名字总归是寄寓着父母的期盼。见面后张保堆对我说，关于"保堆"的含义，父母没有告诉过他，他也没有问过父母。大家都猜测，"保堆"就是积聚的意思，也就是聚财。

张保堆1970年出生，18岁中学毕业进了父亲开办的工厂。那时私营企业还都是萌芽状态。张保堆干工人，干会计，干销售。厂子规模不大，老板的儿子也不是今天"富二代"的模样。张保堆像所有的工人一样，每天一身汗水一身疲惫。但张保堆又和其他的工人不一样。他一边干活，一边观察、思考，学习工厂生产、管理的各个环节。

能成大事者必是能吃苦的人。张保堆一开始就对吃苦有着精神上的准备。一次，他和厂里的另一名销售员去巩义推销漆包线，出发的时候厂里只给了50元的差旅费，既要住店又要吃饭。在巩义一单生意没谈成，他们又马不停蹄地转战到偃师，苦口婆心地推销产品。但几天下来，依旧是一笔生意也没谈成。一天又一天，50元再怎么精打细算也见了底。回家吧，张保堆不甘心，一分钱没卖无颜见家乡父老；坚持下去，身上的钱却已经花光了。张保堆和另一个销售员正是年轻力壮能吃饭的年纪，晚上躺在小旅馆里，肚子饿得咕咕叫。这趟差出得一无所获，怎么办？望着天花板，他俩心生一计——没有钱但有产品啊！他俩扛着两盘漆包线找到一家小卖部，用产品作抵押，换回了两瓶山楂罐头。张保堆狼吞虎咽，百感交集。这瓶当时最廉价的罐头让他记忆深刻。就是这一瓶罐头，就是这一夜的坚守，助他迎来了转机。第二天，张保堆做成了人生第一单生意。

年轻的张保堆不甘心被荫庇在父辈的羽翼下，他要走一条自己的创业之路。20世纪90年代初的中国，改革开放的快车刚刚加满油，风驰电掣，沿途满目春光。张保堆在思想和行为上都躁动起来。他要自己办企业，自己当厂长，实现自己的梦想。

26岁的时候，胆大桀骜的张保堆有了自己的第一家工厂。当时，张保堆的工厂，就是泥土地上的红砖房。石棉瓦的房顶，阳光可以进，雨水也可以进。机器简陋甚至原始，工人就是庄稼地里走出的农民。一切的简陋之上，是一个充满理想的青年的渴望。张保堆给自己的工厂起了一个很响亮的名字：东方电气。

厂长张保堆，穿着皱巴巴的衣服，在唯一的“车间”里干着厂里一切工种的工作。夜里他基本不回家，或者睡在工厂的连椅上，或者就在机器旁熬到第二天太阳初升。在这个属于自己的世界里，他很累但很充实，吃得很多，睡得很沉。

年轻的张保堆像一只雏鹰，只看到了碧蓝的天空和明媚的阳光，却不知还会有乌云和闪电。他熟悉生产、管理、销售，但对社会和人的认识基本还是白纸一张。他把50万资金委托给一个他认为可以信赖的朋友，买机器、买原料。朋友的学历和慈眉善目让他没有一点戒心和防范。他被骗了，买来的机器和他要生产的产品南辕北辙。价值50万的"废铁"静静地"站"在简陋的车间里，张保堆一下子蒙了。他站在机器旁边，久久地看着机器，像看一个畸形的孩子。

张保堆一下子垮了，他整日把自己关在房子里，死的心都有了。

一个朋友不忍心看他受煎熬，盛邀他一起到上海转一转，散散心。开往上海的列车上，呼啸的风从车窗外灌进来，吹乱了他的头发，但吹不开他心中的死结。他甚至想，也许上海是他告别人生的地方。车到徐州，张保堆突然要下车。徐州有一个他曾经的客户，平时很少探访，但关系却很亲密。他不知道自己下车的目的是什么，但执意下了车，找到客户的厂子。厂长在外边办事未归，张保堆就在厂子的车间里闲逛。突然，在一个车间里，他发现了和他50万买回的机器一模一样的机器——这台机器不是在生产漆包线，而是在生产漆包线的原料绝缘漆。张保堆若有所思，拉着朋友就往火车站赶。朋友满脸疑惑地说，去哪儿啊？张保堆说，回新乡，回新乡。

在负债累累的窘境中，张保堆及时调整了生产方向。那几台曾经使张保堆"死了的心都有"的设备，却令他绝处逢生。绝缘漆和漆包线本就是面粉和面包的关系，张保堆对这个产品并不陌生。他从外地请来技术工人，买来原料，开始生产第一桶绝缘漆。

生产绝缘漆的一道主要工艺，是要把原料融化并搅拌均匀。人家的工厂都是用电能驱动来完成搅拌工序，张保堆哪还有钱去添置设备？他们只好用人力，站在高高的罐顶上，用竹竿在高温的烘烤熏蒸中奋力搅拌原料。工人们搅拌，张保堆也上去搅拌。一天下来腰酸臂疼，浑身跟散架了一样。

这种原始的靠人力的劳作方式，为张保堆的工厂赚了第一桶金。这一年，凭着这种勤劳和坚忍，东方电气搅出了100吨绝缘漆。

今天回望那次徐州之行，许多人说是“天意”。从那一刻起，张保堆和绝缘漆就连在了一起。这一连，从星星之火连到了占领全国市场的半壁江山。这成就了张保堆，也让东方电气成了业内的“巨无霸”。这近乎传奇的成功，“天意”的成分也许有吧，但没有张保堆智慧的判断和出手的果敢，一切机会都会是东逝之水。

如今，东方电气已引领绝缘漆生产技术的潮头。在一排巨大的罐体中，搅拌的动力来自蒸汽的热力，既快又均匀。一个偌大的车间，只有几名工人在巡视。现代化的生产方式必然带来革命性的成果，今天东方电气一天的生产量已超过了过去一年的产量。但凡成功的企业都有坎坷的经历，但凡英雄的人物都有磨难的历程。正是挫折和失败铸就了人的意志。历史一次次告诉我们，能在痛苦和毁灭中站起来的人才能最终到达胜利的彼岸。

今天，走在东方电气新的厂区里，杨柳依依，池水款款，车间宽阔明净，设备安置有序，没有噪声，没有异味，一副现代化大企业的模样。张保堆从一次次的磨难中领会了科学、规范和发展的辩证关系。张保堆观念的进步让东方电气在业内崛起，由一个无名之辈迅速超越众多“前辈”。东方电气自己生产原料，使成本大大降低，200人的企业2012年产值达4.5亿，全国市场占有率超过40%。

英雄不问出处，是英雄必定脱颖而出。

张保堆的事业成功了，但他更在意成功之后的事。

张保堆一方面要“保堆”，把自己辛辛苦苦挣来的钱用到刀刃上，提升职工的生活水平，谋求企业更大的发展；另一方面要回馈社会，惠及乡里，做一个有社会良知的人。

张保堆深知，没有国家大环境的安宁，没有国家对私有企业的政策鼓励和支持，他纵使有天大的本事也会一事无成。汶川地震，张保堆的企业和他个人都捐巨资相助；凤凰山绿化，张保堆带头捐款；给贫苦县捐资助学，他主动请缨。

更让张保堆不能割舍的，是生他养他的大块村。这里有他孩提的故事，也有他事业的发端，记住了他的眼泪，也见证了他的辉煌；这里有他爱人的抚摸，亲人的呢喃，乡亲的叮嘱，儿子的成长，白发的亲娘。这片土地浸润在他的血液里，融化在他的脑海里，一草一木，一砖一瓦，一家一户，都被他视为奋斗的力量。

办企业有多少年，张保堆对村里的资助就有多少年。即便是在事业的低谷期，这样的资助也始终没有停止过。对村里的孤寡老人和低保户，张保堆更是有求必应，还设立了固定的帮扶制度。这其中有许多感人的故事，但张保堆一再叮嘱，“说多了就没有意思了”。

作为东方电气的董事长，张保堆一边要做好企业，一边又时时惦记着大块村的乡亲：路灯不亮了，他要管；下水道不通了，他要理；邻里间因一砖一瓦吵架了，他也要劝。

生于农村长于农村的张保堆，身上自然浸润着民族的文化和传统。企业富足了，他更是要把这种优良的传统发扬和传承下去。

从2010年起，每年的重阳节，张保堆都要对大块村75岁以上的老年人进行慰问，每年投入 10 万元；每年的教师节，他都要到学校对教师进行慰问，每年投入 10 万元，至今已有十几年；每年的儿童节，他又要到辖区的3个幼儿园进行慰问，连续4年，共投入15万元；每年的妇女节，他要为全村 1800 名妇女发放慰问品，连续 4 年，共投入 30 万元；每年春节，他还要为全村每家每户发放年货，连续 4 年，共投入 50 万元。

没有上过正规大学的张保堆，对大学生格外尊崇和敬佩。他希望村子里的孩子们都能努力学习，考上大学，进军更高的学历。为此，他还制订了一套奖励办法：考上大专，奖 1000 元；考上本科，奖 3000 元；考上研究生，奖 5000 元。办法实施以来，村里已经有 130 多名学生受到了奖励。

固定的不固定的，在计划的不在计划的，村里的村外的，十几年来张保堆已经很难算清一共向社会捐了多少钱。更难能可贵的是，他捐了就捐了，从不让人宣传。他始终认为，捐出去的钱就不属于自己了，不属于自己就不该把荣誉算在自己身上。这种解释不无道理，所以新乡的新闻界对他一直很陌生。他的名字像河里的鱼，活泼但很新鲜。

张保堆明白，如今自己的身上凝聚了太多信任、赞许、希望、寄托的目光，他要鼓足勇气，他要再接再厉，更上层楼。

（2013 年 10 月 8 日《新乡日报》）（有删改）

这是我第二次写李杰，距第一次已有24年了。人是物非，他除了头发稀疏了很多，还是那个他，但他的生意却不可同日而语了。现在，他基本不在新乡做生意了，借他的钱，让他担保或和他一起合伙的“兄弟”大都不怎么“兄弟”，他又不愿意和“兄弟”对簿公堂，靠自觉和良心又靠不住，于是他走了，去了海南。他去海南的时候海南还是一块处女地，“天涯海角”还是海边两块孤零零的石头。全国各地的淘金者不讲“兄弟”，开口就是生意，就是赚钱，说话直来直去，先丑后不丑。他很快就适应了海南的气候，也适应了海南的生意场，先拿下一个别墅群，后拿下一个白沙县巨大的楼盘。两个地方还是蛮荒之地的时候我都看过，李杰盛情邀我入驻，房子增值是一定的，还有一层意思大概是老了我们可以为邻。靠工资挣钱积蓄是很少的，我孩子在外地，老了还要靠孩子，于是谢绝了李杰一次次的好意。好在现在交通、通信很方便，即使远隔千里，我俩的大事小情也可以基本不过夜。

追踪李杰

这几年，一度在新乡引领风尚的李杰，一度在新乡既忠厚却又神秘的李杰突然销声匿迹了。他制造的广告塔依旧在街头伫立。每年冬天，不管是有钱和没钱的时候，他都是裹着一个小棉袄，稀疏的头发永远是凌乱和无力，如果不是各个阶段他从不同的汽车里钻出来，说他是一个民工不会有人怀疑。

我一直坚定地认为，李杰稀疏的头发绝不是油脂分泌过旺所致，他的脑子大概除了睡觉就始终处于运转和亢奋状态。说两个故事，大概20世纪90年代的早期，海南刚开发，有一天，我和他晚饭后在海口街上走。他突然问我，这花篮怎么样？我一头雾水。回到新乡，他在新开张的博雅广告公司里要卖花篮，那个时候的新乡，有庆典开业之类的大抵都是送一个玻璃匾祝贺。李杰要卖花篮，既没有篮也没有花。李杰的脑子就是这样谢顶的，他把两个纸篓屁股对屁股地捆在一起，用红纸一糊，就是篮子。没有花，他就从农村的花圈店里进了许多纸花。这样一鼓捣，花篮真做好了。开业那天，来了许多庆贺的老板。有个老板愚顽，就是找不到地方，最后在相熟人员的引领之下终于到了现场。他说，我从这里过了几趟，还以为谁家办丧事呢？当然，很快博雅就有了专业的篮子，有了绢花，有了鲜花。后来的新乡在李杰的引领下有了更多的花店，现在已经没有人再送匾额之类的东西以示庆贺开业了，但今天的李杰也不卖花篮了。

还有一个故事，是 20 世纪 90 年代后期的。我和李杰从郑州机场回新乡，在一个路边的广告塔下，李杰突然停下车，我以为他是想方便一下，但他拨通了广告塔柱子上的电话号码。电话的那头在郑州市区，是一家制作广告塔的工厂。李杰对我说，咱去谈谈价格。这之后的没多少日子，新乡市的第一个广告塔就在人民公园的东南门竖立起来。竖一个广告塔大约花费 28 万。那年足球甲 B 联赛刚刚开始，全省的球迷蜂拥而至，而当年在公园南门广告塔对着体育中心的一面的年广告价格就达到 12 万，三面的广告塔一年成本就回来了。后来李杰在国道旁又竖了一个广告塔后就不再做广告塔的生意了，后来别的广告公司在李杰的屁股后头纷纷建广告塔，新乡的广告塔就多到臭了街。

李杰就是一个猴子，总爱尝鲜，吃着一个的时候脑子已在盘算着下一嘴该落在哪个地方，往往是一个战场还没有吃干打净，就“移情别恋”。盘点李杰二十多年干过的营生，五光十色，且基本没有关联：起家是卖潜水泵，开过三个酒店，开过歌厅，卖过健身器材，开过洗脚城，卖过汽车，搞过广告公司，卖过轮胎。后来还有，先不说。

如果李杰还是一直在新乡做着愉快的小生意，如果李杰还是东捞一把西赚一把地胡子眉毛一把抓，李杰永远是跑不出农民色彩的生意人。

性格决定命运。李杰的性格注定他要跳出新乡成为富商巨贾。李杰“豪爽、仗义”的性格也给他带来失败。李杰有了一点钱的时候，身边虫拱蜂绕，有借他钱的，有和他联合做生意的，有让他担保贷款的。李杰都觉得“弟兄们”的面子不能搁在地上，只要能做到，他来者不拒。“弟兄们”也有不“弟兄”的。终于，他给别人的担保出了问题，李杰没有把弟兄告到法院，也没有和弟兄红脸。为了还钱，李杰把门面房卖了，把汽车卖了。那一年李杰找我说，老史，借借你的自行车。李杰在街上骑自行车的时候，把认识他的朋友都吓了一跳。大家都在口耳相传说，从来不锻炼身体的李杰开始锻炼身体了。李杰在自行车上也在思考，那一刻起，李杰觉得，他不想只在新乡做生意了，虽然要从头再来，但这个“头”要在新乡以外。

促使李杰往外走的还有一个因素，是他永远不停歇地观察和思考。在新乡，能使李杰亢奋的只能是他一个事业的开始，这时候问题很多，挑战很多，他会忙得像磨道里的牲口。他的事业一旦进入风平浪静的状态，他就觉得很寂寞、无聊。李杰当老板和别的老板不一样，人家老板有钱没钱都很阔绰，银行里债台高筑，生活中吃喝不误。李杰不吸烟、不喝酒、不穿名牌衣服，如果不是请客人吃饭，就爱吃西红柿捞面，歌厅很少进，唱歌永远就像麦克风出了毛病。所以李杰一闲下来，就想出去转转，也是漫无边际，北京、上海、广东，当然海南他去得最多，去得最多不是因为海南的南国秀色，而是那个地方常常是政策的实验区。李杰一般都不会去旅游景点，更不会去商场，到北京有一万次了也没有去过长城，也没有去过故宫。他就是在街上瞎转，看看楼房，看看街道，看看广告，看看熙熙攘攘的人流和汽车。眼睛看着脑子转着，他的大大小小的生意就是这样开始孕育了。

第一次去海南的时候，海南刚刚改革开放，海口哪儿哪儿都是脚手架，“桑拿浴”这个词李杰和我都是第一次看到。啥是桑拿浴？李杰问我。啥是桑拿浴？我问李杰。转了三天海口，李杰就决定在海口买一套商品房，价格放在今天就像拾了一套房子一样。今天这套房子增值了多少倍已不好估算，但这是李杰在海南的第一次投资。李杰只有高中学历，还是前几十年的缩水文凭，他没有学过经济，买东西都是靠预感。那个时候李杰还有点钱，但买一套房子且这么果断是需要勇气和判断力的。李杰后来跟我解释的道理是，你看海口的街上多少外地人，你看街上多少摊位商户，你看内地没有的“桑拿浴”，你看蓝天大海，内地没有这个，内地太稀罕和向往这个了。海南的大门一旦打开，内地的人肯定一窝蜂地过来，谁也不会住在大街上，海南的房子要是不涨我“李”字倒着写。

第一次和李杰去三亚的时候，天涯海角连围墙也没有，我们坐了两块钱的摩的到了天涯海角，就觉得那里不过是荒郊野外的两块石头，哪有什么门票啊，人都没有。2004 年，李杰和我又一次来到三亚，这个时候的李杰已今非昔比，不仅有了一定的资金，而且有一项重要部门的重点项目在手。距三亚市区约 8 公里的近千亩土地很快被李杰拍板拿下，他以此地块成立了三亚卓立实业有限公司。第一批单体面积 300 多平方米的别墅群星夜施工，前种芭蕉，后种椰子，当时每栋别墅的成本价仅有 30 多万元。李杰的预感一次次应验并远远超乎了他的预期，今天他的别墅群的位置随着三亚的“膨胀”早已地处市区，我也没问李杰 30 多万的别墅翻了多少倍，他也没有告诉我。因为当时李杰说要低于成本价卖给我一套，但当时我没有 30 万，而且我也觉得猴年马月三亚才能扩张到 8 公里以外呀。李杰至今不告诉我翻了多少倍，大概是怕我从此夜里睡不好觉吧。

也就是从那个时候，新乡的李杰在新乡消失了，逢年过节或开个会李杰会回来。海南航空的空姐有几个都认识这位黑黑的北方男人了，他飞郑州、飞北京、飞上海，再飞回海南。有时候李杰在看着天上流云的时候想，在新乡疲于奔命针头线脑地干了一二十年，还不如海南一炮生意来的肥润。海南的“兄弟”也少，没人找他担保什么的。

当大家都意识到三亚的房产会魔幻挣钱的时候，李杰已经从三亚抽手了。一个时期，全国的钱都朝三亚奔跑，让三亚的房子离经叛道地涨到了三五万每平方米，后来的人肯定赔大了。李杰总是吃嫩草的人，他“拜拜”的时候，那草已经没有什么嚼头了。这时候的李杰决定北上，在离三亚160多公里的海南白沙县一下子圈了两千亩的土地。这几千亩土地虽然荒芜，但价格确是三亚土地的几分之一，没有拆迁的费用和烦恼，距环岛高铁7公里，距海岸线15公里，有一片大约上百亩的水面。李杰拿下这块地时兴奋不已，他对我说，你知道全国有多少人已经、正在或准备往海南迁徙吗？像候鸟，冬天飞过去，夏天飞回来。我说，不知道。他说，我也不知道。但我可以说出新乡有许多人已在海南买房置地，他们不都是为了赚钱，大多是为了养老。海南有蓝天白云，有沙滩大海，有亚热带气候，三亚挤不下了，来白沙吧。你们不是爱游泳吗？给你们留一小套了，低于成本价。

我看了海南的地图，很容易找到了靠着海边的白沙县，后来我又看了李杰命名“南海明珠”楼盘的规划图。这个工程太大了，投入的资金摞起来就可以盖一栋小房子，我心里惊叹但没敢和李杰说。他在海南经营的这几年真的令我刮目相看，还是穿着那个小棉袄的李杰藏了多大的一个熊肝虎胆。

当我以为李杰这一下更难常回新乡的时候，李杰却突然又杀了回来，每到周末，李杰基本就有电话打过来说，老史，晚上干什么？李杰很健谈，我们往往在地摊上，他会一边剥着花生或者毛豆一边滔滔不绝地说。我都是倾听或者附和，很像说相声的逗哏和捧哏。我知道了李杰之所以又常回新乡，是他在郑州和人一起开了一家小额贷款有限公司。我不大懂金融，至今不会使用银行卡，我知道近来民间的金融借贷出了许多问题。李杰怕我担心，每次说起就对我说，我们主要从事对中小微型企业人民币贷款业务，是经省工信厅及政府有关部门批准的非银行金融机构，政府所批，政府所倡，企业所盼，企业所望。我不问李杰海南的事情了，他的性格依然没变，他仍然是一只猴子，只是他的胃口越来越大了。我一定不会问他郑州的金融生意如何，从他每次说起郑州发展的前景，我肯定他的金融生意一定比海南的房地产生意做得更好。

李杰是一个对生意痴迷的生意人，每天一睁眼就琢磨生意上的事情，假如每天没有生意上的事情折磨他，他一定会闲得生病。李杰又不像一个生意人，发财了没有一点发财的样子。他和我还是一样的亲密，全不像有些老板，没钱或起步的时候好得不得了，一阔起来别说见面连通电话都很少有了。他一见我面总不忘问一句“有事没有”，好像总盼我出点事帮帮我，但我真的没事，过得很好。

那次我们在一起吃地摊，我说，老李过 55 了吧，眼看着奔 6 了，还准备在外面扑腾多少年？李杰想都没想说，回来回来，新乡还有咱老婆，新乡是咱的家，在外面挣多少钱都是给家里挣的，最近就有项目在谈。

我说，老李，我要退休了，你在新乡有项目我给你打工了。

李杰说，别光说嘴，你这个兄弟我要。

（2012 年 11 月 20 日《新乡日报》）

采访札记

采访茹正涛两次我打了两次退堂鼓，他很健谈，但说的都是化肥。这之前我对化肥几乎一窍不通，听他谈化肥总是云里雾里不知所云。心连心公司的有关领导说你再试试。茹正涛大我一岁，我们应该有共同的话题，他喜欢毛主席诗词，而我几乎可以背诵毛主席的所有诗词。我们的第三次谈话从毛主席的《七律·长征》开始，谈到了四渡赤水，谈到了强渡乌江，继而说艰苦奋斗，说忠诚事业，说用人之道，再介入化肥工作的实践，慢慢以人入物，采访竟变得顺畅起来。所有的工作都是人做的，从人性开始，总会柳暗花明的。

耕耘者

——茹正涛采访纪实

那天上午，我跟着河南心连心化肥有限公司监事会主席茹正涛，走马观花地参观了心连心悠长而壮阔的厂区。当然我们的行程肯定始于小冀镇的一分厂，这是心连心开始的地方，像共产党的井冈山。

1974年，61岁的茹正涛第一次踏入这片土地，那时他18岁，精力和梦想都充沛得洋溢。他是被派来参加当时叫作“七里营化肥厂扩建工程”的。他搬砖和泥，工程完了的时候，他被厂里留了下来，因为他能把门捷列夫那个拗口的元素周期表像说快板书一般地背下来。那个特殊年代，能背元素周期表的青年比晨曦后的星星还稀少。

这一留，留了他 43 年。他的头发白了、稀了，腿脚肯定没有先前有力和敏捷。

从小冀镇一分厂那唯一留存的 40 多年前的老房子，以及那场刻骨铭心事故后在建筑物上丢下的裂痕始，我们又到了一马平川的新厂区。从二分厂始到四分厂终，这 8 公里距离，述说着心连心从幼小到壮大的过程。从初始到如今，从 3000 吨合成氨到 280 万吨尿素、230 万吨复合肥、40 万吨甲醇，从不及远目的丰收到远及海外的硕果累累，从大家解囊捐资建厂到新加坡、中国香港股市的钟声，从车马人稀到今天上下班浩浩荡荡的“绿色洪流”。新老厂区之间的这几里路，每一寸都浸透了心连心人的汗水、智慧、艰辛、曲折、不屈，都书写着胜利者的骄傲、辉煌、憧憬和永远。

当然，沿着这几里路，领着我重走心连心创业历程的茹正涛，脚下有他青春足迹的痕履，空气中有他智慧的流动，他把全部的生命和寄托融化在这片土地里。来来往往的人亲切地和他打招呼，他提出的工作方法被制成标语在道路两旁闪现。有时候就是一种恍惚，茹正涛就是心连心一滴永不枯竭的水，心连心就是茹正涛一生中的图腾和太阳。

一、忠诚

我们认为的忠诚就是为此人、此事、此信仰而奋斗的无怨无悔，鞠躬尽瘁。战争年代，忠诚不惜被鲜血和生命所簇拥。今天和平建设时期，也许物欲横流，也许冠冕遍地，也许纸醉金迷，也许安于一隅。背弃初心，跳槽易主，朝三暮四，苟且偷安时时上演，甚至有时被奉为时尚和规律而走红。忠诚呢？如刘备一样的无二，岳飞一样的追随，文天祥一样的忠烈，红军一样的坚守，今天还能找到吗？

18 岁靠背元素周期表进厂的茹正涛一开始并没有去干和元素周期表有关的工作，他的第一个工作是操作工。操作工是化肥厂最简单、最基础、最捆人的工作，掰开揉碎了说就是看机器。20世纪70年代的化肥机器设备，就是简陋的塔、管道、仪表，阀门。18岁有彩色梦想的孩子每天上班就盯着这些生硬冷的物件。同样的操作工每天盯着同样的机器，茹正涛和别人不一样的就是多了两个笔记本，一个做工作笔记，一个做读书笔记。盯，其实就是看事物的变化，是变化就会有规律，这样看似枯燥的工作茹正涛却充满了兴趣和热爱。你要熟悉它，掌握它，才能让它顺从你，甚至改变它。茹正涛这一盯就是七年，不走神，不眨眼，心无旁骛。这七年他盯的机器不仅没有一点瑕疵，他还向厂里提出了许多合理化建议。因为他盯得比别人好，第三年，他就当了班长。许多人心里不理解，在氨水气味和噪声弥漫的操作车间里干好工作即可，何必如此专注和努力呢？茹正涛觉得自己很正常，工作就是工作，工作可以种类不同，但是一样神圣的，你就要敬重它，忠诚于它。

后来若干年茹正涛当上领导以后，有一次巡视操作车间，和一个年轻的操作工班长说，你应该做记录的，记下来就有用。于是这个操作工开始记笔记。后来这个操作工当上了分厂副厂长，他说，今天我知道了，茹总教给我们的不仅是一种工作方法，更是对企业对工作的一种忠诚。

在新乡县一中已是出类拔萃的茹正涛始终有一个大学梦，“文革”后第一次高考时，他已经过了录取分数线，但家里的老二也过了分数线。那个贫困的年代家里不可能供两个大学生，何况他已在化肥厂工作了呢？中国家庭的老大永远是家里的顶梁柱。老二上学了，他把大学梦压在了心里。1985年的时候，茹正涛已到了厂环保科，新乡市环保局下了文件，要茹正涛到湖南大学环保系学习。这真是正中下怀又机会难得，茹正涛跟喝蜂蜜一样地好受。但这时候厂领导找到了他，意思是不想让他去，不想让他去不是厂里心疼钱，而是一方面化肥滞销问题希望他可以帮忙想办法；另一方面想让他到二车间当副主任抓生产。领导觉得茹正涛是个让人放心的人物，在哪都可以堵个漏子。领导是来找他商量的，如果茹正涛心一硬也可以走，但茹正涛却说，我想想。回家想了一夜，睡了一夜，他又把大学梦压在心里了。几天后，茹正涛到二车间任职。

1989年，炙手可热的氮肥厂正在全厂搞职务竞聘，大家都认为同是炙手可热的茹正涛却没有报名。这一年，郑州工学院招在职的两年制大专学生，茹正涛考了全班顶尖的成绩。厂里一开始同意了他去学习，学费也交了，他行李都拉到了学校，就说要走了，总厂厂长却把茹正涛急招到办公室说，总厂要搞800系列改造，现在开车遇到了难关，就你顶上我放心，学先不要上了，800系列搞好了，你上清华我都支持，50万学费咱都敢出。茹正涛这次没回家想一夜，800系列对当时的化肥厂就是一个新高度，一个转折，一个梦想。厂里的梦想就是茹正涛的梦想。茹正涛停了停对厂长说，啥也别说了，中。

茹正涛的行李从郑州拉回来了，他的大学梦却永远回不来了。

800系列从1990年春节一直到这年的“五一”节前后才胜利结束。这段春光无限的日子里，茹正涛基本上没有回家，吃住都在厂里，每一个技术难关他都去化解，每一个程序他都去设计，每一个细节他都要想到。家离厂很近，一支烟的距离，他没时间回去。800系列开车成功后，茹正涛带着一身的疲惫对厂领导说，让我回一天家吧，我要看看俺家的棉花长多高了。茹正涛真的回了一天家，真的扛着锄头去了自家的棉花地。他正锄呢，就看见厂里的小汽车停在了地边，汽车里的人出来喊，厂里让你马上回去呢。茹正涛把自行车放在汽车的后备箱里一路到了厂里，这一天，他被任命为氮肥厂副厂长。

不回家的日子很多，不是家里不温馨，而是厂里总有操不完的心，干不完的事。2001年1月26日，厂里精炼工段发生爆炸，凌晨一声巨响，正在家里沉睡的茹正涛一个激灵就起来了，披衣赶路，几分钟就赶到了事故现场。这一去，就整整23天没有回家，他硬生生带领着工人们把别人认为半年才能恢复生产的车间用了23天就恢复了运行。2015年，心连心新疆分厂进入开车准备阶段，已近花甲之年的茹正涛奔赴新疆戈壁，在新疆厂区整整住了一百多天，直到开车成功。

四十多年，茹正涛随着职务的升迁多次变更办公室。大家说，茹总的办公室最有特点，夜晚灯光灭得最晚甚至通宵达旦的肯定是他办公的地方。一个他曾经手下的车间干部说，我曾经跟了茹总十年，这十年中，每逢他值班巡岗，他从来都不缺勤，拿着手电一个个车间岗位巡查。其实巡岗比较灵活，有电话有手机，偶尔有事的、睡过了的都有，但茹总风雨无阻坚持了十年多。

人的精力和时间总是有限的，此消彼长。茹正涛在家的日子很少，又常常早出晚归，和两个孩子总是碰不着面，即使偶尔在一起吃饭也是无话可说。茹正涛满脑子都是厂里的事，在家里无人可诉，孩子们也没有兴趣听。孩子们眼中的父亲就是与世隔绝的工厂机器，他不懂得社会的人情世故，不懂得社会的发展变化，不懂得人间的温馨快乐。青春最好的时候，他没进过歌厅，不会唱一首街上流行的歌曲，男人们喜欢的钓鱼、打扑克、打麻将他一概拒之门外，除了看书，他没有一点爱好。没有爱好也就没有朋友，他的圈子就是工厂的同事。在工厂里，他威风八面，出了厂门，他就是一个傻子，连银行卡都不会用。

忠诚的前提是热爱，热爱了便可不计自己的利害得失，别人认为很重要的东西你不以为然，别人认为为之奋斗的目标你视而不见，甚至别人认为单位里为人处事的规则你都可以逾越。比如茹正涛的口无遮拦在心连心就口耳相传。心直口快在很多人心里是很忌讳的，城府很深的人遇到不同的意见或观点要么不说，要么拐几道弯或换个地方说。茹正涛不行，只要是涉及他主管的生产，他认为对方错了的，不管场合，当面就发表反对意见，对同级是这样，有时对他称为“老板”的董事长也这样，每每让与会者惴惴不安。尽管茹正涛的上级和他的同级与他性格脾气不同，但对企业的忠诚与他无别，所以没人计较他的率真，不这样，真不是茹总了。

员工在企业里应该有两种报酬，经济的和精神的，这两种报酬是忠诚的土壤。忠诚是企业里兴旺的基石，有了忠诚，企业不论大小穷富，不论国有民营，它肯定是朝着胜利前进的。

二、管理

企业管理的书籍早已盈筐倒箧，世界著名大企业的管理经验被反复复制，企业管理的MBA精英班在北大清华一期一期结业，各种企业大佬治理企业的名言佳话广为流传，计算员工时间已精确到了卫生间。管理的最终结果是把人变成了机器。

辩证法告诉我们，任何的管理方法都有局限性，因为地方是不同的，文化是不同的，人是不同的。

茹正涛很敬佩毛主席在革命中所做的一些决策。茹正涛唯一的爱好是看书，其中就包括企业管理书籍。他看过的书不比精英们少，但他的团队不是团队，他可以让书籍在他脑子里灵光一闪，但他不会克隆别人的方法。

1996年，心连心尿素产能达到了年产6万吨的能力，但能力后面跟着的是许多生产和管理上的脱节和混乱。毕竟刚刚起步，如果就此追求产量盲目生产下去，不仅产量不会像我们所想，而且还可能发生更大的问题。主管生产的茹正涛这时及时地提出了一个口号：分析——对比——总结——提高。这个口号就是让大家安静坐下来，每天有关人员分析生产管理中出现的问题，集思广益，群策群力，既不影响生产，又天天查找问题，分析的过程就是大家学习的过程。有分析就有结果，有结果就有改进，有改进就有前后优劣的对比，有对比大家就可以总结出更科学有效的生产管理方法，从而使刚上马的大生产装置很快归于安顺。茹正涛提出的口号果然很快奏效，这一方法从年产6万吨一直使用到今天，并且这个口号随着时代的发展也丰富成了“学习——比较——改进——提高”。二十年的无数实践证明，这个方法在心连心是正确的。

新项目的投产开车历来是让化工行业既兴奋又紧张的关键时刻，一如航天飞船的发射。成功了，就是一个新腾飞的开始，失败了，带来的经济损失、精神压力、业内影响，都将无可估量。

2006年，心连心潜心准备，投资巨大，众人翘首以望的新尿素生产线开车在即。主管生产的茹正涛背负着全厂员工希冀的目光和沉沉的忧虑，能不能一次开车成功，谁都说不清楚。

不知道茹正涛经历了多少不眠之夜，不知道他是怎样构思出这个办法，在即将开车的前期，他制定出了“4211”开车法。

“4211”开车法就是开车阶段把预备上岗的四个班合成一个班，开车成功后变一班为两班，生产稳定后再变两班为四班，继而达到开车后的稳定生产。这之中还有每班四人岗位的择选和协调配合办法。业外人士很难读懂和理解“4211”的真谛，它其实解决了开车的三个关键问题，一是新的组织形式，保证开车时的兵强马壮；二是新的协作方式，使协作生涩的时间更短；三是新的培训方式，使新员工更加快速成长。

“4211”不负众望，新项目一次就开车成功，并且为以后的稳产高产打下了良好基础。“4211”的运用达到了三个目的：开车成功、快速转入正常生产、快速提高工人生产技能。

“4211”在中国化肥行业中是一出“新戏”，在之后心连心越来越壮美的新项目开车中屡试不爽，创造了中国化肥行业百分之百开车成功的纪录。

茹正涛在各个时期、各个方面都创造了属于自己的管理规定和方法，这些规定和方法写进了心连心的规章制度里，挂在了工厂的墙上和道路旁，记在了全体员工的心里。比如在生产上，他提出“优化工艺，计划控制，小时计量，安全稳定长周期经济运行”；在设备中修中，他提出的组织原则是“充分准备，网络有序，措施条理，责任到人”；在安全管理上，他的理念是“基础在班组，实质是科学，切入在细节，关键是干部”。即使是西方的管理理念，他也能用通俗化的语言表达出来让员工们便于理解和记忆。杜邦管理体系有高危作业十条，烦琐难记，茹正涛把它变成了顺口溜，深得员工的喜爱，比如“安全帽，护目镜，防护器具要戴齐。裸露线，电工具，气瓶放倒要注意。酒后上岗打手机，非属设备不可启，消防设施不随意”。

语言对仗工整的准确表述，让茹正涛管理方法成为心连心壮大发展的财富和法宝。业内外常常评述和感慨，一说他概括能力的精准，二说他是语言运用的天才。其实这都是他的外在功力，没有对企业的精诚和用心，一切本事都只能是旁门左道。

三、诚信

翻开历史典籍，中外文化史上有许多关于诚信的论述、格言和故事。之所以诚信千百年来一直被人们提及、颂扬，就是有不诚信的行为和诚信一样黑白相伴，阴阳相随。大到第二次世界大战的爆发，小到一个朋友的失约，都使这个世界在诚信面前变得不贞洁、不坚守。世界经济史告诉我们，当经济发展到由原始积累到急剧膨胀时期，谎言和欺骗往往如蝼如蚁。当下我们也许到了这个关口，企业和企业之间，人和人之间诚信还有多少？

走在心连心厂区道路上你会发现，在每一个厂区中央道路的十字路口都会伫立一个偌大的青铜鼎。巨鼎之上，由董事长刘兴旭执笔的诚信铭文深刻重镂之上，其中一条厂区的主要干道也被命名为“诚信大道”。在心连心的车间里，在家属区里，“诚信”都被写在墙上，时时刻刻在告诫心连心的员工：诚信，是心连心的文化精髓。

我没有见过一个企业把诚信看得如此之重，举得如此之高，敬得如此之虔诚。

几年前，美国一家公司和心连心四分厂进行气体供应的谈判，茹正涛是中方谈判代表，美国公司在来之前就做好了艰苦的谈判准备。谈判一开始，茹正涛就说，我们的谈判不要谈争多少利益，要谈为了我们共同的目标能各自退让多少。心连心以诚信为本，不藏着掖着，我们这次给你们让利的数明明白白。美国公司没想到心连心如此的诚信和光明磊落，所让利的数额不用谈判已达到自己的预期。惊喜之余他们也急忙表示感激和友好，向心连心退步让利，谈判很快在轻松的气氛中结束了。事后茹正涛说，谈判的最高境界是理解，诚信和谦让，只要诚信，做生意必有好报。

诚信是心连心与外界联手的第一张名片，诚信也是茹正涛人生当中的一根红线。功名不可逾越，利益不可相侵，何时何地何事何人都不能越诚信雷池半步。1993年，茹正涛到心连心下属的化工分厂当厂长，厂子虽小，但其产品二甲基米唑市场上正红得厉害。当时厂里正有一批质量不合格的产品，厂里业务员非要卖出去，茹正涛知道后坚决不同意。业务员说，我们的产品就是人家药厂的原料，质量差一点人家也要，钱也不少给，为什么不卖呢？茹正涛说，产品越走红越要讲诚信，不合格的产品卖出去我们就是不合格的人。茹正涛下令把这批产品全部销毁，省得让人惦记着连诚信都给卖了。

还是在化工分厂，北站一家工厂欠厂里一笔钱又无力偿还，只好拿一批甲硝唑顶账，化工分厂的老业务单位湖北宜昌的一个业务员知道后非要买走这批产品。但产品不是自己生产的，心连心的销售人员也无法保证质量好坏，可是架不住宜昌业务员的苦苦哀求，厂里就把这批顶账来的产品销给了宜昌厂家。一个多月过去了，宜昌的厂长来到了茹正涛的办公室，脸色铁青，一开口就气愤地说，你们上批的产品可把我们坑苦了。茹正涛明白了，顶账的那批产品出事了。茹正涛马上安慰客户说，我们厂最讲诚信，只要是我们卖出产品的问题，你损失多少我们包赔多少。宜昌的厂长说了损失的数目，茹正涛一点质疑和商讨都没有，痛快地说，赔偿就按你说的办，你看还够不够，还有其他什么要求没有？宜昌的厂长很吃惊，原本想自己厂家也有责任的，提出的赔偿数目也是一个讨价还价的方案，没想到茹正涛如此大度和磊落。宜昌的厂长走后，茹正涛说，诚信是有叠加效应的，诚信丢一分，如堤溃穴，后患无穷，所以补诚信面子，不计成本。

茹正涛不仅自己讲诚信，还要求工人也要讲诚信。他在当氮肥厂当厂长时，车间的工人交接班曾经很混乱。上一班的急急忙忙下班，留下了许多残活碎事，新接班的光清理上班的“擦屁股事”就要费很多时间。大家都这样，谁也没觉得不对，他们已经习惯了上班先打扫战场的工作顺序。茹正涛觉得这个习惯很坏，不仅是上一班对下一班的不尊重，而且有损个人的诚信品德。其实工作都没有少干，但一前一后的顺序便好坏立显。茹正涛要强行把这件事扭转过来，他提出了一个口号——“友好诚挚接班，认真细致交班”，要求每班在下班之前，必须腾出时间把所有有关生产细节的事情弄得一清二楚，该归位的归位，该交接的交接，该打扫的打扫，保证给下一班一个接班即可干活、场干地净的好环境。习惯总是可以改变的，大家按照茹正涛的新交接班制度办，下班前留下整洁，留下整齐，留下规范，不仅给下一班留下了诚信和美德，文明习惯也随之而来，接班的会对交班的工友说，你辛苦了；交班的会对接班的说，你注意安全。

全公司的人都知道茹正涛很严厉，但很少发脾气，尤其是对下级和员工，示范多，批评少。允许犯错误是茹正涛管理的一个信条，但唯有一样是他眼里不揉沙子的事情，那就是在诚信上犯了错误。他认为工作上的错误多是水平和认识问题，但诚信上有了问题绝对是故意而为之，是品德上出了毛病，绝对要严加惩处。有一次，厂里的业务员购进一批阀门，茹正涛一看就有问题，果然这批产品是照顾关系购进来的。茹正涛大怒，不由分说把阀门直接扔到门外，他大声怒斥说，知道不知道 1 · 26 大事故是什么原因？就是阀门不合格造成的，挣这样的黑心钱昧着良心呢！卖不合格产品和买不合格产品都是诚信出了问题，就这一点就永远为心连心所不容！

一向手软的茹正涛严肃处罚了当事者。

诚信让心连心交友天下，和心连心做生意没有前忧后虑，使用心连心的产品不会有不合格和夸大之忧。茹正涛，心连心诚信文化的践行者、捍卫者、守护者。

四、用人

会不会用人是一个企业制胜的关键。大道理谁都知道，但到具体事具体人的时候决策者也多有失误。用人之一是要识人，识人既要水平也要过程，盛名之下其实难副者有之，深藏不露脱颖而出者也有之；用人之二是要容人，白璧微瑕，再好的人都有不足的地方，容人之不容才能用人之不用；用人之三是眼中无废物，关键是将其置何处，大千世界，物质亿兆，至今没有发现没有用的东西，何况活生生的一个人呢?

今天心连心各分厂的厂长、副厂长许多都是经茹正涛推荐提拔起来的。心连心这几年高速发展在证明一个事实，各分厂的干部们都是优秀的。还有一个现象为心连心独有，心连心的生产技术骨干很少有跳槽的。肯定有以高薪为诱惑来厂里挖人的，但他们为什么不走?在当今的企业里，即使让人高山仰止的大企业中，因薪水、职位、待遇等原因跳槽的现象也经常发生。心连心干部心沉意稳挖不动的原因不仅是有较高的薪资，还有就是受心连心的正气和前途的辉煌，以及心连心的感恩文化感染。

经茹正涛推荐提拔起来的干部的共同特点是忠诚企业、敬畏事业、技术拔尖、作风正派。英雄不问出处，茹正涛提拔干部的唯一标准就是是否对企业有利。2000年前后，从辉县化肥厂过来三个技术人员，由于学历高、技术好又有实践经验，深得茹正涛赏识。三个人先后被提拔成了分厂厂长、副厂长，最快的只用了五年时间。当时就有议论说茹正涛不讲亲情、不讲乡情，许多资历深的、和茹正涛同乡的人都没有被提拔上来。茹正涛是与世俗隔绝的人，议论于他毫无影响。

有一个外地新来的技术人员提成了副厂长，自知资历浅薄，又有许多师傅成了自己的下级，就很羞涩，上下班走路都是低头不语。茹正涛见了说，把头抬起来，你是领导，精神了才能服众。还有一个技术员刚调到设备科，茹正涛让他负责组装大修好的氨气塔，他心里就打鼓，自己刚刚25岁，也没经验，也没号召力，压力很大。茹正涛说，你肯定行，相信自己，干好了是自己的，干不好我给你擦屁股，需要叫谁只管叫，叫不动我去叫。

茹正涛带过许多徒弟，也有很多下级。大家共同的认识是茹总用人不疑，从不揽功推过，即使下级和徒弟错了，也从不埋怨责怪，更没有发过脾气训人。允许人犯错误是茹正涛用人的又一原则，如果没有犯错误的权利，干部会永远小心翼翼，如履薄冰，不敢担当，不敢创造。有一次，一个分厂厂长去外边给人谈判，临走了来请示茹正涛，有没有什么要求。茹正涛说，将在外不由帅，你在外就要拍板，不要给人你不当家的感觉，越大气越有胜算。

工作上放手，生活上关心，工人们的大事小情茹正涛都记挂在心，他把中国最传统的观念渗入管人用人之中。一个中层干部家里办丧事，天下起大雨，全家正忙乱不堪呢，就见厂里的卡车开过来，扑通扑通跳下来一拨工人，一会儿就把一个大棚搭好了。正服丧的干部感激涕零，不知原委，工人告诉他是茹总将他们派来的。一个干部患了癌症，家里经济已无力医治，茹正涛一次次到公司借钱，并以自己的名义担保，直到病人被治愈。

在心连心，茹正涛有崇高的威望，工作上不威自严，生活上如兄如父，他把他做人的准则言传身教给了身边的人。茹正涛说，我始终认为不是严师出高徒，而是恩师出高徒，恩是更高的育人层次。感恩是心连心和诚信并行的品德，工人感恩工厂，工厂感恩工人，心连心董事长在首届公司感恩周之际专门著文，题目就是《感谢每一位员工》。

在用人上，茹正涛认为最“末位”的人是没有放对地方的人。早在他任化工分厂厂长时，他就对当时的厂领导说，我不挑人，给谁我要谁，谁都有用武之地。好安静的给机器加油，好动的去对外联络，善言的负责组织活动，文笔好善写的执笔定规程。欣赏下级是茹正涛用人的又一法则，只有欣赏才能发现，才能挖潜，才能使用。茹正涛创造的“4211”开车法是一个工作方法，也是一个用人方法，把合适的人放到合适的位置就是它的真谛。让操作最明白的人负责发令指挥，让最善于总结的人负责跟踪记录，让最善于动手的人负责操作。用人用得好，不仅是人尽其才，更重要的是增加团结力，增加凝聚力，增加自信心，使一整个团队都朝气蓬勃，充满动力。

其实，茹正涛何尝不是一个被人用到极致的人呢？感谢和钦佩茹正涛的领导们，是他们发现和大胆使用了茹正涛，惊叹于他的管理才能，敬重他对企业的忠诚，欣赏他的率真和胆略。是心连心造就了茹正涛，是茹正涛丰富了心连心。

五、传承

岁月在流逝，谁能阻挡光阴。一个18岁的小伙子转眼就到了花甲之年，企业一天天蓬勃，护佑者却一日日衰老，像飞船的助推器，像大厦的脚手架。

在茹正涛的目光和汗水之下，心连心由一个县营小化肥厂变成了国家大型化肥生产基地，拥有河南、新疆、江西三大生产工厂，荣获“全国石油化工肥料制造百强企业”，连续六年获得全国“能效领跑者标杆企业”。回望人生，真算得上丰满多彩了。

茹正涛已不像先前那样天天往车间跑了，以前厂房里的喧嚣和沸腾声渐渐远去，他像一匹久经沙场却已习惯安逸于槽厩的战马，若隐若现于战争的边缘。更多时他会坐在办公室里，想想企业的未来，捋捋过去的行迹。也有求助的电话打来，或是“大战”前让他去助助阵，他几句接地气的话一讲，便会群情激奋；也有生产中碰到了死结，解不开下不去的，求他一服良药；也有心里不舒服的，有与同事、领导、老婆、孩子之间的烦恼，找他诉诉苦，或让他圆圆场，或让他训几句，心里都会敞亮许多。

他的年龄会让他离这个一生厮守相爱的地方渐行渐远，但他的影子和思想又在这个地方无处不在，他的徒弟都又带出了徒弟，他曾经手下的精兵强将，如今都能在各自领域里独当一面。在河南，在新疆，在江西……茹正涛培养出来的像他一样秉性的工人和领导，网一样密布于心连心各条战线，续写着他对工作的忠诚，对社会的诚信，对企业的热爱。他几十年总结出来的生产管理经验依然闪着青春的光芒，照耀着，完善着，永恒着。

茹正涛的小儿子大学毕业之后来到了心连心，他学的是机械制造专业，在心连心有一片用武之地。几年前他像他父亲当年一样从工人干起，在厂里中修和大修时，他照样抡起 16 斤的大锤，锤把折了两个，手震麻了，老茧出来了，虎口撕裂。他的父亲说过，最不愿干的工作是一定要干好的工作；父亲还说，做事要踏踏实实，不能急于求成。下班后他像他父亲一样喜欢看书，他看《材料力学》《弹性力学》《理论力学》，偶尔也看《习惯的力量》。这是新一代的心连心人，他的忠诚、诚信、感恩与父亲无异，但他今天面对的是电脑控制的化肥生产线，父亲先前许多的操作经验和办法成了传说和典籍。他会成为父亲一样的人，他会成为超越父亲那一代人。对此，茹正涛乐见其成。

四十多年前茹正涛进厂时，大学生还凤毛麟角，今天硕士、博士也不鲜见。心连心厂区的对面就是现代化的中国氮肥工业（心连心）技术研究中心大楼。技术领先，科技进步已成为心连心发展的共识。近年来，心连心投入巨资组建国家级实验室、博士后科研工作站、院士工作站、全国最大的农化服务中心、新疆水肥一体化研究中心，连续两次被评定为“国家高新技术企业”，成为中国科学院“控失肥产、学、研指定基地”，以实力领跑中国高效肥。心连心从最初建厂时年产能仅有 3000 吨合成氨的小氮肥厂，发展到现在成为国家百万吨级的化肥生产基地，成为国内单体尿素规模最大且最具成本效益的化肥企业，拥有世界一流的煤制尿素生产流水线，中国最大的尿液喷浆造粒复合肥生产线，中国规模最大、自动化程度最高的单体水溶肥生产线，以及全球单体规模最大、最先进的三聚氰胺生产线。“十一五”以来，心连心公司已经节约标煤26万吨，荣膺“全国五一劳动奖状”。

时光荏苒，茹正涛每每行走于心连心的土地上，看塔楼高耸，看员工有序，看产品传送，都像一曲挥汗耕耘的乐章，既蓬勃又曼妙，他觉得这一辈子真好。

（2017年12月26日《新乡日报》）

重读札记

1982年2月，我和李宝琴同一天、同一个早晨来到当时叫作《新乡晚报》的单位报到。她比我早到了5分钟，所以她说她是后来已改为《新乡日报》的第一个兵。有三四年的时间，她正干得风生水起，领导一个"还会让你回来"的诺言让她极不情愿地去了市委宣传部新闻科。她没有再回到报社，但毕竟没有跑出新闻圈。她总给人一种风风火火、口无遮拦的感觉，但感觉那只是魔术里的道具。出书不知是不是她人到中年的成熟或者积淀而为。她让我为她的《新乡岁月》作序，我说我人微言轻，因为她的上一部书是刘震云老师做的序，但她坚持，我就作序如下。

收拾时光的涟漪

接过李宝琴《新乡岁月》样书，便迫不及待地翻阅起来，书中的照片、说明我都看得很仔细，看完了即刻就有了粗浅的体会。

一是新中国成立70年和改革开放40年，新乡的经济发展是任何时代不可比拟的，可谓前无古人。城市的变化和人民衣食住行的改变像梦幻一般。新中国成立前和成立初期的影像都在述说着那时的苍凉、贫穷、落后，更何况上溯到新乡更遥远的时代呢？翻阅中，我更强烈感受到了新乡天翻地覆的发展变化。

二是照片里的时代尽管落后、贫穷，但也有今天我们缺失和向往的事物，比如那时卫河上的水光帆影，坑塘里的荷叶蛙鸣；比如道路不堵车，房屋没有防盗网；比如日出而作，日落而息，没有丢失工作的焦虑，没有财富悬崖样的落差，人们的生活平静、安然。

三是感叹时光荏苒，似乎人生的故事刚刚开始转眼就快到了谢幕的时候。小时候觉得日子很慢，总想早早成为一个大人，长大了又觉光阴似箭，还没回过味来岁月就夺门而入。回望一生，往事已然。

书中所选取的照片部分来自牛子祥老师，我和宝琴有幸和牛老师工作过一段日子。他对摄影事业的忠诚和热爱知道他的人都有口皆碑。今天牛老师已经八旬高龄，依然在拍片子，教学生，参加力所能及的公益活动。牛老师光影一生，用镜头真实记录了新乡发展的步履，为今天和以后的新乡留下了珍贵的历史资料。他摄影艺术的精湛、品德的高尚，一生不为功名利禄，常常让我们肃然起敬。

《新乡岁月》是宝琴继《新乡记忆》《卫河记忆》之后主编的第三本书。这个让人感觉风风火火、电话都不等人最后一句告别就挂机的新乡广播电视台台长怎么能坐下来、静下来安心地去寻觅这些庞杂又散落的历史照片呢？但事实确是如此。挤出工作纷繁，拾起岁月点点，这是她对家乡情感的浸入，对新乡眷恋与感恩使然。不要认为你很了解一个人，有时候你看到的是一个人的侧面，有时候你看到的是一个局部，有时候你甚至仅仅看到了一个影子。

宝琴的三本书有三个共同点：都是光影作品；都是历史岁月；都是新乡土地的曾经。如此的青睐光影不是因为她文字的苍白和懒惰，而是源于她二十多年电视台养成的光影视觉底蕴。光影的优点首先是最接近真实，今天的许多语言和文字常常让人生疑，所以书和讲话里的忠诚和纯洁有时让人收获的是半信半疑；光影的优点还在于比语言和文字准确，即使最好的作家描述也不如一幅哪怕黑白哪怕质量不高的照片说得清楚和准确。创作光影书的劳动强度一点不比文字书轻，它不仅需要书案功夫，更多的是需要寻找，沙里淘金，大海捞针，在历史的长和宽里不停地奔走。

宝琴是在50岁的时候开始她的寻找历史之旅的。她的职业让她大半生阅人无数，足迹到过国内外许多地方。对于新乡这座徘徊于三线四线的小城，她有许多逃离的机会，但最后还是她的新闻事业获得了胜利。这本《新乡岁月》又一次倾诉和见证了她对新乡的热爱、眷恋、感恩、报答之心。

回望是检查的过程，校正的过程，加油的过程。前进的路上可以没有风景，没有鼓动，甚至没有援手，但不可以没有驿站。这是让跋涉者喘息和回望的地方，道路走对了吗？有没有委屈和冤枉的步履？方向还对吗？明天的步伐是否依然如故还是改道易辙？翻开宝琴的《新乡岁月》，不论是土生土长的新乡人，还是出出进进、羁旅于此的新乡人，多多少少都会有收获。

《新乡岁月》还告诉我们，官不算太大但半生气场很足的宝琴，在新乡新闻战线奔波打拼直到退休的宝琴，其实还有点孩子气，表面上大大咧咧，说话时不加遮掩，内心却充满了柔软和温情。她生命的所有都是这块土地给予的，所以她认为这块土地是最亲切的。她一生中如果有辉煌一定是身边的人鼎力促成的，所以她认为这里的人是最善良的。她永远爱这里的土地和乡亲，因此总想寻找一切机会献一点微薄之力，《新乡岁月》便是其中之一。

（2021年5月《新乡岁月》序）

几次采访杨同福都感觉到了他是一个老实人。心连心如此大的一个化肥企业，让一个当了三年兵的高中毕业生去做煤炭采购自有它的道理。20多年，杨同福从与小煤窑合作一直做到了与国家正部级的神华煤炭集团合作，始终让心连心的化肥生产不因煤炭的原因而受影响，实在是功不可没。杨同福在千变万化的煤炭采购上屡战屡胜的秘籍只有一条：做老实人。谁都不会拒绝善良，老实人终究不会吃亏，老实其实是做人最大的智慧，时间越长，老实人的魅力越光芒四射！

读完这篇文章你会深深体会到的。

忠诚的力量

——记心连心煤炭采购部副经理杨同福

心连心的座右铭是诚信，忠诚是诚信的因素之一。随着时代的发展和心连心生产力的进步，今天心连心的诚信有了更深的内涵和更高的境界，那就是诚信不仅仅是契约之上的诚信，不仅仅是纪律之上的诚信，不仅仅是权威之上的诚信。它应该是根植于内心的修养，是无需提醒的自觉，是为别人着想的善良。

（一）

杨同福是新乡县七里营镇丁村人，1996年到了新乡县化肥厂（心连心化肥公司前身），那一年他22岁。当时的心连心虽没有今天的辉煌，但也不是谁想进就可以进的企业。杨同福能进心连心唯一的优势是他刚刚从部队复员。当过兵的人在心连心看来就如同上过了一种特殊的学校，战士的忠诚度、执行力、身体素质都会像基因一样烙印在一生之中。

杨同福初进厂时还是个“临时工”，没有一丝“天将降大任”的痕迹。他有1.82米的个子，又是从北京部队复员回来的，厂里的保卫科一眼看中了他——正步走、立定、敬礼，标准而威风。心连心刚刚实行军营文化，每周一固定的升国旗，他顺理成章成了国旗班里的一员。杨同福的飒爽军姿把升国旗的庄严和档次明显提高一截，他先是护旗手，后来成为升旗手。

升旗是一种神圣和敬畏。保卫科是后勤工作，但杨同福还是希望自己当一个老老实实的工人。在三年后公司临时工转合同工的考核中，他如愿以偿成了合同工，成了尿素车间的操作工。2003年心连心改制，不仅改了所有制，更改变了用人方式，杨同福应聘来到了厂供应科。

心连心的供应科分两大类，其中之一是专跑煤炭采购。煤炭于化肥就像人于粮食，一天没有煤炭一天就没有化肥。2003年的时候，心连心还只有一个厂，每天需要煤炭不到500吨，都是由大小供货商往厂里送，厂里有专门验收质量的，给煤炭评级论价。这样的进煤方式有两大弊端：一是不能主动掌握货源，遇到煤炭行业的风吹草动，心连心的煤炭供应就可能“断顿”；二是有中间商参与，多了一层盘剥，增加了生产成本。更有利欲熏心的商人，每当煤炭供应紧张时，他越看你的煤库见底，他越压着拉来的煤炭坐地涨价，为了不停产，你不得不接受他的价格。

改制后的心连心决定结束这种受制于人的进煤方式，在煤炭采购上自已掌握自己的命运，一竿子插到底，直接和煤矿对话，把供应科前移到煤矿，把好质量第一关。杨同福就是一竿子插到底的第一竿子。

（二）

忠诚是为了正义事业甘愿付出自己一切的精神。党需要忠诚的党员，军队需要忠诚的战士，企业需要忠诚的员工。 忠诚就是要吃苦耐劳，无怨无悔；忠诚就是要守得住寂寞，使命在身；忠诚就是舍小家为大家，一心为公。

心连心需要的是煤炭，这种煤炭一百多公里外的山西晋城满山遍野都是。巨额的利益让当地的许多农民纷纷改旗易帜，在村庄口、在山野里挖矿采煤，一个晋城地区大大小小竟有 300 多家煤矿。煤矿无序、价格混乱、黑市猖獗、地痞横行是当时的一个真实情况写照。杨同福和供销科的领导开始了一场场煤炭采购的惊险争夺战。

“抢煤”是杨同福每天的首要工作，他要不停地寻找不同的小矿井，看人家的煤出来了就先占住，然后看质量谈价格。为了买到质量好价格公道的煤炭，他必须多跑煤矿。小煤矿大多在山里，道路崎岖，许多煤矿的距离都在一二十里远，没有汽车，没有交通工具，他只能步行。绵延不绝的山里常常是他一个人的身影，带着干粮和水壶。

山西晋城虽然和新乡的直线距离 100 多公里，但天气和生活条件截然不同。冬天晋城山里零下十几度都是正常的事情，零下 20 几度的天气也有，且雪多风大，而越是这个时候越是储煤的关键时期。杨同福不得不常常在风雪严寒中作业。拉煤的车来了，他要看着装车，有时候还要给司机引路，车走了他就继续去抢煤。有一部分煤是要过筛子的，把煤末筛下去，把碳块留下来。筛子在冬天遇了潮气极易堵住，为提高筛煤效率，杨同福就拿着棍子不时敲打筛子，防止筛子堵塞。他穿着军大衣，束着皮带，戴着大棉帽棉手套，蹬着大棉鞋，嘴里的哈气像吐出来的烟接连不断，睫毛上挂满了霜花。凭着年轻火力壮，他在常常积雪不化的山野里度过了一个又一个冬天。

春天来到了的时候，山里的颜色万花筒一样变换，天渐渐热了起来，山里色彩斑斓，放眼望去一片锦绣世界。但煤矿的粉尘也开始弥漫起来，来回拉煤的汽车像孩子们手里挥舞的泡泡机，拉起一股股尘烟。大路、小路上都是一层层煤灰，踩在上面有一种轻盈的感觉，这里的人们已经没有了穿白衬衣的习惯，也很少有人穿皮鞋。杨同福刚到的时候住进了一个小旅馆，坐到床上起来的时候发现床单有许多煤灰，他让老板换了一个床单，再坐下又起来时床单还是黑的。老板说不是床单黑，是你裤子上沾的煤灰。杨同福脱了裤子，里面的秋裤也沾满了煤灰，再看鞋里袜子里都是煤灰。照照小旅馆斑驳的镜子，自己的脸上、牙齿、鼻孔、耳朵都是无孔不入的煤灰，除了白眼珠子，其他地方几乎没有白的颜色。没有人能阻挡住空气，也就没有人能阻挡煤灰。屋里太黑，在小院子里吃饭。一碗捞面，一碗面汤，捞面没有吃完的时候，面汤上面已经有了一层浅浅的煤灰。杨同福把面汤上的煤灰一口气吹了，咕咚咕咚地就喝了。

这样的小旅馆并不是哪里都有，太小的煤矿是不配有这样小旅馆的。当杨同福跋涉很远走到陌生的小煤矿时，也不得不在煤矿口将就找地方住下，很多次都是石棉瓦围起的小房子。里边简陋的小铁床，有时候是孤独的自己，有时候是几个陌生的客人。大家嘴上都你好我好，但晚上睡觉的时候，都把金银细软压在枕头下面，谁对谁都不放心。那个时候没有支付宝和微信，小煤矿也不收支票，都是点着唾沫数钱，所以杨同福胳肢窝下永远紧紧地夹着一个小皮包，里面放着命一样的一沓子一沓子的钱。

杨同福的手机是在初到山西的时候买的，他的电话百分百都是工作用的。晋城虽然和新乡只有 100 多公里，但不是一个省，就有了漫游费，接打电话一分钟 6 毛钱。那时候他的工资是一月 400 多元，头一天手机里充了 100 元话费。该打的电话太多。他就是一个大头兵，什么都要请示。人家要涨价，他要请示，还要不停地联系汽车。拉煤的大货车都是厂里租用的，没有高速公路，走得很慢，司机被问多了脾气就不好。第一天他的手机就把话费吃了二分之一，杨同福在心里说，今后电话也要盘算着打。

过一段时间，供应科的领导就要上山西来看看，看看煤炭市场的情况，当然也看看杨同福。杨同福除了汇报工作就是报账。小煤矿没有正规的发票，大多是手写的收据，有时候临时加价什么凭据都没有，但杨同福记得很清楚，什么时间，什么地点，什么名字，一笔一笔都可以考证。还有就是住宿费，许多老板字都写不好，哪有什么发票啊，杨同福却都记住了，哪个是 3 块钱，哪个是 5 块钱。领导说，同福，不要记那么清楚，大概有个数就行，我们都相信你。杨同福说，不行，公家的就是公家的，我的就是我的，没有发票我自己会记账的。领导问，有什么困难就只管说。杨同福说什么困难都没有。领导说，看你瘦了啊。杨同福一秃噜嘴说，可不是，掉了十几斤肉。领导好长时间才说，你说不说我们都知道，这个地方的这个工作很难很苦。

后来，杨同福的领导向集团领导汇报杨同福时说，这个孩子老实得让人心疼。

晋城离新乡很近，但杨同福回家却很少，他需要在煤矿坚守。一年 365 天，他有 200 天以上是在煤矿上度过的。他有父母，也有老婆和两个孩子。他对家里的哥哥们说，你们多替我照顾爹妈，咱们有钱出钱，有力出力，我尽量多给家里交点钱。他对老婆说，我负责给公司买煤，就不能让公司一天没有煤用，我几天不在山西，心里就不踏实，你多照顾家里和孩子吧。老婆是个好老婆，心里埋怨，嘴上不说，看见又黑又瘦的老公就知道他在外面多么受罪。真是外边再好也不如家里，何况山西当时的境况，杨同福吃也不规律，睡也不安生，渐渐就觉得腰老是疼，忍不住了去医院检查。大夫说，腰椎间盘突出，大概和你长期开车和在山里潮湿的住宿环境有关吧。

杨同福每次回到公司都是说工作上的事情，没说过父母，没说过老婆孩子，更没有说过自己常常睡不好的腰。领导知道同福就是把困难和委屈嚼嚼再咽到肚里的人。但心连心不能让老实人吃亏，领导就给杨同福的爱人在厂里找了个临时工作，看澡堂。杨同福说，感谢领导关心，还是让老婆回家带孩子吧，这样我的心就可以全在煤上了。

一天天走崎岖的山路，杨同福的鞋穿得很费。心连心老总刘兴旭去山里看过一次杨同福，心疼得不得了，嘴上没有说，回去就要买汽车。那时候心连心的钱紧张得能捏出汗来，老总也是和办公室同用一辆老掉牙的破车，但刘总这次格外阔气，给在山西购煤的采购人员买了一辆北京切诺基吉普，花了 20 多万。杨同福有驾照，有了切诺基他一天可以多跑几个煤矿。那一年，这辆切诺基跑了 7.8 万公里，平均一天 200 公里。

（三）

杨同福不怕苦累，但买煤不仅仅是苦累。一些小煤矿矿主原始积累的疯狂和一些当地营销煤炭的小老板使尽了坑蒙拐骗的伎俩，挣着像煤一样黑的黑心钱。有几次，刚买好的煤炭放置在煤场等汽车装运的时候，就被人掺进了煤矸石。他不能像看孩子一样守着煤堆不动，他还要继续找煤，于是他想了个笨办法，就是在买好的每一堆的煤炭上撒上土灰做记号，让掺假者无从下手。

小煤矿的煤价格说变就变。有一次他正在指挥装煤炭，主车刚刚装完，正准备装后边的挂车，小煤矿老板喊，停停停，后边的这一车一吨要涨价 30 元。杨同福说，不是说好价格了吗？怎么说话不算数呢？小老板说，刚才是刚才的价格，现在就是这个价格，不要就不要装了。后来杨同福知道了，原来附近的一个煤矿出了事故，一家煤矿的事故就是另一家煤矿的福音。杨同福怎样说理都不行，只好请示新乡总部的领导。没有办法，汽车到了小煤矿，放空了损失更大，他只好同意小矿主的价格。于是，一辆汽车上的煤炭竟有两个价格。

遍地是煤就是遍地是金，刚刚改革开放，制度不完善，法律不健全，黑恶势力滋生。一个时期，煤霸在晋城的300多家小煤矿周围滋生繁衍，他们抢夺煤炭资源，控制煤炭市场，甚至炫耀武力，威逼客户。

这样的恶劣环境杨同福也担心过，毕竟在深山野外，毕竟举目无亲，求援都不知道往哪里求援，告状都不知道往哪里告状。但杨同福当过兵，当过兵的人胆略总是胜人一筹，越是不怕，越是神情自若，越能让人高看一眼。并不是每一个老板都霸道蛮横不讲理，有时晚上在煤厂住下来的时候，杨同福也和煤老板一起喝酒聊天。他本来是不怎么喝酒的，但和煤老板一起喝酒聊天让他的酒量渐渐上涨。在月光下、逼仄的小屋里，他和小老板说心连心的经历，说他在北京当兵时的奇闻趣事。小老板本就感兴趣他的经历，听故事一样的听杨同福讲这些。这样的故事很容易在寂寥的山野里流传，渐渐演绎出许多版本，以后不少小老板再见了杨同福，价格和态度也就好了许多。

里里外外的人都说杨同福老实得像个榆木疙瘩，干事像个老黄牛，但杨同福也不是没有心眼儿，他自己不沾公家一分钱，他也不能让别人沾公家的光，心连心就是他的家，他要守着心连心的钱袋子。那时候外面的大货车往心连心送煤，运费之外还有许多路上额外的费用。按说这不归杨同福管，但他总觉得不该有这么多费用，于是他要求跟车从煤矿到心连心，看看一路到底要有多少额外费用。司机的脸上就不高兴，不管怎么说就是不信任呗。杨同福跟车走了一路，那时候大货车拉煤都超载，山西也都有煤检站，也有检查站，都是交了钱就放行。杨同福跟了一路，各个款项他一项一项算，结果发现之前果然是漏洞很多。因为许多款项没有发票，有些司机就虚报很多。杨同福跟了一路心里有了数，就告诫司机，挣该挣的钱可以，挣昧心钱不行，不能让心连心当冤大头。

“吃亏是福”是祖上传下来的经典，想想确实很富有哲理，常常吃亏的人总是朋友很多，总爱沾光的人沾一次会失掉一个朋友。杨同福一是在钱财上不吝啬，和山西的小老板喝酒都是别人不知道时他就把单买了，其实山里的小酒摊也花不了几个钱，但一次两次地让小老板很感动；二是脾气很好，即使自己有理的事情他也不会得理不饶人，有时候小老板的一些小伎俩他看透了不说透，让对方感觉到就行了。久而久之，杨同福在晋城一带的小煤矿里很有人缘，一说心连心的老杨没有不竖大拇指的。人心都是肉长的，之后很少有人再往煤里掺煤矸石，市场煤紧张了也会有小老板先把煤给杨同福占着。

杨同福在山西待到五六年的时候，心连心发展得很快，在一片簇新的土地上有了二厂和三厂。二厂和三厂都比原来的老厂吃煤吃得多，以前一天不到 500 吨煤就够了，现在三个厂一天能吃 5000 多吨煤。有了杨同福在山西的坚守，心连心虽然“饭量”大增，但一天也没有断过顿。

2008 年北京开奥运会，山西的中小煤矿一下子停了很多，好在杨同福“先知先觉”，提早了解了政府和煤矿的意向，在奥运之前加大储备，使心连心“家中有粮，心里不慌”，为公司在这一时期的稳定生产提供了坚强的保障。但毕竟有人算不如天算的时候，这一年的 10 月正是每年煤炭大储存的时候，山西河南交界处连续下了几场大雪，路断车堵，山西的煤炭全部停运，而心连心的煤炭全部来自山西。杨同福第一次有点心慌了，心连心煤棚里的煤用一天少一天，“断粮”的危险一步步走来。

天灾似乎可以谅解，谁对大雪封山不是无可奈何呢？但杨同福不能谅解自己，心连心有“三讲三不讲”，其中一条就是“讲结果不讲过程”。他和同事们决定，山西不行就去附近的焦作市和沁阳市，尽管关系生疏，但只要有诚心就有朋友。那几天也是因为心急也是因为长期劳累，他的腰椎间盘突出犯得厉害。他一边吃着药一边忍着剧痛步履蹒跚地走在焦作附近的几个县，他的真诚、善意和带病工作的坚强让几个煤矿的有关领导大为感动。他们不仅解决了心连心眼下的当务之急，还和心连心签订了下一年的长期合同，在保证质量的前提下，价格比其他用户每吨低30元，仅此一个合同就可以为心连心节省资金600多万元。

一场大雪教育了心连心，心连心不断增长的用煤量也迫使杨同福和同事们必须改变购煤方式。心连心和河南焦煤集团、山西的大宁煤矿、皇城相府集团等大矿签订了互保合同，三家煤矿的供应量保证了心连心80%以上的用煤量。

（四）

从改制开始，心连心前进的速度突然加快，这种快让业内人士由不在意到刮目相看。心连心不断超越不断前行，没有小富即安的回望，没有停下来自我欣赏的得意。

前进不仅要不停地奔跑，还要有方式方法地革命。而革命是前进的火车头。

2009年的时候，使用世界最先进的水煤浆技术生产化肥已经在心连心立项，它在心连心被编排为“四厂”。水煤浆技术在煤的消耗上有了根本的改变，生产过程不吃煤炭，只吃面煤，用杨同福形象的说法是“不吃粗粮，只吃细粮”。

在四厂立项前，杨同福和同事们就已经开始对水煤浆技术使用的面煤进行寻找，没有“对胃口”面煤的供应保证，四厂的发展只能是无的放矢的一张蓝图。

四厂“谢绝”山西的块煤，“对胃口”的面煤大都在内蒙古鄂尔多斯和陕北榆林地区那一带。2009年，杨同福和同事们跑遍了鄂尔多斯和榆林大大小小200多家煤矿，有像之前山西的那种中小煤矿，更有像神华集团和陕煤集团这样的国家超大煤矿。一路上，或山道崎岖、野花碎草，或烈日炎炎、沙漠戈壁，或寒风凛冽、冰雪无垠。这一年，杨同福开的汽车在寻煤的道路中跑了7万多公里，最后大家一致选择了神华集团和陕煤集团为主要煤矿，内蒙古汇能集团和德林集团为辅助煤矿。

选择都是相互的。这几个集团和当初的山西中小煤矿不同，尤其神华集团是国家正部级单位，担负着合理使用和保护国家能源的重大使命，一年有6.2亿吨的开采量，和民营企业打交道很少，主要保证关系到国计民生的大型火电厂用煤。而民营企业心连心四厂准备上马的水煤浆当年的用煤量不到100万吨。

和超大型国有企业打交道与和山西时的小煤矿老板打交道已是天壤之别，从趿着拖鞋裹着棉袄到西装革履穿着皮鞋煤炭的经营者形象的改变，让杨同福不得不重新开始一次新的忠诚之旅。神华集团的级别很高，下属三级机构的一个副总到地方挂职就是一个地市级的副市长，一个在神华专属黄骅港的维修工就是清华大学自动化系分来锻炼的大学毕业生。杨同福这个高中文化水平、民营企业的普通煤炭采购者能打开市场的大门吗？

杨同福没有别的选择，他身后四厂正紧锣密鼓地在建设中，在投产的前夕他必须把神华的面煤运到心连心。但杨同福也实在没有什么优势，如果真的要说他和其他购煤单位的同行们有什么不同的话，那就是他的老实。

杨同福的老实表现在他的真诚和勤快。神华集团在各地都有分公司，杨同福和合作方出出进进的时候都是主动去推开大门。一开始，神华的人认为，这是有求于人的一种姿态，后来他们发现杨同福和别人出进的时候也总是主动推开大门，如果后边还有其他人的时候，他是要别人出进完以后再放手。神华的人意识到，这是杨同福骨子里就有的，不是装出来给谁看的。和他结成朋友或兄弟你不用有一点戒心，他只会成全你，不会叨扰你。

从2011年底神华的第一列煤车开往新乡之后，神华的优质煤就源源不断并逐年增加地发往新乡，心连心至今仍是神华集团的唯一民营企业长协客户。今年神华在煤炭供应非常紧张的情况下依然增加了对心连心新乡基地的供应量，给了新乡基地每年150万吨的份额，而且发给心连心新乡基地的煤都是最好的神优 2 号。

和神华集团的关系好，杨同福也不会丢掉其他朋友，隔一段时间他会去陕煤集团和民营的内蒙古汇能集团、德林集团等煤矿走访，心连心也会进这些煤矿的一些面煤。不忘老朋友是杨同福也是心连心做人做事的宗旨。过去在山西最冷的时候，心连心当时的老总刘兴旭去王坡煤矿考察，人家老板汪总在简陋小饭馆里热情接待了刘总，并对心连心的供煤给予了很大的支持。后来煤炭滞销时，王坡煤矿积压的煤炭爆棚，杨同福知道后给刘总做了汇报，刘总说，要人家 3 列煤炭，朋友有难不能不管。2021 年的初冬，全国煤炭告急，神华集团因为是国家央企，中央要求神华集团的煤炭要优先保证国计民生，心连心的供煤计划一时不能落实。眼看心连心的煤也要破天荒地断顿，杨同福找到了一直维持很好关系的民营企业德林集团。德林集团的煤此时也正紧俏得很，但集团的领导说，同福轻易不张口，张口就不能让他失望，再难也要保心连心用煤。德林集团连钱都没有让心连心预付，就每月发心连心新乡基地 6 万多吨煤，占新乡基地用煤量的 1/3，大大缓解了心连心紧张时期的用煤压力。

诚信是心连心于人干事的根本信条，在河南基地、在新疆基地、在江西基地都建有心连心独特的“诚信鼎”，时时告诫心连心人，“以诚心联通商贾，意欲同赢共强”。杨同福就是一尊活动的心连心“诚信鼎”，在他身上，人们看到了心连心的文化内涵。2015 年底，榆林煤业在榆林开煤炭推介会议，杨同福被邀参加会议。但新乡下了大雪，高速路被封，等杨同福到了郑州机场的时候，飞往榆林的飞机早已经起飞了。榆林煤业知道了这个情况就对杨同福说，天公不作美，来不了没有什么，不影响我们的友谊和合作。但杨同福怎么都觉得答应了的就要做到，尽管少了他一人不会影响人家会议的质量，但对心连心人来说，就是因为自己的原因失信了。于是他晚上坚持坐郑州飞往鄂尔多斯的航班，在鄂尔多斯又找了汽车，半夜到了榆林。第二天早上开会的时候，榆林煤业的朋友惊讶说，同福，你是孙猴子啊。

2015 年，心连心九江基地开始筹建。兵马未动，粮草先行，煤照样是九江基地成功与否的关键，怎样把远在几千里之外的神华煤运送到九江彭泽码头，对杨同福是一道新课题。按照计划，神华的煤从榆林矿区装火车通过朔黄铁路运到河北沧州的黄骅港，在黄骅港再装船，先是海轮运到江苏码头，然后换乘江船到彭泽码头，这些过程复杂多变，接触的单位和以前陆路运输又完全不同。杨同福没有什么捷径可走，他就是从起点一个地方一个地方去跑路，考察煤在黄骅港怎么装海轮，考察在江苏码头怎么海轮换乘江船，用谁家的海轮，用谁家的江船，安全、质量、价格什么都要顾及。那两三年，他一边要保证新乡基地的用煤，一边要跑北京神华集团总部和武汉神华集团华中公司。求人的地方很多，他没有别的优势，还是他的本性：老实、勤快、低调。

老实人终究不会吃亏，时间越长老实人越能左右逢源。在挑选江船的时候，根据神华集团的推荐以及杨同福和同事们的考察，心连心决定和武汉长江航运公司签订长期的运输合作计划。在一段时间的合作过程中，长航人觉得杨同福真是实在人，办什么事情都严格遵守时间，说话温和低调，定下来的事情诚信守约。长航也用真情对待心连心、在江苏码头装船的时候，每一次都要把硕大的仓底打扫干净，不让心连心的煤掺进一点杂质；运输的过程中怕煤淋了雨不好卸船，盖篷布又不安全，就把给心连心运煤的船只都改为棚架船，既防雨又安全方便。而且他们还将长航的运煤船在彭泽码头等待卸煤的时间免费延长至十天，这样心连心九江基地就像多了一个储煤库。为了便于心连心煤炭采购人员随时掌握航运信息，长航专门在每个运输船只的船头设置了监控视频，以方便心连心采购人员随时察看船只运行情况，还与心连心煤炭采购人员建立了微信群，时刻保持联系。

由于疫情等因素的影响，本来预计九江基地的开车时间在 2021 年的 5 月左右，按照九江基地第一年要用 140 万吨原料煤的计划，九江心连心和神华集团华中公司签订了 70 万吨面煤。谁知道心连心人抢时间争速度，竟然天方夜谭地创造了奇迹，2021年2月8日一次开车成功。70万吨的原料煤也提前3个月开始吃进，照这个速度，九江下半年就无“粮”可吃了。杨同福急，九江急，新乡总部也急。这年8月初的时候，神华销售集团的老总要去石家庄办事处和山东考察。杨同福觉得这是一个绝好机会，就同心连心领导和神华华北公司领导筹划，要让销售老总能来新乡心连心看看。老总早就听说过心连心是神华的忠诚客户，于是欣然答应直达新乡。老总到了心连心，感慨万千，他原来心目中的化肥企业是高耗能、高污染、跑冒滴漏、气味刺鼻的形象。他看了新乡心连心花园样的厂区厂貌，看了心连心的文化建设，看了心连心的环保设施，看了心连心的军营气氛，看了心连心党建活动，又和心连心董事长刘兴旭进行了热火朝天的交谈，最后他兴奋地说，没想到一个民营企业有这么好的面貌，有这么好的文化，有这么好的精神，有这么好的党建，有这么好的干劲。回到北京后，他把在新乡的所见所闻写成了一份调查报告送交了集团总部，并有让刘兴旭董事长到神华销售集团讲党课的意向。不能让这么好的企业断了“粮”，于是，九江基地下半年在神华华中公司增加供应90万吨原料煤，从根本上解决了九江全年原料煤供应的问题，而且把2022年九江基地的原料煤供应量一下子提高到了210万吨，九江基地的煤炭今后全年“吃喝不愁”。

今天，在山西、陕西、内蒙古的煤炭企业中，“河南心连心”“新乡杨同福”都是响当当硬邦邦的名号，而企业和个人获得的所有尊敬恰恰来自他们的真诚、低调、勤勉、无私。

煤炭成本占化肥生产成本近60%，心连心至今已经连续11年荣获全国合成氨行业“能效领跑者”，其中原料煤的质优价稳是一个最重要的因素，而杨同福是这个因素的重要践行者。

（五）

光阴荏苒，杨同福在心连心煤炭采购岗位已近20年了。当初那个英姿飒爽的国旗手现在已是腰椎间盘突出的老病号了，头发早已开始谢顶，孩子也在不知不觉中已经大学毕业了。

近20年中，采购部的领导已经换了5任。采购部就是一个大熔炉，个个是精英，其中几个都已走上集团领导的岗位。杨同福对上级派来的每一个领导都服从指挥，配合默契，真诚相待。有的新领导比他年轻很多，但跟随新领导到煤炭企业，他都把新领导推到前台，给人家介绍，让新领导讲话，他在旁边虚心聆听。没有一个人听到过他关于职位的一句牢骚和不满，他的坦荡来源他对心连心的敬畏，来源一个老兵对一切行动听指挥的烙印。

杨同福心里有底线，靠自觉，靠纪律，靠党性，他自己给自己设立禁区，他自己抓住自己的手，他要让自己吃饭吃得香，睡觉睡得着。所以他经手的费用支出总让人有一种再也拧不出一滴水的感觉。将近20年，心连心、各供应商乃至社会上没有流传过一句关于他用钱上的是是非非。

杨同福要什么呢？那一年春节心连心举行团拜会，心连心董事长刘兴旭端着酒杯走到杨同福面前敬酒。刘兴旭说：同福，多少年了，作了多少难啊？不容易，大家都知道你。杨同福刷的一下眼泪流了下来。

杨同福的忠诚是心连心诚信信条的一个优秀诠释者。

（2022年4月25日《新乡日报》）

郑敏锐也是《新乡日报》的元老之一。1982年，报纸还在筹备期间，我们就开始在一起干活。一晃三十多年过去，我们都成了老头。他不仅长得周正，而且身高力壮，绝不像太湖边走过来的南方孩子。他一辈子只关注和热爱摄影，业余时间没有棋牌之乐，也没有热衷过什么体育活动。大概他总是用镜头在述说，所以平时的话很少。他心地善良，即使有时受了误解和委屈也不争执，和他做同事或朋友不需要戒备之心。今天摄影的追随者铺天盖地，咋咋呼呼，拿着“大炮筒”或手机爬高上梯，在网上连篇累牍地显摆自己的“杰作”。而郑敏锐却不张扬，很少能在群里或网上看到他的作品。他总是拍别人认为不是风景的风景。他有他的理论，也许今天你理解不了，但明天的事实会证明他技高一筹。

郑敏锐的敏锐眼光

65岁的郑敏锐当过一二十年的《新乡日报》摄影部主任和新乡市摄影家协会主席，所以业内的人多喊他主任或主席，更熟识他的人喊他“三哥”，他在家里排行老三。

郑敏锐的英俊起码在新乡市新闻和文化界是有口皆碑的。他生长在太湖边上，外形有着南方的清秀和灵韵，又有北方的棱角和个头，他的美演绎了许多爱情或不是爱情的故事。

美是他走入摄影事业的媒介。1972年郑敏锐17岁，在当时北站区（凤泉区）太行山下的一个小山村当知青。记不住是哪一天了，他正在地里锄地，有一个人径直向他走过来，问他名字、年龄，问他愿不愿意学摄影。他怯生生地看着这个背着照相机的人说，愿意。跟我走吧。背相机的人说。于是郑敏锐放下了锄头跟着背相机的人走了，这一走他就走进了摄影事业里，一走就走了47个年头。

领着郑敏锐走出小山村的人叫牛子祥，是今天新乡市摄影界的领袖和旗帜。牛子祥当时是新乡市委宣传部专职的摄影干部，专门负责新乡市委、市政府的新闻摄影报道。问到为什么一眼看中了郑敏锐，牛子祥老师说，也是偶然在摄影的田地里碰到的，这孩子长得漂亮灵气，一看就招人喜欢。

新闻摄影是身心兼备的工作，不仅要有新闻敏感，还要有美术基础和好的身体。郑敏锐的新闻摄影生涯是从国产“海鸥”相机开始的。那个年代的照相机在每一个城市都凤毛麟角，脖子上挂着相机的年轻帅气的郑敏锐曾经是新乡小城的一道风景线。他从取景器里看着别人，别人也在看着他。也许这是因素之一，也许更重要的是他真的爱这个光影世界，反正他进入这个领域以后就心无旁骛，没有别的职业能让他动动心思了。当新乡市在1982年成立了《新乡晚报》（后改为《新乡日报》）时，他放弃了市委宣传部10年的政治积蓄，开始了作为报纸新闻摄影记者的第一次闪光。

郑敏锐算不得精明，但对摄影的兴趣让他不知疲倦地在时空里奔跑，他对摄影的理解和追求在一堆堆的胶片和日积月累的行程中渐渐清晰明亮起来，何况他又脱产三年在湖南读了摄影专科。这之后他的新闻片子悄悄有了变化，他此时的榜样是《中国青年报》的摄影记者解海龙和贺延光。他们的新闻照片《我要读书》和《小平你好》不仅震惊了一个时代，而且永远在历史中守候。用细节表现重大历史题材，用艺术眼光去拍新闻作品，是两位中青报记者的共同之处，也是郑敏锐叹为观止的所在。

随着改革开放的步履，市面上的照相机越来越多，专职搞摄影的和摄影“发烧友”也越来越多，但郑敏锐依然靠着扎实的生活积累和理论功底在摄影界脱颖而出。他的作品《知青》系列参加国际摄影展；《运输机变战斗力》获全国地市报一等奖；《农民卖债券》获全国晚报二等奖；《秋牧图》入选全国首届风光展。他是全国摄影协会会员，雅昌艺术网签约摄影师。但最近几年，郑敏锐很不喜欢谈过去的辉煌，也不愿意让人看他过去的片子。像是到了一个路口，他需要回望，他需要选择，他需要一次摄影上的“革命”。

如果从表面看，郑敏锐真不像一个摄影记者。他走路从来都很慢，很少见他跑起来，即使有时在新闻现场，记者蜂拥，他也不乱步履；他说话不多，表达思想在词句上有些笨拙；他不会像一些好像很敬业的摄影记者在取景时忽而躺地上忽而趴地上，忽而窜房上树，忽而撵太阳追月亮。他最多也就踮一踮脚，有时把相机举过头顶。他的摄影设备至少在新乡市是领先的，有一次在郑州机场托运行李，他的专用相机箱子托运员都没有见过。但他很少肩上背着脖子上挂着“长枪短炮”，他总是手拿一个烟盒大的小相机。他说，抢镜头还是这个快。

他摄影革命的表现是他突然安下心来了，不再跟摄影记者们一群群奔跑了，不再希冀去全国各地的景区或者山穷水尽的地方拍风光了。即使在家乡的太行山上，他也不迷恋云雾，不逗留山水，不再赶着季节拍各种花花草草了。一时间，他镜头里全是山上山下农民的生活，而且这些照片的真实是不惜拿艺术的不完美来作为代价的，比如一个很好反映农民老两口场院中劳作的片子却被一道挂着的衣服而破坏了整个的构图。为什么不可以把这衣服取下来呢？郑敏锐说，衣服本来就是存在的，取下来就是摆拍，恰恰是这碍眼的衣服，说明了这个片子的纯真。

郑敏锐关注人物，尤其关注农民，他沉下心来一个人静静地在太行山腹地里寻找，已经拍下了几千幅山区农民真实生活的写照。他想利用图片述说什么呢？在一次与新乡学院大学生对话中，他一边展示自己拍摄农民的照片，一边吐露心扉，太行山会永远矗立在那里，云雾会永远升腾，花花草草今年谢了明年还会再开，但是太行山的村庄已经消失了很多，太行山农民的生产生活方式也都在改变或者消失，山村的文化风俗不断在变化和革命……再过百年千年，山还是这座山，但肯定会物是人非，我就是要用相机记录下今天太行山的人情世故，让后人有踪可寻。

看着郑敏锐拍摄的大量的山村百姓原汁原味的生活图片，真佩服他独特的思维和眼光。看看满山遍野拍山的摄影者，看看微信群里永远不落的花花草草，摄影者郑敏锐确实高人一筹。

（2019 年 5 月 25 日《新乡日报》）

写了大半辈子文字却很少写父母。父母在世的时候往往不珍惜那时的时光，总觉得来日方长。现在父母走的时间越久，遗憾和愧疚越纠缠得越厉害。我常常有一种幻想，假如时光倒流，能和父母再有一天的日子该有多么的珍贵和奢侈。由父亲去世3周年之时，我也顺延想到了父亲的最后一个保姆。社会上保姆和老人及家人相处被很多人诟病，不愉快的事情常常发生，让子女左右为难。父亲有福，他的最后一个保姆是让他最满意的保姆，她也成全了我们子女最后对父亲的孝心。唯有给她磕头是我内心最真诚、最能表达心声的方式。

给保姆磕头

父亲走了整3年了，我想念父亲，也想起父亲的最后一个保姆。

3年前的春节过后，父亲身边又来了一位新保姆，58岁，姓杜，我叫她杜姐，父亲叫她小杜。

母亲17年前去世的时候，父亲已经72岁了，他不愿意跟任何一个子女过日子，依然依恋着又旧又小的单元房子。从那个时候起，我们开始给父亲请保姆。

从请第一个保姆到父亲故去，已经很难算清一共给父亲请了多少个保姆，双方认为合适的有长达四五年的合作，不合适的也许当天就走了。

父亲的年纪越来越大，身体也越来越差，眼睛常常出现幻觉，耳朵即使戴助听器也需要俯在耳边说话他才能听见，拄着拐杖或者推着小车都需要有人跟着，手很早就颤抖了，吃饭时总有舀不着饭或撒在桌子上的情形。而在这个时候，保姆行业已经形成市场，保姆开始对工资、食宿条件、文化条件、照顾对象等有了标准和挑剔。在父亲最后几年请的保姆里，要求涨工资，要求增加休息日，提出倒一次尿壶多少钱，洗一次脚多少钱，剪一次脚指甲多少钱的事情常常发生。父亲为此很生气，我总劝他说，也不是自己的亲爹亲娘，人家凭什么干这些活。

找一个相对固定的保姆很不容易，每一个新来的保姆都有和父亲在生活上、文化上、性格上的磨合，稍有不慎就会不欢而散，因此我们总怕保姆中途辞工，对于父亲身边的保姆都是毕恭毕敬。

杜姐没什么文化，刚来时连手机都不会打，温度计、血压计不会用，药品说明更是看不懂。我就觉得有点悬，父亲离不开这些，杜姐怕也待不了几日。可过了五六天我回家看父亲，父亲偷偷跟我说，小杜不错，给了100块钱菜钱现在才花了一半，而以前的保姆三四天就会花完的。

杜姐和父亲吃一样的菜，蒸红薯、炖冬瓜、炖南瓜，父亲曾跟每一个保姆说，你们不要跟我一样，我没牙了，只能吃软的、浓的、烂的，你们要吃一些有营养的时令菜。可杜姐绝不自己单独炒菜，而且每每父亲有了剩饭，杜姐也不倒掉，自己热热就吃了，以前的保姆包括我们子女是从没吃过父亲剩饭的。后来我几次去父亲的小屋，父亲都说杜姐的好，比如说以前的保姆都不愿意跟父亲去散步，费时间，面子上也觉得不好看，杜姐就不怕，天气一好，她就鼓励父亲去外面推着小车散步，她跟在父亲后面寸步不离。有一次父亲在街上突然要方便，附近也没有公厕，杜姐就让父亲拉在了路边的墙角，人家门面家户不愿意，要罚5块钱的卫生费，杜姐就跟他们讲理说，谁家没有老人，一会儿我回家拿笤帚扫干净。杜姐一点没有责怪父亲，回家拿来东西将污渍打扫得干干净净。杜姐两三天就给父亲用热水泡一次脚，而且还亲手给父亲洗脚，这让父亲开心不已。杜姐第一次给父亲剪脚指甲时，父亲小心地说，我给你10块钱吧，我在澡堂修脚一次是12块钱。杜姐说，叔，你看不起我，我给你洗脚、剪指甲都是应该的。从春节过后到父亲4月下旬生病住院的近3个月里，父亲没有一通如往常一般让我回家的诉苦电话。

4月下旬，父亲病倒住院了。一位老人住院，一家人是不能安生的，何况子女各有各的情况，短期照顾还可以，时间长了，精力体力都受不了。父亲24小时不能离人，非常时期和夜里还要两个人值班。杜姐一个人基本上把白天全包了，这给我们腾出了巨大的人力空间。每天早晨6点半，杜姐准时来接班，晚上八九点才回家。有几次我有事在晚九点以后才去接班，我对杜姐说，明天不要来得太早，多休息一会儿。但杜姐第二天还是准时出现在了病房。有时候杜姐回去得晚，还要拿许多东西，有时候风雨天，我们坚持要杜姐打的回家，但杜姐执意步行回家，她总说没多少路，走走对身体好，我们给她的打的钱她都给退了回来。

父亲的病每况愈下，大小便失禁，杜姐不厌其烦地擦洗，甚至我们在场的时候她也不让我们动手。每天早上，她拿来父亲的干净衣服，晚上把父亲换下的衣服和褥垫拿回家洗。父亲在医院最后的半年时光里，医生担心的压疮之类问题一次也没有发生过。那时，父亲常常透过窗户看外面的阳光。杜姐知道父亲的心思，几次借来医院的轮椅，先把父亲抱到椅子上，然后用带子把父亲绑好，下了电梯，再推着父亲到医院的小花园里看树、看花，每当这个时候就能看到父亲高兴的笑容。有一次我和杜姐一起推父亲出去，下坡的时候，杜姐把轮椅倒过来，自己向后退着慢慢把轮椅倒下来，我很感动，她是怕轮椅失控了摔着父亲。

杜姐在医院吃着最简单的饭菜，一个馒头、一碗汤、一份青菜。给她的饭菜钱都在抽屉里放着，一打开总是还有很多，我们要多放点，她总说够了，多了不安全，但她给父亲做的饭菜却很讲究，每天早上她都给父亲熬小米粥之类，炒父亲爱吃易消化的时令菜。父亲最后几天里特别想吃饺子，杜姐就自己盘馅、和面给父亲包饺子，煮好了提到父亲床前。父亲已经没有能力吃整个的饺子了，杜姐就用搅拌机把饺子打碎了再一口一口喂给父亲吃。父亲说，这饺子好吃。那是父亲最后一次吃饺子。

父亲最后的日子里神智已经恍惚，有人进来他就说，小杜来了？护士给他输液他也说，你是小杜。护士假装生气地说他，你就知道小杜，小杜。父亲半年的医院时光里，杜姐付出了平日几倍的辛劳，像照顾自己亲人一样地照看父亲。她从来没有提到过工资的问题，在我们一再坚持下，她才同意涨了点工资。

父亲是凌晨走的，当我们清晨把消息告诉杜姐的时候，杜姐放声大哭，她说，俺叔是好叔，把我当亲闺女待。我们把杜姐搀起来，我代表我们姊妹说，杜姐，谢谢你对我们父亲的关照，我们无以表达，一起给你磕个头吧。我从来不主张“孝子头满街流”的做法，父亲的丧事期间，除了前辈，我只给保姆杜姐磕了一次头。这个磕头，我终生不忘。

（2019 年 3 月 19 日《新乡日报》）

第一次知道王乃勇的名字是新乡市书法大家刘森堂老师告诉我的，刘森堂是王乃勇的老师，他说，乃勇必定会成为国内的书法名家。由刘森堂老师我结识了王乃勇，我和王乃勇后来有了一个约定，就是互相不称老师，而以兄弟代之。我不懂书法，但王乃勇屡屡获得全国书法大奖，我判定王乃勇的大奖实至名归。全国的书法家对获得全国书法大奖望眼欲穿，书法作品的优劣又不是一加一等于二的一目了然。新乡市一个忽而三线忽而四线的小城，王乃勇一个土地里走出的书法家，除了实力再无优势，所以王乃勇的一个个大奖都是用实力做的敲门砖。王乃勇的性格一如他的书法，张扬而豪放，求字者不可以官位和钱财颐指气使。他愤怒起来常常口无遮拦，但对弟兄却一定是有求必应，不吝笔墨。

黑白狂想

——王乃勇书法札记

2021 年 12 月 13 日，新乡市书法家协会主席王乃勇赴北京参加全国文学艺术工作者代表大会，开新乡市文化界历史之先河。2022 年 3 月 28 日，第五届全国中青年德艺双馨文艺工作者表彰大会在北京召开，王乃勇以唯一的书法家代表身份入选。这在新乡市是史无前例的，他和中国文艺界艺术家吴京、张毅、黄渤、田沁鑫、黄豆豆等 44 人一同入选。今天的王乃勇以自己的书法实力和巨大成就让新乡市的书法艺术一跃踏入中国书法界的前沿，让全国的书法大家对新乡这座三线城市刮目相看。

人生，总有一种劳作在等待着你。他不是书香门第，但他从土地上走出来的时候，笔墨纸砚凝聚了他的目光

1969 年 4 月 1 日，应该说是个不平凡的日子，西方称之为“愚人节”。这一天在中国现代历史上是极有纪念意义的，中国共产党第九次全国代表大会在距上一次全国代表大会 13 年之后在北京隆重开幕。全国上下为了“九大”的召开红旗招展，锣鼓喧天。新乡市七里营人民公社春庄的锣鼓也在村头巷尾不绝于耳，在鞭炮和锣鼓的齐鸣中，王乃勇发出人生中第一声嘹亮。这是一年中最好的时节，春庄这片极富诗意的田野正春回大地。

王乃勇像许许多多的农民孩子一样在泥土地里慢慢成长，家里老一代人都是精心务农，识字不多，但在田野里都是一把好手，于是王乃勇家里的陈设多是犁耧锄耙，家里能出一个书法家是父辈们梦里想都想不出的事情。每年的春节大人们都去学校老师那里虔诚地求取春联，王乃勇在学校的课桌上第一次看到了笔墨纸砚中流淌出来的文字。

小学时，王乃勇偶尔很调皮，当老师扭过身子去黑板上写字时，他会站起来拿粉笔头弹向和他一样不安分的同学，类似这样的恶作剧每每都会受到老师严厉的批评。但王乃勇又是聪明的，因为在看了村里的包公戏之后，他竟能用铅笔把包公的黑脸有模有样地画在纸上。王乃勇还是认真的，认真得几乎有些“笨”。在老师让学生写 10 个逗号的时候，别的学生用铅笔都是一点一个，而他一定要把逗号的圆用笔描圆了才肯结束。包公的脸谱和黑色的逗号，是他纸上黑白的最早懵懂。

王乃勇第一次拿起毛笔的时间大概是 20 世纪 80 年代初，他的大哥有一个同学的毛笔字写得小有名气，便拿来了让他看。让他看就是想让他学，那位同学写的是颜体，当然这是后来他才知道的，当时这中规中矩的字，在他眼里却无与伦比。没有字帖，他哥哥同学的书法就是字帖，没有宣纸，废弃的作业本、旧报纸就是宣纸，没有“一得阁”墨汁，一种很廉价当地生产散发着微微难闻臭味的墨汁也可以用。这时候的王乃勇对书法还没有更深的感触，只是作为闲暇时的生活调剂，时有时无地涂抹几笔。

调皮的孩子多是聪慧的，在春庄的小学里王乃勇是优异的，但在已经走出春庄的大哥眼里这个三弟要想有更大的发展就必须走出春庄，于是在刚刚到了初二的时候，大哥就把他转到了小冀公社的中学里。这一刻他感到了自己和别人的差距，毕竟这里是更大一方水土群贤毕至的地方。知耻者勇，王乃勇真的在学习上“勇”了起来，响鼓不用重槌，用心就能立竿见影。1983 年王乃勇到了小冀中学，一年之后，他参加了中考，竟考入了全县的前 60 名。那个时候全国的中专学校很少，他被新乡市师范学校录取，这对于一个刚刚从农村出来的孩子无疑也是一大喜讯，从此他可以农转非，毕业了可以当国家干部。在春庄的王乃勇父辈们听到这个消息都喜出望外，没有想到这个曾在麦场上练过拳脚、崇尚武力的男孩儿将来也可以站在讲台上“之乎者也”地教别人家的孩子读书。

1984 年的秋天，王乃勇一进师范学校就遇到了他书法上的导师傅万信先生。学师范的学生都要求写好三笔字（粉笔字、钢笔字、毛笔字），傅老师是教毛笔字的。先生一身儒雅，写一手好颜体，对学生既苦口婆心又苛刻严厉。但课程就是课程，毛笔课不是主课，许多学生学完了也就基本告别了毛笔了。而王乃勇既有写毛笔字的故交，又有傅老师面对面的指教，对书法很快就进入了一种迷恋境界。好像是故友重逢，是前世有缘，是一种等待，毛笔在他的手中再也挥之不去了。傅老师太喜欢这个孩子了，不仅仅是由于他对书法的喜爱，更是觉得他对笔墨有一种悟性。王乃勇跟着傅老师，天天吃“小灶”，知道了颜柳欧赵，知道了藏锋露锋，知道了提按顿挫，他渐渐被笔与墨融化、被黑与白俘虏。

好像是命运安排好了，1987 年，王乃勇毕业了，也在同一年傅老师也退休了。时间天衣无缝，已在书法上崭露头角的王乃勇留校了，他继承了傅老师的事业，也开始有了书法上的学生。这一年他刚刚 18 岁。

人进入一种境界的时候常常会出现幻觉，深夜里他恍惚就着“二王”的烛光，蘸着张旭怀素的墨汁，铺开黄庭坚的宣纸……

其实这时候王乃勇刚刚站在了如海般书法世界的海边，他还没有感觉到海的辽阔和深邃。他越学习越感到了自己的浅陋，越写越觉得自己不足。不满意自己永远是进步的开始，他要寻找这个城市书法界的高人，虚心求教，指点迷津，快快进入五彩斑斓的书法世界。

1988 年正月，王乃勇人托人竟然找到了当时新乡市商业局的厨师栗绍礼师傅，这位可爱的新乡市几名书法大家既可为官商的座上宾，又可为平民的家常客。栗绍礼的几手小菜深得几位新乡市书法大家的心，他们常常在栗绍礼处小酌。于是在两天之内，王乃勇提了泸州大曲拜见已经蜚声省内外的书法大家冯志福老师、王海老师、刘森堂老师。鞠躬、敬酒，三个老师都爽快收了王乃勇为弟子。

三个老师书体各有偏爱，功夫深厚却又风格各异。冯志福老师指导王乃勇从唐楷转向魏碑，为今后写行草做好准备；王海老师说，既写颜体了就开拓一下写写颜体行书；刘森堂老师建议说，跟着我写张瑞图的草书吧。一段时间王乃勇频繁于三个老师之间，兼收并蓄，吐故纳新，扬长避短，精益求精，把书法各体基础打牢，然后再开枝散叶，选其所爱，久久为功。正是有了三位老师不同风格不同方法的指导，王乃勇在书法上才有了全面发展，成为在全国书法界少有的在楷书、甲骨、隶书、行书、草书都进入国家级展览并获得大奖项目的书法家。

在楷、草、隶、篆、行上王乃勇也有自己的偏爱，性格往往会成为主攻目标的决定因素。王乃勇出生农家，从小纳田野之风，结刚硬之伙伴，生性善良却又刚正不阿，感情充沛但又疾恶如仇，豪侠仗义，快人快语，只有草书更能铺张他的情绪，倾斜他的积淀，表达他的夙愿，张扬他的思想。

王乃勇认定了草书是他的最爱，听从刘森堂老师的点拨，他去“际会”了明朝大书法家张瑞图。这位因为多书写了魏忠贤生祠碑而被判为阉党的大学士以草书而盛名于后世。他的草书不柔媚时尚，笔法硬峭纵放，结体拙野狂怪，布局犬齿交错，气势纵横凌厉，纸墨动荡，龙生蛇动，透露出一股霸气。王乃勇每每临帖都会惊叹，一个时间深陷其中。

当书法不仅仅是一种爱好，成了神圣、信仰、图腾，你就会如痴如醉，锲而不舍。和张瑞图神交之后，王乃勇继续向历史的深处前进，他来到了东晋，向王羲之、王献之父子稽首。王羲之的《兰亭序》被称为“天下第一行书”，他的《十七帖》被书家奉为“书中龙象”，是学习草书的无上范本。被颂为“书圣”王羲之的行草原没有那么狂野，书法平和自然，笔势委婉含蓄，体态遒美健秀，一片田园牧歌，满目锦绣世界。峰回路转，王乃勇又回到了唐朝，这是中华民族的伟大盛世，文化空前活跃，书法尽显风流，拜会张旭、怀素两位大师。喝酒是他们共同的喜爱，酒酣而书，书中浸酒，史称“颠张醉素”。他们充满了自然主义理想，把天地和主观感情凝聚一体，形成了紧凑有力、结构严谨又飘忽多变的狂草风格。纸上的舞蹈，墨里的刀光，把思想和情绪一股脑都泼洒在黑白世界里，最好地表现了技进乎道的书法语言。还有宋代的黄庭坚，明代的祝允明……

王乃勇被先贤的书法震撼，常常在寂静夜里穿越时空和古人对话。恍惚中，他就着“二王”的烛光，饱蘸着张旭怀素的墨汁，铺开黄庭坚的宣纸，悬腕、提肩、运气，点、线、行、面充满了哲学上的辩证：藏与露、轻与重、提与按、奇与正、开与合、疏与密、虚与实、枯与湿、浓与淡，等等，局部的零乱、整体的工整，看似的断开、实际的勾连，表面的倾斜、远观的对称。疾风骤雨，一气呵成，黑与白狂乱之中纠缠分开，浓妆淡抹，龙飞凤舞，无拘无束。一番风雨，一场阴晴，一次淬火，美在黑与白的迷恋中诞生了。王乃勇伏在了案上，他还没有从古人的砚台上缓过劲来。

草书是书法艺术最浪漫、最透彻的演绎。“二王”以降，历朝历代拥趸如过江之鲫，但草书难在了点与线的瞬间空中分割，难在了线形与线质的提高，难在了节奏的变化，难在了迟与疾的交替。恰恰因为难，产生了多少书写过程中的快感，毛笔和水墨的交融，笔锋和宣纸摩擦的浅吟低唱。王乃勇总是在万籁俱寂的时候享受着这个创作的过程。他在对草书正如痴如醉的时候，还在一个企业就职，白天工作繁忙，只有晚上，才有时间和草书相会。曾有一个新闻人问他，如此的熬夜身体和意志怎么受得了？王乃勇说，痛苦和无奈才是“熬”，而我提起毛笔，铺开宣纸，充满了渴望与期待，凝心聚力，思路飞扬，哪有“熬”的半丝半缕，“熬”形式上说时间，本质上指热爱。不热爱的东西即使天和日丽也是“熬”。

天才靠勤奋，这话只说对了一半，在艺术的世界里，悟性是天才的重要支撑力。在笔墨纸砚的绝对时间里，王乃勇绝不是领跑者，有更多的书法爱好者晨昏习作，甚至皓首穷经但不得要领，在一个巢穴里盘旋迂回终不得解。王乃勇书法上的悟性得到了书法界的公认，这个悟性首先来自他的性格。他的果断、刚勇、舍弃、执着，表现在书法上就是敢于用笔，善于突破，既遵法理，又不拘泥于古人，笔随形，形随意。其次是他的辩证能力，世界万物，相随相生，阴阳为伴，刚柔并济，在形似狂乱的草书中无一没有规律的存在。还有就是他刚入道时就拜了好老师，虚心求教，少走弯路。最后是他热爱读书，既有专业的又有外延的，读书不是作秀，不能只是给柜子配套，产生了兴趣才能爱不释手，他读古帖本读到每章每页都复印一般印在脑海里。

英雄不问出处，才俊脱颖而出。2006 年 12 月，全国首届行书大展在浙江义乌开幕，虽是江南，却也寒风瑟瑟，但大展的展厅里却是人群涌动，热情似火。全国的书法大家齐聚一堂，对来自全国各地评选出的作品评头论足。37 岁的王乃勇在国内书法界还属稚嫩，来自河南新乡，上不识书法大家，下没有膜拜观众。但王乃勇的那幅参赛作品一挂，过往者都停住了脚步。那是一个高一丈二尺的大轴，在众多的参赛作品中抢天临地，作品行中带草，气韵畅达，忽而俊健飘逸，忽而雄厚持重，断连相参，交替错落，无做作之态，起收转换在有无之间完成，自然、霸气，魏晋之风、唐宋之气跃然纸上。王乃勇，这位名不见经传的新乡年轻书法家锐气逼人。

这幅巨大而出类拔萃的作品像一匹黑马冲进了国家级书法大展，赢得了评委的一致叫好，最后被评为一等奖。

王乃勇深厚的书法功底、灵性的书法意识让他在中国的各项书法大赛中收割奖项。他先后将三届国家展、两届兰亭奖、隶书一等奖、三名工程（名家、名篇、名作）奖拥入怀中。在今天的国内书法界，王乃勇有了获奖专业户的美称。

由于王乃勇的成就，新乡的书法跻身到了全国的前沿位置，王乃勇也屡屡被邀成为各地草书大展的评委。

一位优秀的艺术家必定是艺术和品德俱佳的人，这样他才能受到人民的崇敬和爱戴。历史上不乏艺精而德不备被人民冷落的人物，就书法家来说，北宋的蔡京就是典型的范例。蔡京的书法笔法姿媚，字势豪健，痛快沉着，自成一体，是北宋书法大家。但当他位极人臣时，结党营私，贪婪腐化，奴役人民，陷害忠良，成为千古罪人，他的书法也因为他德的缺失而尘封于历史。今天我们的艺术界里也有少数因财色等不轨而连带自己艺术形象受损的例子。

王乃勇在学习传承中国书法艺术的同时，时时检查校正自己中华民族道德情操的树立和培养。他从小孝敬父母，和睦邻里；对不同时代的书法老师每逢佳节必上门探望，老师家中有重大事件他一定会抽出时间尽心尽力。一日为师，终身兄父，刘森堂老师在病重期间，王乃勇几次跟着他到北京、上海求医。王乃勇还总是提到他当年在企业的老总穆来安对他的知遇之恩，每次他参加国内的各种书法活动，穆总都在时间和经济上给予他大力支持。

在新乡市书法家协会里，王乃勇不仅和大家在艺术上相互学习，在工作生活上也同心同德，谁家有难大家相帮。有一个会员家中有急事，急需用一大笔钱，但借钱难，忍了几忍不好向他张口。王乃勇告诉他自己弟兄有话直说，当他知道了用钱的事情后，马上就到处搜罗，当天就汇齐转了过去。

王乃勇在书法上的德才兼备让他在 2019 年新乡市文联各文艺协会换届时毫无争议地当选市书协主席，当年 9 月，他又当选河南省书法家协会副主席。以前一个人研习书法，可以什么都不想，现在他当了书法家协会的领导，什么都要想。如何带领全市的书法爱好者做书法，怎么做才能与时俱进，让书法真正为社会、为人民服务？

职责所役，他为此常常夜不能寐。

他当然还是要继续做社会公益活动，给群众写春联，给困难群众和灾区捐款捐物，参加社会各项应急事务。但让他辗转反侧的是他常常看到的书信，那么多的年轻硕士、博士，各界才俊写出来的汉字如虬枝败叶，蟹爬蛇行，让他不忍卒读。

他在想，中华民族的书法难道仅仅是文化的一种形式吗？它真的就只是一种欣赏的艺术吗？他想到了历代的英豪，辛弃疾“醉里挑灯看剑，梦回吹角连营”，上马持枪杀敌，下马吟诗写字；岳飞“壮志饥餐胡虏肉，笑谈渴饮匈奴血”，他的“还我河山”大草气势磅礴；伟人毛主席飞扬的草书“数风流人物，还看今朝”震动国共谈判时的山城。历代民族英雄、伟人领袖哪一个不是书法上的佼佼者呢？这其实说明了一个道理，书法是和其他技能共生共长又相互支持的一门艺术，它已不仅仅是民族文化的传承，它在铸造人的睿智、培养人的修养、提升人的品位上起着潜移默化的作用。

让电脑的键盘和毛笔字成为孩子们成长的两翼，让四五岁幼儿就能熟练玩手机的手给笔墨纸砚让出一点时间，这对孩子、对整个中华民族的生存和发展都是功德无量的好事情。

当然还有老人，在休闲时光少些棋牌室乌烟瘴气的博弈，写写书法，平心静气，修养身心，延年益寿。医学上一再证明书法对老人身心的颐养作用。

不在其位，不谋其政，当了主席，王乃勇才感觉到还有这么多可以干的大事。于是在这两三年中，他马不停蹄地联系了几所学校，让书法进课堂成了书法家协会的首要任务。

参加全国文代会、获得“德艺双馨”称号对王乃勇既是一个肯定又是一个新的起点。原中国书法协会主席王海老师对王乃勇长期关注、培养，这次王乃勇载誉归来，王海老师语重心长地说，希望乃勇坚持抱朴守真的艺术态度，根植中原文化沃土，德艺兼修，书文并重，期待有更大的成果。

王乃勇，这同样是我们大家的衷心祝愿。

（2022 年 4 月 23 日《新乡日报》）